GOLDMANN

Buch

Das Jahr 2259. Elf Jahre nachdem ein verheerender Krieg zwischen der Erde und der Minbari-Föderation um ein Haar eine Katastrophe von unvorstellbaren Ausmaßen heraufbeschworen hätte, unternehmen die Bewohner miteinander rivalisierender Sonnensysteme einen letzten verzweifelten Versuch, den intergalaktischen Frieden sicherzustellen: Auf *Babylon 5*, einer Raumstation von gigantischen Ausmaßen, sollen Repräsentanten von fünf mächtigen Föderationen und Imperien versuchen, ihre Auseinandersetzungen friedlich zu lösen. Für die Menschen stellt *Babylon 5* den Beginn ihres dritten Zeitalters dar – und zugleich die letzte Chance zu überleben . . .

Bereits erschienen:

John Vornholt: Babylon 5 – Tödliche Gedanken (25013)
Lois Tilton: Babylon 5 – Im Kreuzfeuer (25014)
John Vornholt: Babylon 5 – Blutschwur (25015)

John Vornholt

BABYLON 5

Blutschwur

ROMAN

Aus dem Amerikanischen
von Thorsten Dewi

GOLDMANN VERLAG

Die amerikanische Originalausgabe erschien 1995
unter dem Titel »Babylon 5 – Blood Oath«
bei Dell Publishing,
a division of Bantam Doubleday Publishing Group Inc., New York

Umwelthinweis:
Alle bedruckten Materialien dieses Taschenbuches
sind chlorfrei und umweltschonend.
Das Papier enthält Recycling-Anteile.

Der Goldmann Verlag
ist ein Unternehmen der Verlagsgruppe Bertelsmann

Genehmigte Taschenbuchausgabe 1/97
Der Roman BABYLON 5 – BLUTSCHWUR basiert
auf der gleichnamigen Fernsehserie von J. Michael Straczinski,
produziert für Warner Bros. Television.

Umschlaggestaltung: Design Team, München
Umschlagmotiv: Warner Brothers
Satz: DTP-Service Apel, Hannover
Druck: Elsnerdruck, Berlin
Verlagsnummer: 25015
SN · Herstellung: Sebastian Strohmaier
Made in Germany
ISBN 3-442-25015-3

1 3 5 7 9 10 8 6 4 2

1

Der Datenkristall war trübe wie Rauchquarz. Botschafter G'Kar drehte ihn nachdenklich hin und her. Er war immer wieder fasziniert, mit welcher Geschwindigkeit die feinen Facetten Daten aufnehmen und verarbeiten konnten. Selbst der Verstand der Narn konnte da nicht mithalten. Die besten Kristalle wurden auf Minbar gezüchtet, und dieser hier war offensichtlich von höchster Qualität. Jetzt fiel ihm etwas auf, und er zog seine Augenbrauen zusammen, um das metallische Verbindungsstück am unteren Teil des Kristalls besser erkennen zu können. Seltsam, das Datum und die mikroskopisch kleine Seriennummer waren von einem Laser weggebrannt worden. Das machte die Rückverfolgung zu seinem Ausgangspunkt praktisch unmöglich. Wer konnte ein Interesse daran haben, in seiner regulären Post einen unkenntlich gemachten Kristall mitzuschicken? Neugierig stand der Botschafter auf und steckte den Kristall in die Öffnung unter dem Wandbildschirm. Eine Narn erschien auf dem Monitor. Und was für eine! Sie war jung und schlank und trug ein fließendes Gewand aus blutrotem Material, dessen Gürtel ihre Formen betonte. Ihre roten Augen glühten feurig, und G'Kar war sofort von ihnen gefesselt. Er wußte nicht, was diese Narn ihm zu sagen hatte, aber er würde sehr aufmerksam zuhören.

»Hallo, G'Kar«, begann sie grimmig. »Erinnern Sie sich an mich? Ich bin Mi'Ra, die Tochter von Du'Rog. Ich spreche für meine Mutter Ka'Het und meinen Bruder T'Kog. Wir sind der Rest der Familie, die Sie zerstört haben. Ja, G'Kar, wir sind am Ende. Man hat uns unser Land und unsere Titel genommen. Unser

Vater ist tot, sein Name beschmutzt, und sein Versuch, Sie noch aus dem Grab heraus ermorden zu lassen, ist fehlgeschlagen. Zu unserem Bedauern haben alle Attentäter versagt.«

G'Kar schluckte schwer und beugte sich vor. Er konnte sich vorstellen, was nun kommen würde, und fürchtete sich davor.

Mi'Ras liebliches Gesicht verzog sich vor Wut. »Sie denken, Sie seien im Dritten Kreis auf der Erdstation sicher. Falsch! Die Witwe und die Kinder des Du'Rog haben Ihnen Shon'Kar geschworen. Von nun an haben Sie es nicht mehr mit unfähigen Meuchelmördern zu tun, sondern mit der Familie selbst, die Sie auf dem Gewissen haben. Wenn es den Propheten gefällt, werden Sie durch meine Hand sterben. Von diesem Tage an ist das einzige Ziel unserer V'Tar Ihr Tod. Dies sei ein Zeichen meines Willens.«

Mit diesen Worten zog Mi'Ra eine kleine, gefährlich aussehende Klinge aus dem Gürtel und stach damit in ihre Schläfe. Sofort strömte Blut aus der Wunde und lief über ihre Wange. Es tropfte auf ihren Nacken und ihre Schulter, wo es sich in der roten Farbe des Kleides verlor. Unbewußt hob G'Kar seine Hand, um die eigene Schläfe zu berühren.

Der Bildschirm schaltete sich ab, und der Botschafter nahm den Kristall wieder heraus. Er hatte das Gefühl, als ob seine Feindin jeden Moment mit gezückter Klinge aus einer Ecke springen würde. Ach was, sie war nicht hier. Aber sie würde kommen – in absehbarer Zeit. Wenn er nichts unternahm, würde ihn Mi'Ra, die Tochter von Du'Rog, kaltblütig ermorden. Vielleicht beim Essen. Vielleicht auch im Schlaf. Keine guten Aussichten auf ruhige Nächte.

G'Kar ging eilig zu seinem Terminal hinüber, entschlossen, Mi'Ra sofort verhaften zu lassen. Doch dann wurde er nachdenklich. Er konnte kaum seine gesamte Macht darauf verwenden, Du'Rogs Familie zu verfolgen. Shon'Kar stand bei den Narn traditionell in sehr hohem, ehrenvollem Ansehen; wenn er jetzt dagegen vorging, würde das der Familie nur Sympathien einbringen. Auch die Gesetze des Heimatplaneten halfen da nicht weiter. Schlimmer noch: Jede Aktion gegen Mi'Ra, Ka'Het und T'Kog würde ans Licht bringen, wie er den Aufstieg in den Dritten Kreis geschafft hatte. Dann käme alles heraus: die Betrügereien, die schmutzigen Geschäfte, die Entehrung Du'Rogs. Er hatte diese offene Wunde nicht behandelt, und nun hatte sie sich entzündet. Ihm würde wohl nichts anderes übrigbleiben, als das faulende Fleisch herauszuschneiden.

Der Botschafter seufzte und fiel in seinen Sessel zurück, wobei das steife Leder seiner Kleidung knarzte und sich an der glatten Oberfläche der Polster rieb. Er mußte etwas tun. Zweimal hatte die Familie von Du'Rog schon versucht, ihn zu beseitigen, und jetzt schien die Tochter zu allem bereit zu sein. Solange er auf *Babylon 5* war, konnte er auf den Schutz von Chief Garibaldi und seinen Sicherheitskräften zählen. Aber wer wollte schon wie ein gejagtes Tier leben? Außerdem kamen auf der Station jeden Tag Hunderte von Fremden und Außerirdischen an. Wenn Mi'Ra es wirklich wollte, würde sie einen Weg finden, auf die Station zu gelangen und ihn zu ermorden, um den Blutschwur zu erfüllen. Nur der Tod konnte sie aufhalten.

Deshalb, da war G'Kar sich sicher, mußte Mi'Ra sterben. Ka'Het und T'Kog würden vielleicht mit sich reden lassen, wenn diese Brandfackel im roten Kleid erst mal aus dem Weg war. Wen konnte er dabei um Hilfe bitten? Kein Narn würde ihm bei einem so berechtigten Shon'Kar zur Seite stehen, und mit Minbari, Menschen oder anderen Rassen konnte er sein Geheimnis nicht teilen. Ein guter Plan wäre, Mi'Ra selber zu töten und den Mord jemand anderem in die Schuhe zu schieben. G'Kar sah sich noch einmal in seinem Quartier um, für den Fall, daß Mi'Ra sich hinter irgendeinem Vorhang verbarg. Er konnte sich noch gut an die ersten Mordversuche erinnern, die beide fast erfolgreich gewesen wären.

Als erstes mußte er die Tochter von Du'Rog auf eine falsche

Fährte locken. Sie durfte auf keinen Fall schneller sein, als er sie jagen konnte. Wenn sie sich sicherfühlte, würde er zuschlagen.

Der Botschafter aktivierte das Interkom auf seinem Schreibtisch. »Guten Morgen, Na'Toth.«

»Guten Morgen, Botschafter«, antwortete sein Attaché knapp.

G'Kar räusperte sich bedeutungsvoll. »Gerade ist eine wichtige Nachricht vom Heimatplaneten gekommen. Ich muß sofort dort hin. Ich werde meinen persönlichen Transporter nehmen.«

Er konnte sich ihren überraschten Gesichtsausdruck gut vorstellen, als sie antwortete. »Botschafter, der Kreuzer *K'sha Na'vas* trifft morgen ein, um Ihnen seine Aufwartung zu machen. Mit ihm wären Sie doppelt so schnell auf dem Heimatplaneten.«

»Die *K'sha Na'vas*«, sagte G'Kar nachdenklich. »Mein alter Freund Vin'Tok. Sehr praktisch, aber ich möchte doch lieber selbst fliegen. Ich brauche ein wenig Zeit für mich, um nachzudenken. Ich verlasse die Station in vier Stunden. Packen kann ich selbst. Stornieren Sie alle Termine, entschuldigen Sie mich, was auch immer. Wenn jemand fragt, es handelt sich um eine persönliche Angelegenheit.«

»Ja, Botschafter«, sagte Na'Toth. Ihre Überraschung verbarg sie hinter ihrer gewohnt effizienten Arbeitsweise.

»G'Kar Ende.« Er schaltete das Interkom ab. Gerne hätte er Na'Toth in seine Pläne eingeweiht, aber er wußte, wie sie über Shon'Kar dachte. Vielleicht konnte er ihr alles erzählen, wenn das hier vorbei war – wenn er als Sieger daraus hervorging.

Commander Ivanova drehte sich auf den Zehenspitzen hin und her und überschaute ihr Reich: die Kommandozentrale von *Babylon 5*, eine luftgefüllte Kuppel an der Spitze der Station. Die Haare des Commanders waren nach Dienstvorschrift streng aus ihrem attraktiven Gesicht gebunden. Sie war nervös, ohne einen bestimmten Grund zu haben. Der Weltraum um die Station war ruhig, obwohl die Abfertigung des Raumschiffverkehrs etwas hinter dem Zeitplan zurücklag. Der einzige, der sich beschwerte, war Botschafter G'Kar. Nichts Neues.

»Zehn Sekunden bis zum Sprung der *Borellian*«, sagte ein Techniker hinter ihr.

Ivanova blickte auf den Monitor und sah, wie das Sprungtor zu einer Blüte aus pulsierenden goldenen Lichtstrahlen wurde. Das Licht wirbelte um die Sprungtorkonstruktion herum, so daß es wie ein Tunnel in die Unendlichkeit aussah, der den Centauri-Transporter verschluckte. Dann verblaßte die Lichtröhre wieder, und nur das kalte Skelett des Sprungtors blieb zurück.

»Captain in der Zentrale«, meldete eine Stimme.

»Rühren«, antwortete John Sheridan freundlich. Ivanova drehte sich um und beobachtete den Captain, der über den Verbindungsweg ging und seinen Untergebenen zunickte. Seine Hände hatte er hinter dem Rücken verschränkt, um zu zeigen, daß er sich nicht einmischen wollte. Diese Angewohnheit war ihr schon häufiger aufgefallen. Es gab keinen Notfall und auch keine besonderen Vorkommnisse, aber der Captain sah trotzdem besorgt aus.

Sie nickte ihm kurz zu. »Hallo, Captain.«

»Commander.« Er lächelte jungenhaft. »Wie ist der Verkehr?«

»Gemäßigt. Die Abflüge hängen etwas im Zeitplan, aber es gibt nur eine Beschwerde.«

Sheridan runzelte die Stirn. »Botschafter G'Kar, oder?«

»Ja«, antwortete sie. »Er benutzt seinen eigenen Transporter und scheint es sehr eilig zu haben.«

Sheridan fuhr sich mit der Hand durch die sandfarbenen Haare. »Ich habe gerade erst von seinem Abflug erfahren. Etwas plötzlich, finden Sie nicht? G'Kar verschwindet doch sonst nie ohne großen Bahnhof.«

»Nein, Sir, da haben Sie recht. Er wurde unerwartet zum Heimatplaneten zurückgerufen. Keiner weiß, warum.«

Der Kommunikationsoffizier unterbrach sie. »Commander,

der Botschafter will wissen, wann sein Sprung endlich freigegeben wird.«

»Stellen Sie ihn zu mir durch«, sagte der Captain.

Augenblicklich erschien auf dem Monitor vor ihnen der gefleckte Schädel mit dem kantigen Kinn. Der Botschafter sah aufgebracht aus. »Was soll diese Verzögerung?« polterte er. »Oh, hallo Captain Sheridan. Gibt es Probleme?«

»Das wollte ich Sie gerade fragen«, sagte der Captain. »Sie machen sich doch sonst nicht so unauffällig aus dem Staub. Können wir Ihnen irgendwie helfen?«

Der Narn schüttelte ungeduldig den Kopf. »Ich habe doch bereits gesagt, daß es sich um eine persönliche Angelegenheit handelt, die ich erledigen muß. Ich werde mich bei Na'Toth melden, die Sie bezüglich meiner Rückkehr in Kenntnis setzen wird. Kann ich jetzt los?«

Sheridan zögerte. »Seien Sie vorsichtig, Botschafter. Es ist eine ziemlich lange Reise für ein so kleines Schiff.«

G'Kars Augenbrauen zogen sich zusammen. »Wir haben alle unsere Verpflichtungen, und manchen müssen wir uns allein stellen. Wiedersehen, Captain.«

»Wiedersehen«, sagte Sheridan.

Ivanova fühlte sich seltsam unbehaglich, während sie die Checkliste durchging. »Wiedersehen« war so ein gebräuchlicher Ausdruck; aber je nachdem, wie man ihn aussprach, konnte er alles – von einem kurzen Abschied bis zu einem endgültigen Lebewohl – bedeuten. Es hatte etwas Unheilvolles in der Art gelegen, wie Sheridan und G'Kar einander verabschiedet hatten. Sie blickte zum Captain hinüber, der sich stets bemühte, die außerirdischen Botschafter zu verstehen, ohne die notwendige Distanz zu verlieren. Er hatte noch nicht gelernt, wie sinnlos dieser Versuch war, und wie schwierig es war, nicht in Intrigen hineingezogen zu werden.

Sie wollte G'Kar viel Glück wünschen, blieb aber bei der

offiziellen Formulierung. »Narn-Transporter, Sie haben Startfreigabe.«

Sheridan schüttelte den Kopf, während das zigarrenförmige Schiff aus dem Dock hervorschoß und in das Sternenmeer eintauchte. »Hat er irgendwelche Schwierigkeiten mit seiner Regierung?«

»Ich weiß nicht«, sagte Ivanova achselzuckend. »Entgegen der allgemeinen Vorstellung weiß ich nicht alles, was hier vor sich geht.«

»Dreißig Sekunden bis zum Sprung«, sagte ein Techniker.

Captain Sheridan wandte sich gerade zum Gehen, als es geschah. Die Instrumente, die den Flug von G'Kars Einmannschiff verfolgten, drehten völlig durch.

»Ein Riß im Reaktor des Narnschiffs!« schrie ein Techniker.

Sein Kollege präzisierte: »Radioaktivität um vierhundert Prozent gestiegen!«

Ivanova hämmerte hilflos auf die Kommunikationskonsole ein. »Narn-Transporter, bitte kommen! G'Kar!«

Das kleine Schiff trieb noch ein paar Sekunden dahin, bevor es in eine Wolke subatomarer Partikel zerbarst. Die Explosion breitete sich in einem Feuerball aus, bis sie wie ein Feuerwerkskörper verging. Nach weniger als zwei Sekunden war von G'Kars persönlichem Transportschiff nur noch Weltraumstaub übrig.

»Mein Gott!« ließ sich ein Techniker hinter Ivanova vernehmen.

Captain Sheridan lehnte an der Konsole und starrte entgeistert auf den Punkt zwischen den Sternen, an dem sich wenige Sekunden vorher noch ein Schiff befunden hatte. Er schluckte schwer und sagte dann: »Starfury fertigmachen. Und ein Rettungsteam!«

»Starfury eins«, befahl Ivanova, »fertigmachen für eine Rettungsmission. Code Zehn. Bereich Alpha 136. Rettungsteam, gleiche Koordinaten für Sie.«

»Da ist doch nichts übrig«, sagte ein verwirrter Techniker. »Damit kann man keinen Fingerhut mehr füllen.«

Niemand stellte die Entsendung der Starfury und des Rettungsteams in Frage, obwohl die Aktion sinnlos war. Ein paar Sekunden später meldete ein Techniker, daß der kleine Fighter den Zielpunkt erreicht hatte und die Gegend abflog. Das Rettungsteam stieg bereits in die Raumanzüge.

Captain Sheridan tippte auf das Com-Link auf seinem Handrücken. »Sheridan an Garibaldi, bitte kommen.«

»Schon da, Sir«, sagte der Sicherheitschef mit rauher Stimme, als hätte er gerade ein Nickerchen gemacht.

»Es hat einen schrecklichen Unfall gegeben.« Sheridan blickte zu Ivanova hinüber. »Zumindest glauben wir, daß es ein Unfall war.«

»Ein Plasmastrahl direkt auf den Hauptreaktor kann so etwas verursachen«, sagte sie.

Sheridan hob die Schultern. »Wie auch immer, Chief. G'Kar ist tot.«

»Was?« stieß Garibaldi hervor. »Wie?«

»Kommen Sie in die Kommandozentrale«, befahl Sheridan. »Ende.«

»Hier Starfury eins.« Die Aufmerksamkeit der anwesenden Personen wurde wieder auf den schlanken, kreuzförmigen Fighter gelenkt. Kurz darauf schaltete der Bildschirm auf eine Innenansicht des Cockpits. Warren Keffers Gesicht war durch die gespiegelten Instrumente auf seinem Visier kaum zu sehen, aber Ivanova konnte die Besorgnis in seinen Augen sehen.

»Bericht«, sagte sie.

Keffer studierte seine Instrumente. »Ich registriere eine Menge an Spurenelementen und Gasresten sowie ein begrenztes radioaktives Feld. Ich kann genau feststellen, wo die Explosion stattgefunden hat, aber wenn Sie auf Überlebende hoffen ... vergessen Sie's. Wir können froh sein, wenn wir überhaupt noch Wrackteile finden.«

Ivanova nickte düster. Das hatte sie erwartet. Sie blickte zu

Sheridan, dessen für gewöhnlich entspanntes Gesicht jetzt schockiert und blaß aussah.

Es gab keinen Zweifel: G'Kar vom Dritten Kreis, der erste Botschafter des Narn-Regimes auf *Babylon 5*, war tot.

2

Da G'Kar oft in seinem Privatquartier arbeitete, benutzte Na'Toth häufig ihren Zugang zu dem Zimmer, um dort die Folien, Akten und Datenkristalle zu ordnen. Ihr Vorgesetzter konnte schlampig und unordentlich sein, wenn ihm niemand zur Hand ging. Jetzt wollte sie sich nach Hinweisen auf Termine umsehen, von denen er ihr vielleicht nichts erzählt hatte, die aber seine plötzliche Abreise erklären würden.

Hatte er etwa Schwierigkeiten mit dem Rat? Er hatte zwar Verbündete im Kha'Ri, die ihm den Rücken freihalten sollten, aber das klappte nicht immer. G'Kar nahm kein Blatt vor den Mund, brauste leicht auf und war ein Geheimniskrämer – möglicherweise hatte er Konflikte und Feinde, von denen sie nichts ahnte. Na'Toth ließ sich auf dem Schreibtischstuhl nieder und sah ein halbes Dutzend Datenkristalle vor sich, die auf dem Tisch verteilt lagen. Sie schob sie zusammen und räumte sie in eine Ecke. Warum war G'Kar so plötzlich abgeflogen? Warum alleine, ohne einen ausgebildeten Piloten?

Der Türgong erklang, und Na'Toth hob ihr markantes Kinn. Im Augenblick war sie die einzige Repräsentantin des Narn-Regimes auf *Babylon 5*, deshalb mußte sie sich an gewisse Spielregeln halten. Der Besucher war wahrscheinlich ein Landsmann mit Reiseproblemen, oder jemand, der sich über den einen oder anderen Narn beschweren wollte. Sie hatte einen speziellen Datenkristall mit automatischer Löschfunktion für solche Fälle. »Herein!«

Zu ihrer Überraschung war es kein verirrter Tourist, sondern

Captain John Sheridan, der mit Chief Garibaldi und Commander Ivanova eintrat. Na'Toth richtete sich in dem Stuhl auf, denn sie erwartete scharfe Fragen. Aber selbst wenn sie etwas gewußt hätte, würde sie es nie mit ein paar Erdlingen geteilt haben. »Kann ich Ihnen helfen?«

Captain Sheridan stellte sich vor sie hin, sah sich aber hilfesuchend nach seinen Untergebenen um. Von diesen kam jedoch nichts. Na'Toth verlagerte ihr Gewicht, denn ihr schwante, daß die kleine Gruppe nicht auf der Suche nach Informationen war – vielmehr brachte sie welche.

»Der Botschafter . . .«, begann Sheridan heiser. »Botschafter G'Kar ist tot. Sein Schiff ist explodiert, kurz bevor es das Sprungtor erreichte.«

»Was?« rief Na'Toth und sprang von ihrem Stuhl auf. Sie schlug mit der Faust auf den Tisch, so daß die Datenkristalle auf der Fläche tanzten. Ein paar fielen auf den Boden.

»Wir untersuchen die Sache bereits«, sagte Garibaldi. »Können Sie uns irgendwie helfen?«

Na'Toth schüttelte den Kopf wie ein angeschossenes Tier und stampfte durch den Raum. »Haben Sie die Gegend abgesucht? Gibt es irgendeine Spur von ihm?«

»Nein«, sagte Sheridan. »Wir haben Rettungsteams losgeschickt, Sicherheitsmannschaften, alles. Ein Reparaturtrupp hat sogar die Luftschleusen der Station untersucht. Das Schiff ist völlig zerstört worden. Er kann nicht überlebt haben.«

Na'Toth streckte sich, hob ihr Kinn und wirkte nun völlig ruhig. »Sie müssen mir alles sagen. Wenn er ermordet wurde, werde ich dem Täter Shon'Kar schwören!«

»Shon'Kar?« fragte Sheridan verwundert.

»Der Blutschwur«, sagte Garibaldi. »Hören Sie, Na'Toth, wir können Selbstjustiz hier nicht dulden. Die Erde hat jede Menge Gesetze für den Umgang mit Mördern. Wenn Sie Gerechtigkeit wollen, sollten Sie uns sagen, wer seinen Tod geplant haben könnte. Wenn dieser Jemand noch immer auf der Station ist, werden wir ihn kriegen.«

»Wenn ich wüßte, wer es war«, antwortete Na'Toth, »wäre ich schon längst bei ihm und hätte meine Hände an seinem Hals.«

»Dann sagen Sie uns, was Sie wissen«, sagte Sheridan. »Hat jemand den Botschafter bedroht? Warum wollte er so plötzlich zum Heimatplaneten zurück?«

Die Narn schüttelte betrübt den Kopf. »Ich weiß es nicht. Vielleicht ging es um den Kha'Ri oder seine Frau, wer kann das sagen? Er sagte, daß er eine Botschaft erhalten habe und aus persönlichen Gründen abreisen müsse. Was etwaige Feinde betrifft: G'Kar hatte eine ganze Menge, einige davon sogar hier auf der Station. Londo Mollari gehört dazu. Sie sollten sich diesen wehleidigen Centauri mal vornehmen.«

»Er steht ganz oben auf der Liste«, versicherte Garibaldi. »Aber Londo hätte G'Kar schon oft töten können, wenn er es gewollt hätte. Das hier ist nicht sein Stil. Vielleicht war es jemand, den G'Kar erst kürzlich kennengelernt hat. Hatte er neue Geschäftspartner? Schien er wegen irgend etwas beunruhigt?«

Na'Toth hörte gar nicht richtig zu. Die Bedeutung der Ereignisse sickerte jetzt erst in ihr Gehirn. G'Kar war tot, und der Rest ihres Lebens würde Shon'Kar gewidmet sein. Die Mörder mußten gefunden und ausgelöscht werden. Diese armseligen Erdlinge mit ihrem übertriebenen Sinn für Gerechtigkeit zählten jetzt nicht. Wichtig war nur noch die Rache für den Tod von G'Kar.

»Vielleicht«, erklärte sie, »mußte es so kommen. Auf *Babylon 5* war G'Kar zu bekannt und die Zielscheibe zu vieler Feinde. Er hat sein Leben riskiert, um die Interessen Narns zu vertreten, und das ist der Preis.«

Sheridan räusperte sich. »Wer hatte Zugang zu seinem privaten Transporter? Bitte helfen Sie uns bei dieser Sache.«

»Sein Transporter lag seit Monaten unbenutzt im Dock. Dutzende von Wartungstechnikern hatten freien Zugang. Die meisten davon gehörten zu Ihren Leuten. Er dachte, er wäre hier sicher.« Na'Toth schnaubte verächtlich. »Dieser Narr. Er glaubte wirklich, hier sicher zu sein.«

Ivanova ging währenddessen zu G'Kars Schreibtisch und nahm einen Datenkristall in die Hand, der herunterzufallen drohte. Sie sammelte auch die anderen Kristalle ein und warf einen Blick auf die herumliegenden Papiere. »Hat er seinen Schreibtisch so hinterlassen?« fragte sie.

Na'Toth hob die Schultern. »Leider ja. Er hat alles einfach so liegenlassen. Vielleicht findet sich etwas Interessantes darunter, das uns einen Hinweis darauf gibt, wieso er abreisen wollte.«

Garibaldi nahm einen Beutel für die Beweisstücke aus der Tasche und öffnete ihn. »Commander, würden Sie bitte die Kristalle und die Papiere in den Beutel stecken?«

Während Ivanova die Beweise in die Tüte packte, wandte sich Garibaldi erneut an Na'Toth. »Wir werden alle seine Unterlagen zusammensuchen und das Quartier versiegeln. Ich gebe Ihnen eine Quittung. Nach unseren Ermittlungen erhalten Sie selbstverständlich alles vollständig zurück.«

»Das ist nicht wichtig«, entgegnete Na'Toth. »Was sind die Besitztümer eines Toten anderes als Zweige an einem abgestorbenen Baum?«

»Ich bedauere das alles sehr«, beteuerte Captain Sheridan. »Erlauben Sie mir, den Kha'Ri zu informieren.«

»Nein«, entgegnete Na'Toth, »ich werde das selbst tun. Es gibt viele Dinge, die nun zu erledigen sind. Sie finden mich in meinem Quartier.«

Garibaldi beobachtete die Frau, die sich aufrichtete und aus dem Raum marschierte. Ihre Reaktion entsprach ungefähr dem, was er erwartet hatte – keine Tränen, keine Schuldzuweisungen, aber auch keine Hilfsbereitschaft – nur pure Wut. Manche Leute hätten Na'Toth zu den Verdächtigen gezählt, aber nicht er. Er wußte, wie sehr sie G'Kar bewundert hatte.

»Meint sie das mit Shon'Kar ernst?« fragte Sheridan.

»Worauf Sie sich verlassen können«, sagte Garibaldi. »Wenn Sie sich an die Berichte erinnern, werden Sie wissen, daß Na'Toth schon einmal einer Todesbringerin Shon'Kar geschworen hat. Sie hat die Frau fast mit bloßen Händen erwürgt, kaum daß sie ihr Schiff verlassen hatte. Den Narn ist dieser Blutschwur äußerst wichtig.« Der Chief berührte sein Com-Link. »Garibaldi hier. Ich will eine Sicherheitseinheit und ein Team von der Spurensuche im Quartier von G'Kar sehen. Und zwar pronto.«

»Wir sollten die Abflüge sperren«, sagte Sheridan.

Ivanova war schon auf dem Weg zur Tür. »Ich gehe sofort in die Kommandozentrale.«

Die beiden Männer sahen ihr nach, als sie den Raum verließ, und Garibaldi fühlte sich wie gelähmt. Der Schock und die Trauer hatten ihn völlig passiv gemacht. Er wußte, daß sie nun etwas unternehmen mußten, aber nichts würde G'Kar wieder zurückbringen. Das machte alle Untersuchungen sinnlos. Trotzdem mußte der Gerechtigkeit Genüge getan werden, ob man sie nun Shon'Kar nannte oder einfach Rache. Wenn der Verantwortliche für G'Kars Tod noch auf der Station war, mußten sie in jede Luke sehen, um ihn zu finden.

»Ich muß noch ein paar Kondolenzbriefe und Berichte schreiben«, sagte Sheridan. Der Captain seufzte. »Wir müssen eine Durchsage machen und eine Pressekonferenz anberaumen. Ich werde Ihnen die Presseleute vom Hals halten. Kümmern Sie sich ganz um Ihre Untersuchungen.«

»Danke«, sagte Garibaldi.

Der Captain verließ das Quartier, und der Sicherheitschef legte den Beutel mit den Beweismitteln auf den Schreibtisch, um sich nach weiteren Hinweisen umzusehen. Das Zimmer hatte eine fast mediterrane Einrichtung mit schweren Möbeln aus dunklem Metall und Leder. An den Wänden hingen Teppiche mit eingewebten Jagd- und Kampfszenen. Garibaldi konzentrierte sich auf die

Schubladen des Schreibtischs und schob noch ein paar Büromaterialien in den Beutel.

»Welch meldet sich zur Stelle, Chief.« Garibaldi sah auf und erblickte die Sicherheitsleute, die er bestellt hatte. »Botschafter G'Kar ist tot«, sagte er knapp. »Sein Schiff ist explodiert. Er war das einzige Opfer. Mehr Informationen haben wir im Moment noch nicht.« Der Chief runzelte die Stirn. »Ich mache mir Sorgen um seinen Attaché Na'Toth. Sie ist keine Verdächtige, könnte aber ein weiteres Opfer sein. Außerdem glaube ich, daß sie mehr weiß, als sie uns sagt. Sie und Baker werden zu Na'Toths Quartier gehen und ein Auge auf sie haben. Sagen Sie ihr, daß Sie nur da sind, um ihr zur Hand zu gehen, falls sie etwas braucht. Wenn sie ihr Quartier verläßt, hängen Sie sich dran und informieren Sie mich.«

»Ja, Sir«, bestätigte Welch. Er und die Offizierin machten sich auf den Weg.

Garibaldi wandte sich an die anderen beiden Offiziere. »Sie beide versiegeln das Quartier und warten auf die Spurensicherung. Außer den Jungs kommt hier keiner rein. Alle Narn, die die Station verlassen wollen, werden zum Verhör dabehalten.«

»Ja, Sir.« Die Offiziere bezogen neben der Tür Stellung.

Garibaldi dachte daran, die Beweisstücke in sein Labor zu bringen, aber er wollte zuerst die Datenkristalle sichten, und der nächste Bildschirm war nur einen Meter entfernt. Er griff in den Beutel und zog eine Handvoll Kristalle heraus. Sie unterschieden sich in Farbe und Größe, aber die Verbindungsstücke waren bis auf die Seriennummern und Kennungen einheitlich. Das heißt, *ein* Kristall hatte überhaupt keine Kennzeichnung. Er war so dunkel, als wäre er bestrahlt worden. Auch kein Datum. Langsam steckte Garibaldi den Datenträger in die Öffnung unter dem Schirm.

Ein weiblicher Narn erschien auf dem Monitor. Sie war ein heißer Feger, das rote Kleid akzentuierte ihren schlanken Körper. Das konnte ja wohl kaum G'Kars Frau sein, oder? Garibaldi verwarf den Gedanken gleich wieder, denn so eine Frau hätte der Botschafter sicher nicht monatelang alleingelassen.

»Hallo, G'Kar«, schnarrte die Frau. »Erinnern Sie sich an mich? Ich bin Mi'Ra, die Tochter von Du'Rog. Ich spreche für meine Mutter Ka'Het und meinen Bruder T'Kog. Wir sind der Rest der Familie, die Sie zerstört haben. Ja, G'Kar, wir sind am Ende. Man hat uns unser Land und unsere Titel genommen. Unser Vater ist tot, sein Name beschmutzt, und sein Versuch, Sie noch aus dem Grab heraus ermorden zu lassen, ist fehlgeschlagen. Zu unserem Bedauern haben alle Attentäter versagt.«

Garibaldi schluckte einen saftigen Fluch herunter, weil er von diesen Anschlägen nichts mitbekommen hatte. Die schnuckelige Narn wurde nun richtig wütend und bedrohte das Leben des Botschafters. Sie schwor ihm Shon'Kar, als ob es davon nicht schon genügend gegeben hätte. Na, dachte Garibaldi, das macht die Sache wohl zu einer persönlichen Fehde. Als die Frau den Dolch zog und sich selbst die Schläfe aufschnitt, klappte die Kinnlade des Chiefs herunter.

Der Bildschirm schaltete sich genau in dem Augenblick ab, als Garibaldis Com-Link piepste. Er zog den Datenkristall aus der Öffnung und steckte ihn in seine Tasche, bevor er sich meldete. »Garibaldi hier.«

»Welch«, kam die Antwort. »Wir haben ein Problem. Na'Toth ist nicht in ihrem Quartier.«

Der Sicherheitschef eilte zur Tür. »Na schön, finden Sie sie. Oder besser noch, lösen Sie einen Sicherheitsalarm aus, alle Narn sollen sich für Befragungen bereithalten!«

Botschafter Londo Mollari stand vor dem Kosmetikspiegel und machte sich schön. Er bürstete Strähnen seines schwarzen Haares zu dolchartigen Spitzen hoch, so daß sie sein rundliches Gesicht wie die Strahlen von Proxima Centauri umgaben. Er befeuchtete seine Fingerspitzen und brachte damit eine widerspenstige Augenbraue in Ordnung. Dann zupfte er seine burgunderfarbene Weste zurecht und strich über seine Orden. Heute abend mußte er gut aussehen – es war ein Festtag! Sommersonnenwende nannte man ihn wohl, obgleich er keine Ahnung gehabt hatte, daß Astronomie auf der Erde so populär war. Zur Feier eines Sonnentages schien es ihm passend, die Haare wie die Strahlen einer Sonne zu tragen. Londo kicherte und nahm noch einen Schluck von dem Chardonnay, den er zu Ehren des Erdenfestes trank. Dann fühlte er in seiner Tasche nach, um sich zu vergewissern, daß er die Chips für das Casino bei sich trug. Es waren die Gewinne vom Vorabend. Heute abend wollte er nicht soviel spielen, denn die Damen würden in Feststimmung sein, und man konnte reichlich exotische Getränke kosten. Nach seinen Erfahrungen damit waren terranische Erfrischungen geradezu unschuldig im Geschmack, aber heftig in der Wirkung. Genau richtig, um die Damen gesellig zu stimmen, dachte er und kicherte erneut. Bei dem Gedanken an weiche Embryos und Hirnpudding streichelte er seine beträchtliche Leibesfülle und schlenderte zur Tür. Er summte einen Walzer und beschloß, heute abend vielleicht ein wenig zu tanzen. Dann betrat er den Korridor, ohne zu ahnen, daß dort jemand auf ihn wartete, bis eine Hand seinen Mund verschloß und ein Messer gegen seinen Hals gepreßt wurde.

»Still«, zischte Na'Toth. »Ihr Leben hängt davon ab.«

Londos erster Impuls war Widerstand, doch die Frau war dreißig Jahre jünger als er, körperlich fit und außerdem durch das Messer im Vorteil. »Sie Närrin!« spuckte er durch ihre Finger aus. »Was ist denn in Sie gefahren?«

Die Spitze der Klinge ritzte sein Kinn, und Londo spürte das Blut, als ob er sich beim Rasieren geschnitten hätte.

»Öffnen Sie die Tür«, flüsterte Na'Toth.

Der Centauri tat, wie ihm geheißen. Er wollte nicht unbedingt im Gang erstochen werden, wo es jeder sehen konnte. Lieber wollte er sein Leben in Stille und Würde aushauchen. Er schob die Identicard in den Schlitz, und die Tür öffnete sich geräuschlos.

Na'Toth dirigierte ihn in das Zimmer und sah sich noch einmal vorsichtig um. Niemand schien sie gesehen zu haben. Als die Tür geschlossen war, drückte sie die Klinge noch fester gegen Londos Hals.

»Was ist in Sie gefahren?« fragte dieser wieder in seinem seltsamen Akzent. »Wenn Sie mich schon umbringen wollen, machen Sie es kurz und tun Sie es gleich!«

Sie packte ihn an seinem bestickten Revers und schüttelte ihn. »Sie haben G'Kar ermordet!«

Er lachte nur über die absurde Vorstellung. »Ich? Hundertmal, in meinen Träumen. Aber leider lebt er immer noch.« Einen Moment lang sah er in ihre wachsamen Augen. »Oder etwa nicht? G'Kar ist tot?«

Sie funkelte ihn an. »Sie wissen natürlich überhaupt nichts darüber.«

»Selbstverständlich nicht! Wie ist das passiert?«

»Wesentlich rascher als bei Ihnen.« Sie verstärkte erneut den Druck der Klinge.

Der Türgong ertönte, und kurz darauf hämmerte jemand mit der Faust gegen die Tür. »Londo!« hörten sie Garibaldi. »Sind Sie da drin?«

Der Centauri grinste seine Angreiferin an und zeigte dabei zwei spitze Eckzähne. »Wollen Sie zur Vogelfreien werden?« flüsterte er.

Sie nahm das Messer von seinem Hals und steckte es in die Scheide zurück. »Ich kann Sie ohne Beweise nicht töten. Aber wenn ich Beweise finde . . .«

»Werden sie gefälscht sein«, behauptete Londo. Er zupfte seine Weste zurecht und wischte die Blutstropfen von seinem Kinn. Dann ging er zur Kontrolltafel und öffnete mit einem Knopfdruck die Tür.

Garibaldi stürmte mit zwei Sicherheitsbeamten in den Raum, die beide PPGs im Anschlag hatten. Er schien nicht überrascht, Na'Toth zu sehen. »Ich dachte, Sie hätten noch einiges zu erledigen?« fragte er die Narn-Frau.

»Das hier gehört dazu«, antwortete sie.

Londo räusperte sich und öffnete seinen Kragen. »Ich habe es ihr gesagt, und ich werde es Ihnen sagen: Ich habe mit dem Mord an G'Kar nichts zu tun. Ich habe selbst gerade erst davon erfahren.«

»Man hat ihn einfach in der Einkaufspassage umgenietet«, behauptete Garibaldi.

Londo erschauerte. »Oh, wie ekelhaft. Ich hoffe, das verdirbt Ihnen nicht den irdischen Feiertag.« Dann dachte der Centauri noch einmal nach. »Man hat den Botschafter in aller Öffentlichkeit wie einen Hund erschossen? Und Sie haben keine Ahnung, wer es gewesen sein könnte? Sie lassen nach, Garibaldi.«

Der Sicherheitschef gab jetzt etwas kleinlaut zu: »Er ist nicht wirklich so gestorben.«

»Oh!« sagte Londo enttäuscht. »Sie spielen nur ein Spielchen mit mir, um mich zu überlisten. Das wird nicht funktionieren. In dieser Sache bin ich genauso unwissend wie Sie.«

Na'Toth knurrte. »Wenn Sie es nicht waren, wer war es dann?«

Londo hob den Kopf und verkniff sich ein Lächeln. Der Gedanke, nie wieder G'Kars einfältiges Gesicht sehen zu müssen, hatte seinen Reiz. Aber auch diese Erleichterung würde ihren Preis haben. Zuerst einmal würde es die unvermeidlichen Verdächtigungen gegen ihn und alle anderen Centauri geben. Diese würden um so schlimmer werden, wenn kein Schuldiger zu ermitteln war. Zweitens würde das Narn-Regime ein kräftiges Säbelrasseln veranstalten. Schließlich würde ein neuer Narn-Botschafter nach *Babylon 5* entsendet werden, der sich vielleicht als noch dickköpfiger und unangenehmer erwies, falls das überhaupt möglich war. Der Botschafter senkte den Kopf wieder. »Ich werde dem Narn-

Regime selbstverständlich mein Beileid aussprechen. Ich möchte jedoch auf eine offizielle Bestätigung der Vorgänge warten.«

Garibaldi deutete zum Schreibtisch des Centauri. »Überprüfen Sie Ihr Terminal, die Ansprache von Captain Sheridan wird demnächst abgespeichert. Er hat für morgen 18:00 eine Trauerfeier im Theater in GRÜN-9 angesetzt. Erwarten Sie aber keine allzu überraschenden Erkenntnisse – wir wissen selber nicht genau, was vorgefallen ist. Vielleicht war es doch ein Unfall.«

Londo erlaubte sich ein Lächeln. »Wohl kaum. Männer wie G'Kar sterben immer eines gewaltsamen Todes.«

Na'Toth fuhr auf und griff erneut nach dem Dolch in der Scheide. Londo lachte. »Dachten Sie wirklich, G'Kar würde in einem weichen Bett an Altersschwäche sterben?«

»Nein«, gab Na'Toth zu und senkte ihre Hand wieder.

»Ich habe eigene Informationsquellen«, sagte Londo Mollari. »Gestatten Sie mir, ein wenig herumzufragen, um Mr. Garibaldi zu helfen. Vielleicht kann ich ja kleine Informationsstücke zutage fördern, die bisher übersehen wurden.«

»Passen Sie aber auf«, warnte Garibaldi ihn. »Wir wollen nicht noch einen Botschafter verlieren.«

Diese Bemerkung wischte das Lächeln von Londos Gesicht. »Danke, daß Sie mir den Abend verdorben haben.«

»Nichts zu danken.« Garibaldi wandte sich wieder an die Narn. »Na'Toth, Sie sollten besser mit mir kommen. Ich habe da noch ein paar Fragen.«

Na'Toth machte nicht den Versuch, sich für den ungerechtfertigten Angriff auf Londo zu entschuldigen. Ihre Augen funkelten kalt, als sie an den beiden Sicherheitsbeamten vorbeiging. Garibaldi und seine Männer folgten ihr, und die Tür schloß sich hinter ihnen. Londo war wieder allein. Der Botschafter seufzte und goß sich ein weiteres Glas Wein ein. Der Tod eines Botschafters, selbst wenn es nur ein Narn war, würde Wunden aufreißen, die Jahre zur Heilung brauchten. Das konnte die Friedensverhandlungen weit zurückwerfen und die Liga der nicht assoziierten Welten abschrecken. Der Tod eines weiteren Botschafters würde die Mission von *Babylon 5* insgesamt gefährden. Londo stellte das Glas ab und begab sich zu seinem Terminal. Er drückte eine Taste und bellte: »Vir! Sofort in mein Quartier!«

»Aber Sir«, ließ sich die Stimme des beleibten Attachés vernehmen, »ich dachte, wir würden uns im Casino treffen.« Londo hörte ein schrilles Lachen im Hintergrund.

»Das Fest ist vorbei. Wir müssen Informationen sammeln. Du hast wohl noch nicht gehört, daß G'Kar von uns gegangen ist?«

»Ob er schon da ist?« fragte Vir, der offensichtlich mit dem Lärm im Casino seine Schwierigkeiten hatte. »Nein, ich habe ihn noch nicht gesehen.«

»Schon gut«, sagte Londo. »Du wirst es noch früh genug erfahren. Komm jetzt wie befohlen in mein Quartier. Achte auf verdächtige Personen, besonders, wenn es Narn sind. Mollari Ende.«

Hmmm, dachte Londo und lächelte trocken. Garibaldi verdächtigt einen Narn, aber es hat noch keine Verhaftungen gegeben. Bisher war es offiziell noch nicht einmal ein Mord. Offensichtlich tappte man im dunkeln. Er würde gerne helfen, und sei es nur, um keine Narn-Dolche mehr an seiner Kehle spüren zu müssen. Wenn dieser Zwischenfall aber weitere Kreise ziehen und im Rat der Narn Chaos verursachen sollte, wäre das vielleicht gar keine so schlechte Sache. Das würde den eisernen Griff der Reptilien um ihre entfernteren Kolonien lockern. Möglicherweise gab das den Centauri die Chance, die betreffenden Sektoren zurückzuerobern. Londo nahm nachdenklich einen Schluck Wein.

3

»Ich habe viel zu tun!« sagte Na'Toth und blieb mitten im Korridor stehen. Sie war nicht bereit, auch nur einen Schritt weiter zu gehen.

»Zum Beispiel die Botschafter zu bedrohen«, sagte Garibaldi. »Wenn Sie wirklich G'Kars Mörder finden wollen, dann nehmen Sie sich die Zeit, mich zu begleiten.«

Sie senkte den Kopf ein wenig. »Sie wissen, wer es getan hat?«

»Sagen wir mal, ich habe einen berechtigten Verdacht. Kommen Sie, der Captain wartet.«

Als Garibaldi und Na'Toth das Büro des Captains erreichten, beendete Ivanova gerade ihren Bericht. Genaugenommen hatten die Rettungscrew, das Med-Team und die Spurensicherung rein gar nichts gefunden. Mit dem Dockingmechanismus und der Luftschleuse war alles in Ordnung, und von dem Transporter samt Piloten war nur eine Million mikroskopisch kleiner Teilchen übriggeblieben, die nun durch die Weiten des Alls trieben. Es würde Tage dauern, so viele Reste zusammenzutragen, daß eine halbwegs verläßliche Untersuchung eingeleitet werden konnte. Ivanova hatte dafür bereits ein Team abgestellt.

Alle Augen richteten sich nun auf Garibaldi, der einen Datenkristall aus der Tasche zog. »Dieser Kristall lag auf G'Kars Schreibtisch. Ich habe ihn mir angeschaut, weil er keine Seriennummer aufweist.« Er aktivierte den Schirm auf dem Schreibtisch des Captains und führte den Kristall ein. Als das Bild der schlanken Narn-Frau auf dem Schirm erschien, atmeten alle Anwesenden hörbar ein.

»Hallo, G'Kar«, begann sie. »Erinnern Sie sich an mich? Ich bin Mi'Ra, die Tochter von Du'Rog. Ich spreche für meine Mutter Ka'Het und meinen Bruder T'Kog. Wir sind der Rest der Familie, die Sie zerstört haben . . .«

Na'Toth hieb mit der Faust auf Sheridans Stuhl und ließ ein paar herzhafte Flüche hören. Garibaldi unterbrach die Wiedergabe.

»Sie kennen diese Frau wohl?« fragte Captain Sheridan.

Na'Toths Lippen zitterten, wobei nicht zu erkennen war, ob Wut oder Trauer der Grund war. »Ich weiß, was jetzt kommt.«

Garibaldi ließ die Aufzeichnung weiterlaufen. Die Narn-Frau im roten Kleid schwor dem toten Botschafter Shon'Kar. Sie bat um den Beistand der Propheten, damit sie ihn selber töten konnte. Garibaldi warnte nicht vor der nächsten Szene, und noch einmal wurde im Raum scharf eingeatmet, als die Frau sich in die Schläfe schnitt. Dann war die Aufzeichnung beendet, und es wurde still.

»Nett«, sagte Ivanova schließlich.

Na'Toth ging in Richtung Tür, aber Garibaldi schnitt ihr den Weg ab. »Nach allem, was geschehen ist, will ich es Ihnen nicht zu schwer machen, Na'Toth. Aber Sie müssen uns sagen, was Sie wissen.«

Die wütende Narn blickte von einer Person zur nächsten, und Garibaldi hatte auf einmal die irrationale Angst, daß sie ihm den Schädel einschlagen und einfach zur Tür herausspazieren könnte.

Endlich lenkte sie ein. Während sie in Sheridans geschmackvoll eingerichtetem Büro auf und ab ging, berichtete sie: »Ich war gerade auf *Babylon 5* angekommen und hatte G'Kar noch nie vorher gesehen. Ich war sehr stolz auf meinen neuen Posten und wollte mich beweisen. Zu diesem Zeitpunkt lag Mi'Ras Vater Du'Rog im Sterben. Vom Sterbebett aus heuerte er einen Killer der Thenta Nla'Kur an, um G'Kar zu beseitigen. Um den Botschafter vorher leiden zu lassen, schickte er ihm eine Nachricht wie diese, auf einem unmarkierten Kristall.« Sie lachte freudlos. »Zuerst dachte G'Kar, *ich* wäre die Attentäterin. Du'Rog war ein Narr, denn ohne die Warnung hätte der Mörder Erfolg gehabt.«

»Warum haben Sie uns über diesen Vorgang nicht informiert?« fragte Garibaldi.

»Es war die Zeit der religiösen Festlichkeiten«, antwortete die

Narn, »und Sie hatten Ihre eigenen Probleme. Außerdem war das eine Privatangelegenheit. G'Kar hat der Du'Rog-Familie Fürchterliches angetan, und ihr Zorn war berechtigt. Den ersten Versuch haben wir abwehren können, aber diesmal . . .« Sie schüttelte ihren majestätischen Kopf und schien unfähig, den Satz zu beenden.

Captain Sheridan schnaufte. »Also schon wieder so eine Shon'Kar-Angelegenheit? Ich habe immer gedacht, die Narn seien ein zivilisiertes Volk, Blutfehden und Rachemorde sollten eigentlich mit dem Mittelalter ausgestorben sein. Auf dieser Station werden sie jedenfalls nicht geduldet.«

Na'Toth warf ein: »Warum sagen Sie das nicht Mi'Ra? Sie hat von dieser Regel anscheinend noch nichts gehört.«

Sheridan erhob sich von seinem Stuhl und unterdrückte seine Wut. »Hören Sie, Na'Toth, wir sind alle aufgebracht wegen dieser Angelegenheit. Wir alle wollen den Killer hinter Gittern sehen. Diese Botschaft ist praktisch ein Geständnis, aber noch kein endgültiger Beweis. Eins möchte ich auf jeden Fall klarstellen – Blutschwur-Massaker werde ich auf meiner Station nicht dulden.«

Na'Toth drehte ihren Kopf hin und her, als müßte sie ihre Nackenmuskeln entspannen. Sie ist immer noch wütend, dachte Garibaldi, aber wenigstens paßt G'Kars Tod jetzt in ihre Vorstellung von den Regeln des Universums. Er war nicht länger sinnlos oder zufällig, sondern hatte ein Gesicht bekommen.

»Die Du'Rog-Familie sollte einfach zu finden sein«, erklärte Na'Toth. »Sie lebt auf der Heimatwelt. Und genau dorthin werde ich gehen.«

»Wir können keinem Narn erlauben, die Station zu verlassen«, warnte Garibaldi.

Na'Toth richtete sich auf. »Ich genieße diplomatische Immunität und kann deswegen nicht daran gehindert werden, oder, Captain?«

Sheridan schüttelte den Kopf. »Nein. Sie und G'Kar können jederzeit abreisen.« Der Captain zuckte zusammen, als ihm klar wurde, daß er G'Kars Namen in der Gegenwartsform verwendet hatte.

»Was genau hat G'Kar Du'Rog denn nun angetan?« fragte Ivanova.

Na'Toth ließ wieder die Schultern hängen. »Es ist keine sehr schöne Geschichte, und Sie werden schlecht von meinem Vorgesetzten denken, wenn ich sie erzähle. Nachdem der erste Attentatsversuch fehlgeschlagen war, teilte G'Kar mir die Wahrheit mit. Als Lohn und aus Dankbarkeit. Es begann damit, daß er in den Dritten Kreis aufsteigen wollte.«

Sheridan schaute etwas verwirrt, deswegen erklärte Na'Toth weiter: »Die Narn-Gesellschaft ist streng geordnet. Wir haben Kreise – Sie würden sie vielleicht Klassen oder Kasten nennen. Der Innere Kreis ist sozusagen die Monarchenfamilie. Der Zweite Kreis bleibt den geistigen Führern und den Propheten vorbehalten. Der Dritte Kreis ist das höchste, was ein gewöhnlicher Narn erreichen kann. Dazu muß man sehr ambitioniert sein, und G'Kar war sehr ambitioniert.« Na'Toth blickte auf den leeren Bildschirm, als ob sie sich an eine alte Unterrichtsstunde erinnerte. »Die Zahl der Sitze im Dritten Kreis ist limitiert. Für einen Neuzugang muß es einen Abgang geben.« Sie sah ihre Zuhörer wieder an. »Jemand aus dem Dritten Kreis starb, ein Sitz wurde frei. G'Kar und Du'Rog meldeten beide ihre Ansprüche an. Sie nutzten alle ihre Beziehungen. Du'Rog war älter und hatte mehr Erfahrung, aber G'Kar war rücksichtsloser. Zu dieser Zeit gab es ein Verfahren gegen einen Revolutionär namens General Balashar. Das Gericht hatte ihn lange in die Zange genommen, um zu erfahren, woher er seine Waffen bezog. Balashar wußte, daß er so oder so zum Tode verurteilt werden würde, daher schwieg er. Doch plötzlich brach er sein Schweigen und beschuldigte Du'Rog. Es gab keinerlei Beweise, aber die Welle der Empörung ruinierte den Ruf von Du'Rog. Nach der Exekution von Balashar zahlte G'Kar dessen Familie eine beträchtliche Summe und besorgte ihr einen neuen

Wohnort. Du'Rog wurde verbannt. G'Kar stieg in den Dritten Kreis auf und konnte sich einen bequemen Posten auswählen. Er entschied sich, Botschafter auf *Babylon 5* zu werden.«

»Okay«, sagte Sheridan, »aber das war ja nicht das Ende. Kann diese Frau Mi'Ra ihre Drohung wirklich wahr machen?«

Na'Toth senkte den Kopf, und ihre Augen funkelten in den tiefliegenden Höhlen. »Captain, Shon'Kar wird nicht so einfach dahingesagt – es ist eine Lebensaufgabe, ein Ziel, für das man bereitwillig sein Leben gibt. Ich kenne Mi'Ra nicht, aber ich habe sie ihr Blut vergießen sehen. Sie hat beschlossen, ihr Leben Shon'Kar zu widmen. Sie wird den Schwur erfüllen – oder sterben.«

Sheridan räusperte sich unangenehm berührt. »Da sind noch zwei Dinge, die ich nicht verstehe. Sie sagten, Du'Rog habe die Thenta Ma'Kur angeheuert. Was ist das?«

»Eine Vereinigung professioneller Killer«, antwortete Na'Toth. »Teuer, aber sehr zuverlässig. Wir hatten Glück, sie beim ersten Mal abwehren zu können.«

»Und was hat es mit der V'Tar auf sich?«

»Die Lebensaufgabe.« Na'Toth hob ihr Kinn. »Mi'Ra drückt damit aus, daß ihr einziges Ziel die Erfüllung von Shon'Kar ist. So soll es sein.«

Der Captain schüttelte den Kopf. »Wenn es Ihnen nichts ausmacht, würde ich gerne noch mehr über die Narn-Gesellschaft erfahren. Ich gebe mir alle Mühe, die ganze Angelegenheit zu verstehen.«

Na'Toth antwortete bereitwillig: »Die gesellschaftliche Struktur der Narn ist sehr alt, fast so alt wie unsere Rasse selbst. Als die Centauri uns eroberten, schalteten sie uns gleich. Wir wurden Sklaven. Wie Sie sich vorstellen können, haben sie einen Großteil des Inneren Kreises ausgelöscht. Der Eroberer tötet den Führer zuerst, das haben die Centauri uns beigebracht.«

Sie preßte ihre Lippen zusammen. »Ich kann Ihnen kaum begreiflich machen, was es für ein Volk bedeutet, von einer Rasse versklavt zu werden, die aus den Sternen kommt. Für uns war es der Anstoß für unsere Weiterentwicklung, der Augenblick, an dem wir stark und rücksichtslos wurden. Kinder wurden vor den Centauri versteckt, Papiere wurden gefälscht, und die Ahnenreihen wurden aufrechterhalten. Als wir die Centauri endlich vertrieben hatten, kehrten wir zu unserem alten System zurück. Nur der Innere Kreis regiert, mit Hilfe des Kha'Ri.« Mit beinah sanfter Stimme fuhr sie fort. »Bevor die Centauri uns überfielen, waren wir einfache Bauern. Hätte man uns nicht unterworfen, würden wir vielleicht immer noch in Strohhütten leben und die Felder bestellen.«

»Jetzt sind Sie die Eroberer«, sagte Garibaldi, »und die Centauri sind eine Großmacht auf dem absteigenden Ast.«

Na'Toth lächelte. »So ist der Lauf der Dinge.«

»Aber dieser Blutschwur muß doch nicht ewig gelten. Sie sind jetzt eine zivilisierte Rasse. Können Sie es nicht endlich damit bewenden lassen?«

Sie starrte den Chief an. »Sie haben nichts von dem verstanden, was ich gesagt habe.« Mit diesen Worten drängte die Narn sich an Garibaldi vorbei und ging hinaus.

Der Chief rief ihr hinterher: »Überlassen Sie das uns!« Aber sie ignorierte ihn und lief einfach weiter. Na'Toth hatte es sich in den Kopf gesetzt, zu gehen, und niemandem fiel ein triftiger Grund ein, sie aufzuhalten.

»Wie schnell kann sie die Station verlassen?« fragte Garibaldi. »Sind irgendwelche Narn-Schiffe im Dock?«

»Nein«, sagte Sheridan, »aber morgen wird eins erwartet. Ich hatte noch keine Gelegenheit, Ihnen das zu sagen, aber ich habe mit dem Rat der Narn gesprochen. Denen gefällt unsere Erklärung für G'Kars Tod gar nicht. Besser gesagt, ihnen gefällt nicht, daß wir keine Erklärung für G'Kars Tod haben. Sie unterstellen uns nicht ausdrücklich schlampige Arbeit, verlangen aber detaillierte

Aufklärung. Ich habe angeboten, eine Delegation hinzuschicken, die alle Fragen beantwortet, die Videologs und Wartungsberichte vorführt und was sonst so anliegt. Der Kristall dürfte helfen – er beweist, daß es sich anscheinend um eine reine Narn-Angelegenheit handelt.«

»Man wird sie davonkommen lassen«, sagte Ivanova.

Sheridan versteifte sich. »Wenn diese Mi'Ra sich außerhalb der Station aufhält, vielleicht sogar auf der Narn-Heimatwelt, geht uns das nichts an. Noch etwas: Auf der Heimatwelt wird es eine große Trauerfeier für G'Kar geben. Da kein Abgesandter von der Erde schnell genug dort sein kann, wird unsere Delegation stellvertretend teilnehmen. Packen Sie also Ihre Galauniformen ein.«

Garibaldi schluckte. »Wie bitte, Sir?«

»Heißt das, wir sind die Delegation?« fragte Ivanova gleichzeitig.

Captain Sheridan lächelte aufmunternd. »Commander, Sie sind die Beste, wenn es darum geht, Fragen zu den Vorgängen in der Kommandozentrale zu beantworten. Chief, Sie sind der Beste, wenn es darum geht, Fragen zur Sicherheit zu beantworten. Außerdem haben Sie den Kristall. Sie gehören zu meinem Stab. Ich halte das für die beste Lösung.«

»Der Mörder hat die Station vielleicht noch gar nicht verlassen«, gab Garibaldi zu bedenken.

Sheridan warf einen Blick auf seinen Computerschirm. »Die *K'sha Na'vas* dockt erst in etwa vierundzwanzig Stunden an, also bleibt Ihnen noch etwas Zeit. Sie sollten aber schon mal packen: Was auch passiert, Sie werden auf diesem Schiff sein.«

»Nehmen Sie einen warmen Mantel und eine Badehose mit«, sagte Ivanova.

»Warum?« fragte Garibaldi.

»Der Narn-Heimatplanet hat eine dünne Atmosphäre, wenig Luftfeuchtigkeit und einen geringen Luftdruck. In einigen Gegenden können die Temperaturen an einem Tag um sechzig Grad schwanken, von eisig kalt bis brüllend heiß. Haben Sie schon mal einen Narn schwitzen sehen?«

Garibaldi schüttelte den Kopf. »Nein.«

»Ich auch nicht«, sagte Ivanova.

Garibaldi schnappte sich den Datenkristall und ging zur Tür. »Aber ich will doch mal sehen, ob ich nicht ein paar von denen zum Schwitzen bringen kann.«

Die gigantische rote Sonne stand hoch am Himmel, und der Nachmittag in der Stadt Ka'Pul auf der Narn-Heimatwelt war warm. Es muß an die vierzig Grad heiß sein, schätzte G'Kar. Seltsam, wie er immer noch in Erdmaßstäben dachte. Ich muß häufiger von dieser elenden Station runter, nahm er sich vor.

»Guten Tag, Botschafter«, sagte ein Student, der ihm auf der Brücke entgegenkam, die das am Hügel gelegene Hotel auf der einen Seite mit dem Universitätsgebäude auf der anderen Seite verband. Die Brücke war aus schwerem Metall und spannte sich über eine zerklüftete Landschaft aus heißen Quellen und fast dschungelartiger Vegetation fünfzig Meter weiter unten. Dieser abgelegene Canyon gehörte zu den wenigen Orten auf dem Planeten, wo die Pflanzenwelt nicht von den Centauri zerstört worden war.

Die rote Sonne ließ die Blätter kupferfarben schimmern. G'Kar nickte dem Studenten zu, obwohl sein Gruß angesichts der Tatsache, daß der Botschafter als Gastdozent hier war, fast schon eine Unverschämtheit war. Er ging weiter und registrierte zufrieden, daß der junge Mann sein Mißfallen gespürt hatte. Es waren weniger Narn unterwegs, als er an einem so schönen Tag erwartet hatte, aber dann fiel ihm ein, daß es ein Festtag war. Viele der Studenten waren nach Hause gefahren und würden nicht vor dem Abend zurückkehren. Er beabsichtigte, dann seine erste Rede vor der Fakultät zu halten.

Zwei weitere Studenten betraten die Brücke von der Seite der

Universität aus. Sie senkten ihre Köpfe, als sie auf G'Kar zukamen. Ihre rauhen, unschönen Roben erinnerten ihn an die Zeit, da er für den Achten Kreis studiert hatte. Es waren spartanische Tage gewesen, voller Disziplin und Studien. Trotzdem hatte er auch wertvolle Bekanntschaften geschlossen, die ihm im Achten Kreis sehr nützlich gewesen waren. Danach hatte es keine formellen Studien mehr gegeben. Der Aufstieg in die höheren Kreise war eine Frage von Disziplin, harter Arbeit und Ehrgeiz. Besonders Ehrgeiz. Vielleicht gehörte auch ein wenig Glück dazu, aber G'Kar hatte immer an das Erdensprichwort geglaubt, daß jeder seines Glückes Schmied sei.

Er atmete tief ein und genoß den Duft der Tibo-Blüten, der von dem dampfenden Dschungel heraufzog. Ah, es war schön, lebendig zu sein und das an einem Ort, der so einfach war wie dieser. Und der echte, frische Luft besaß. *Babylon 5* war manchmal so erdrückend. Die Pagode, in deren Inneren sich die Universität befand, kam jetzt in Sicht. Sie war mit Gold überzogen und mit Edelsteinen geschmückt. Er beschleunigte seine Schritte, er war spät dran für seine Unterredung mit dem Regenten.

Die zwei Studenten kamen jetzt näher, und die Brücke war eigentlich nicht breit genug für drei Personen. G'Kar registrierte zufrieden, daß die beiden stehenblieben und sich gegen das Geländer drückten, um ihn passieren zu lassen. Er lächelte ihnen gönnerhaft zu. Da bewegte sich einer der Männer plötzlich ruckhaft, und aus dem Augenwinkel sah G'Kar, wie der andere seinen Arm hob. Der reptilische Teil seines Gehirns befahl dem Botschafter, sich sofort zu ducken, was er auch tat. Das Messer schrammte an seinem Nacken vorbei und rutschte an seiner ledernen Weste ab. Er wirbelte herum und packte den Arm des zweiten Angreifers, so daß dessen kleine Handfeuerwaffe zu Boden fiel. Die zwei Männer waren jetzt verunsichert, und das war ihr Nachteil. Während der eine stillstand, stach der andere nach G'Kars Hals. Die Erinnerung an sein Selbstverteidigungstraining kam zurück. Der

Botschafter packte den Angreifer beim Handgelenk und brach ihm die feinen Knochen. Der Mann heulte auf vor Schmerz. Der unbewaffnete Gegner bückte sich jetzt nach der Waffe, aber es war zu spät. Mit einem Tritt beförderte G'Kar die Waffe von der Brücke. Dann warf er den Verletzten gegen seinen Komplizen, und beide fielen wie hilflose Säuglinge zu Boden.

»Verräter!« G'Kar spuckte auf sie.

Er freute sich schon darauf, die Möchtegernkiller für immer zu verkrüppeln, als deren Komplizen reagierten. Aus dem Dschungel unter der Brücke hörte er ein vertrautes »Plopp«. Der Einschlag einer PPG-Kanone traf die Brücke und brach ihre molekulare Struktur auf. Das Metall unter G'Kar wurde regelrecht weggeschmolzen. Er fiel bis zur Hüfte in das Loch und klammerte sich verzweifelt am Geländer fest. Seine Beine baumelten in der Luft.

Dadurch waren seine Gegner wieder im Vorteil. Der Verletzte stöhnte immer noch, aber sein Kumpan schnappte sich das Messer. Er kam mit einem sadistischen Grinsen auf G'Kar zu und wollte ihn wie eine Weihnachtsgans ausnehmen, als erneut ein »Plopp« zu hören war. Der Scharfschütze hatte diesmal das falsche Ziel getroffen, denn der Strahl verwandelte den verletzten Verbrecher in einen rauchenden Haufen Fleisch.

Der zweite Angreifer war durch diesen Fehler verunsichert und erschreckt. Er sprang über G'Kar hinweg und versuchte, die Pagode zu erreichen. Heftig zappelnd gelang es dem Botschafter, sich aus dem Loch zu befreien. Er war kaum auf den Füßen, als ein weiterer Schuß das Metall hinter ihm zerfetzte. Die gesamte Struktur der Brücke ächzte und neigte sich beunruhigend. G'Kar fiel nach hinten. Er wollte nach dem Geländer greifen, aber der Körper des Toten rollte auf ihn. G'Kar schrie entsetzt auf, als die leblose Gestalt durch das Loch rutschte und fast geräuschlos in den Zweigen des Dschungels darunter landete. Dann verlor er ebenfalls den Halt und stürzte. Der Dschungel kam rasend näher . . .

Mit einem Schrei richtete sich G'Kar auf dem schmutzigen

Lager auf. Verwirrt und desorientiert blickte sich der Narn um. Er befand sich in einer Art Blechhütte aus alten Metallplatten und ein paar Stoffetzen. Der Geruch von Curry und geriebenem Aryx-Horn stach ihm in die Nase. Er mußte sich fast übergeben, aber wenigstens war ihm jetzt klar, daß alles nur ein Traum gewesen war.

Ein alter Narn schaute zu ihm hinein. »Wirst du wohl ruhig sein!« zischte er. »Selbst hier in der Unterwelt kennen die Leute deine Stimme!«

»Tut mir leid«, flüsterte er und rieb sich die Augen. »Ich hatte vergessen, wo ich bin. Außerdem habe ich schlecht geträumt. Wie spät ist es?«

»Kurz nach Mitternacht«, sagte der alte Narn. Sein Name war Pa'Nar. Er war einer von G'Kars Kontaktleuten, die in der Unterwelt der Station umhergeisterten, um Informationen zu sammeln. Betrunkene Stimmen näherten sich, und der alte Mann schob sich vollends in die Behelfsunterkunft. »Du brauchst nur noch vierzehn Stunden durchzuhalten. Dreh jetzt bloß nicht durch, sonst sind wir beide tot.«

»Ich drehe nicht durch.« G'Kar senkte den Blick. »Ich habe nur geträumt, das ist alles. Ich habe ein furchtbares Ereignis noch einmal durchlebt.«

»Wir haben keine Kontrolle über unsere Träume«, gab der alte Narn zu. »Die Propheten schicken uns die Träume, damit wir wachsam bleiben.«

»Das ist ihnen gelungen«, sagte G'Kar. »Ich bin so nervös wie ein Pitlok am Festtag.« Er stand auf und schlug dabei mit seinem Kopf gegen die Metallplatte, die das Dach der Hütte bildete. Er grunzte und ließ sich wieder auf sein Lager fallen. »Ich weiß nicht, ob ich das noch vierzehn Stunden lang aushalten kann.«

»Es war deine Idee«, sagte Pa'Nar. »Ich verstehe allerdings immer noch nicht, warum du deinen Tod vortäuschen willst. Du mußt in beträchtlichen Schwierigkeiten stecken.«

Selbst wenn er Lumpen trug, war der Blick des Botschafters noch gebieterisch. »Ich bezahle dich, damit du meine Befehle befolgst. Meine Beweggründe sind nicht von Belang. Sorg du nur für meine Sicherheit.«

Pa'Nar kicherte. »Wieviel sicherer kannst du noch sein? Du bist tot!« Der alte Mann schlurfte aus der Hütte und band den Stoffetzen über dem Eingangsloch fest.

G'Kar stöhnte und legte sich wieder hin. Er konnte eigentlich weiterschlafen, er hatte ohnehin nichts zu tun. Aber der Gedanke an Schlaf war nach diesem grauenhaften Traum nicht sehr verlockend. Der Traum war um so schlimmer, weil er ihm ein wirkliches Erlebnis gezeigt hatte. Er konnte sich nicht mehr erinnern, was passiert war, nachdem er in die Bäume gestürzt war. Er war mit ein paar Prellungen und Schrammen in einem Krankenhaus aufgewacht. Weil er nicht gewollt hatte, daß jemand in seiner Vergangenheit herumstöberte, hatte er den Angriff vertuscht und war nach *Babylon 5* zurückgekehrt. Die Angreifer waren entkommen, und den Toten hatte man nicht identifizieren können.

Dem Narn war völlig klar, wer die Typen waren und wer sie angeheuert hatte. Die Du'Rog-Familie. Nach zwei vergeblichen Anschlägen auf sein Leben hatten sie nun Shon'Kar geschworen und wollten ihn endgültig beseitigen.

Hatten sie gar keinen Respekt vor seinem Rang und seiner Stellung? Wohl nicht, denn um das zu erreichen, hatte er ihren Vater vernichtet. Die Verzweiflungstat hatte ihn über die Jahre verfolgt, obwohl er immer gehofft hatte, daß die Erinnerung daran im Laufe der Zeit verblassen würde. Sein Verbrechen war nicht sein Ehrgeiz gewesen, denn Ehrgeiz hatte auch Du'Rog getrieben. Sein Verbrechen war seine Ungeduld. Er hätte Du'Rog den Sitz im Dritten Kreis überlassen und auf seine eigene Gelegenheit warten können. Ein weiterer Platz war vor kurzem freigeworden, und mit Hilfe seiner Frau hätte er ihn bekommen. Aber dann wäre Du'Rog oder jemand anderer Botschafter auf

Babylon 5 geworden. Die letzten paar Jahre seines Lebens wären anders verlaufen.

G'Kar schnaubte. Angesichts der gegenwärtigen Umstände wäre eine andere Vergangenheit gar nicht so schlecht gewesen. Schließlich hockte er in einem Loch in der Unterwelt und gab vor, tot zu sein. G'Kars einzige Chance lag in der Zukunft. Er mußte alle Mitglieder der Du'Rog-Familie auslöschen, bevor sie ihn selber töteten. Es war riskant gewesen, den Datenkristall zurückzulassen, aber es erschien ihm ratsam, Beweise in die Hände der Menschen zu spielen, falls er wirklich ins Gras biß.

Er fühlte eine Bewegung auf seiner Haut. Als er die Augen öffnete, sah er eine Kakerlake, die über sein Handgelenk kroch. Er fing sie mit der anderen Hand und betrachtete das zappelnde Insekt für einen Augenblick. »Ich bin G'Kar vom Dritten Kreis«, sagte er zu der Kakerlake. »Wer bist du, daß du mich störst?« Als das Insekt nicht antwortete, zerdrückte er es und stellte sich dabei vor, daß es Mi'Ra war.

4

Der Wecker schrillte. Susan Ivanova rollte sich herum und hieb mit der flachen Hand auf die Kontrolltafel, als wäre sie eine lästige Spinne. Ein paar Sekunden später meldete die unangemessen fröhliche Computerstimme: »Lade Nachrichten und Tagesplan.«

Sie starrte trübsinnig an die Decke und erwog für einen Moment, einfach liegenzubleiben. Dann fiel ihr ein, daß sie nicht bloß eine komplette Schicht vor sich hatte. Danach war die Gedenkfeier für G'Kar angesetzt, und im Anschluß daran ging es direkt zur Narn-Heimatwelt, wo sie sich mindestens eine Woche aufhalten würde. Die Reisezeit nicht mitgerechnet.

Wieviel Schuld an der Tragödie würden die Narn-Behörden wohl dem Personal von *Babylon 5* zumessen? Ivanova fühlte sich schon schuldig genug. Es war während ihrer Schicht passiert, in ihrem Kontrollbereich, irgendwo zwischen *Babylon 5* und dem Sprungtor. Was hätte sie unternehmen können? Im nachhinein konnte man leicht sagen, daß man G'Kar den langen Flug in dem kleinen Transporter nicht hätte genehmigen dürfen. Aber wer das verlangte, hatte noch nie versucht, die Reisepläne eines Narn zu durchkreuzen. Der Transporter hatte seit Monaten an der Station gedockt. Der Zeitpunkt der Sabotage war unmöglich festzustellen. Nach der Geschichte mit Du'Rog war klar, daß G'Kar zu lange am Rand eines Vulkans getanzt hatte. Selbst seine engsten Mitarbeiter hatten Shon'Kar gegen den Botschafter für berechtigt gehalten. Der Wunsch nach Rache war eine sehr starke Emotion, das wußte Ivanova aus eigener Erfahrung. Wäre sie in einer Gesellschaft aufgewachsen, die Rachemorde zur Ehrensache erklärt hatte, vielleicht wäre sie dann auch auf die Jagd nach den Mördern ihrer Mutter gegangen.

Sie quälte sich aus dem Bett und machte sich eine Tasse Kaffee. Anscheinend würden sie und Garibaldi im selben Schiff wie Na'Toth zur Heimatwelt fliegen. Es war notwendig, das Vertrauen der Narn zurückzugewinnen, denn auf dem Planeten waren sie ohne einen vertrauenswürdigen Führer verloren. Sie sah wieder auf die Uhr. Noch anderthalb Stunden bis zum Beginn der Schicht. Vermutlich würde sie den Tag damit verbringen, erfahrene Techniker einzuweisen, damit während ihrer Abwesenheit in der Kommandozentrale alles nach Plan lief. Der Gedanke, daß die Station längere Zeit auch ohne sie funktionieren konnte, gefiel ihr nicht besonders. Ivanova befestigte ihr Com-Link auf dem Handrücken und aktivierte es. »Das Quartier von Attaché Na'Toth bitte.«

Zu ihrer Überraschung meldete sich die energische Narn sofort. »Na'Toth hier.«

»Ich bin's, Susan Ivanova«, sagte sie schnell. »Unser Treffen gestern ist ja wenig erfreulich verlaufen. Ich möchte das wieder gutmachen. Kann ich Sie auf ein Frühstück einladen? Ich verspreche auch, Ihnen Shon'Kar nicht ausreden zu wollen.« Sie hielt gespannt den Atem an, während sie auf eine Antwort wartete.

»Meinetwegen«, sagte Na'Toth schließlich müde. »Sollen wir uns in dem Café in Rot-3 treffen? So in zwanzig Minuten?«

»In Ordnung.«

Na'Toth wartete schon auf sie, als sie das gut gefüllte Lokal in Rot-3 betrat. Die Narn-Frau trommelte ungeduldig mit den Fingern auf dem Tisch. »Sie sind zwei Minuten zu spät«, sagte sie knapp.

»Tut mir leid.« Ivanova setzte sich. »Ich hatte kaum Zeit, meine Nachrichten abzuhören und mich anzuziehen. Haben Sie schon bestellt?«

Na'Toth nickte. »Ja, geräucherten Aal. Es war das teuerste Gericht auf der Karte.«

»Ich liebe geräucherten Aal«, sagte der Commander ohne Zögern. »Vielleicht nehme ich das auch.« Der Kellner näherte sich, und sie bestellte geräucherten Aal, ein Brötchen und Kaffee.

»Warum wollten Sie sich mit mir treffen?« fragte Na'Toth. »Es geht doch wohl kaum darum, den gestrigen Streit beizulegen.«

»Eigentlich schon«, sagte der Commander. »Sie müssen verstehen, daß wir Menschen sehr anfällig für Schuldgefühle sind. Wir fühlen uns immer schuldig, wegen jeder Kleinigkeit. Da G'Kar im Umfeld unserer Station starb, fühlen wir uns dafür verantwortlich. Garibaldi dreht auf der Suche nach Mi'Ra jeden Stein um.«

Na'Toth hob ihren gefleckten Kopf und blitzte die Erdenfrau mit ihren roten Augen an. »Das braucht er nicht. G'Kar war ein Narn, und seine Mörder sind Narn. Er hat durch seine Taten Shon'Kar auf sich gezogen. Sie brauchen sich nicht schuldig zu fühlen. Sie brauchen auch nichts zu tun. Halten Sie sich nur aus der Angelegenheit raus. Unsere Gesellschaft bestraft niemanden, der Shon'Kar erfüllt hat. Das sollten Sie wissen, wenn Sie mit mir zur Heimatwelt reisen.«

Ivanova blinzelte die Narn-Frau überrascht an. Sie hatte nicht erwartet, daß Na'Toth so schnell zum Knackpunkt der Diskussion kommen würde. »Dann stört es Sie nicht, wenn Garibaldi und ich Sie begleiten?«

»Wie könnte es, wenn Sie damit das Andenken an G'Kar ehren wollen? Wenn Sie mich aber von der Erfüllung meines Shon'Kar abhalten wollen, ist das etwas anderes. Es wird für mich sowieso nicht leicht, denn man wird mich beschuldigen, meine Pflichten vernachlässigt zu haben.«

»Das ist aber nicht sehr fair.«

»Fair oder nicht«, erwiderte die Narn, »der Attaché ist immer auch der Leibwächter. Dies ist einer der Gründe, warum mein Shon'Kar so wichtig für mich ist. G'Kars Tod hat Schande über mich gebracht.«

»Na, wer fühlt sich denn jetzt schuldig?« fragte Ivanova.

»Ich gebe es zu«, gestand Na'Toth. Der Kellner brachte die Tabletts mit dem Aal, und beide Frauen aßen schweigend.

Der Tote saß derweil in einem heruntergekommenen Verschlag in der Unterwelt und wusch sich mit trübem Wasser aus einer flachen Schale. Er hatte nie eine Vorstellung davon gehabt, was Pa'Nar durchmachen mußte, während er hier unten als sein Spitzel lebte. Er mußte Pa'Nar besser entlohnen.

G'Kar nahm einen alten Lumpen und trocknete damit seine Stirn und das hervorstehende Kinn ab. Bald würde sein unfreiwilliger Aufenthalt in der Unterwelt vorbei sein, und dann würde er sicher an Bord der *K'sha Na'vas* sein, auf dem Weg zur Heimatwelt. Er hatte sich bereits eine Verkleidung beschafft, um an die Du'Rog-Familie heranzukommen und sie ein für allemal auszulöschen.

Draußen konnte man wieder einen Aufruhr hören, doch er hatte mittlerweile gelernt, die kleinen Diebstähle und Handgemenge der Betrunkenen zu ignorieren, die hier an der Tagesordnung waren. Er war gelegentlich auf der Suche nach Vergnügungen in diese Gegend gekommen, aber das würde er bestimmt nie wieder tun. Die Stimmen wurden lauter, und er war nahe daran, seinen Kopf aus dem Eingang zu stecken und um Ruhe zu bitten. Dann fiel ihm ein, daß eine solche Aktion nicht sehr unauffällig wäre.

Plötzlich wurde das Tuch vor dem Eingang beiseite geschoben, und Pa'Nar kroch herein. Er sah verstört aus. »Du mußt dich verstecken«, zischte er.

»Verstecken?« protestierte G'Kar. Er sah sich in der ärmlichen Behausung um. »Ich verstecke mich doch schon!«

»Garibaldi!« warnte der alte Mann und sah vorsichtig nach draußen. »Seine Leute sind noch immer auf der Suche nach deinem Mörder. Wir haben eine kleine Schlägerei angezettelt, um sie abzulenken, aber das hilft nicht ewig.«

G'Kar packte seine PPG und sah sich um. Die Hütte hatte natürlich keinen Hinterausgang, und selbst wenn, hätte das wenig genützt. Er legte sich wieder auf das Lager und preßte die Waffe an seinen Körper. »Wirf eine Decke über mich«, befahl er. »Sag ihnen, ich sei krank.«

Beide schreckten auf, als eine Faust gegen die Metallwand des Verschlages hämmert, der dabei beinah einstürzte. »Entschuldigung«, bellte eine Stimme. »Ist das hier eine Narn-Behausung?«

»Ich komme schon!« rief Pa'Nar. Er warf eine Decke über G'Kar, der seinen Rücken zum Eingang drehte. Zitternd vor Furcht trat der alte Narn nach draußen.

G'Kar konnte dem Gespräch lauschen. »Entschuldigen Sie die Störung«, sagte der Offizier, »aber wir suchen nach unregistrierten Narn im Zusammenhang mit der Ermordung von Botschafter G'Kar. Sind Sie auf den Meldelisten der Station verzeichnet?«

»Das sollte ich wohl«, sagte der Narn. »Mein Name ist Pa'Nar. Ich kam vor einem Jahr an Bord der *Hala'Tar* hierher. Ich habe alles beim Glücksspiel verloren. Jetzt hänge ich hier fest. Können Sie mir helfen, hier wegzukommen?«

»Leider nein. Zeigen Sie mir bitte Ihre Identicard.«

G'Kar durchlebte einige aufregende Sekunden, während der Sicherheitsbeamte Pa'Nars Identicard auf seinem tragbaren Terminal überprüfte. »Ja, Sie sind verzeichnet«, bestätigte er. »Sonst noch irgendwelche Narn in diesem Haushalt?«

Vorsicht, dachte G'Kar panisch. Jetzt nur keine falsche Antwort geben. Aber was war die richtige Antwort?

»Nur mein Bruder ist noch hier«, sagte Pa'Nar laut. »Er ist sehr krank.«

»Ich muß ihn mir ansehen«, sagte der Offizier. »Ich schaue nur mal rein und überprüfe seine Identicard. Entschuldigen Sie mich.«

G'Kar lag vollkommen still und fragte sich, ob es wohl einen Sicherheitsoffizier auf der Station gab, der ihn nicht auf den ersten Blick erkennen würde. Wohl kaum, denn als einer der vier Botschafter auf der Station war er nicht gerade eine unbekannte Größe. Er spürte, wie sein Puls beschleunigte, als der Beamte herantrat.

»Entschuldigung«, sagte er, »wir suchen nach unregistrierten Narn in Verbindung mit der Ermordung von Botschafter G'Kar. Sind Sie auf den Meldelisten verzeichnet?«

G'Kar hustete und keuchte, um schwer krank zu wirken. Er zog mit der einen Hand die Decke etwas höher und verstärkte mit der anderen den Griff um die PPG.

»Haben Sie mich gehört?« fragte der Offizier etwas lauter. »Ich brauche Ihren Namen und Ihre Identicard.«

»Ha'Mok«, keuchte G'Kar. Er zog eine gefälschte Identicard aus der Tasche und warf sie auf den Boden hinter sich.

»Danke«, sagte der Offizier mit einem sarkastischen Unterton. G'Kar stellte sich vor, wie er sich bückte, um die Karte aufzuheben und sie auf seinem Terminal zu überprüfen. Der Narn-Botschafter hatte plötzlich keine Probleme, den schweren Atem eines Kranken zu imitieren.

»Sie sind auf den Meldelisten verzeichnet«, sagte der Offizier.

»Aber ich muß Sie eindeutig identifizieren. Drehen Sie sich bitte um.«

Das, entschied G'Kar, geht nun wirklich nicht. Er verfluchte sich selbst – warum hatte er seine Verkleidung noch nicht angelegt? Jetzt war es zu spät, und der junge Mann hatte ihn im Visier.

»Ich möchte Sie nicht vollkotzen!« krächzte G'Kar. »Ich habe einen Virus ... sehr ansteckend. Er zerfrißt meine Organe.«

Der Sicherheitsoffizier erhob sich hastig und stieß sich dabei den Kopf an der niedrigen Decke an. G'Kar röchelte. »Ein Mensch würde daran in weniger als zwei Tagen sterben!«

Der Offizier hob sein Com-Link an den Mund, um weitere Instruktionen zu erfragen, aber Pa'Nar tauchte hinter ihm auf und zog ihm mit einer Brechstange eins über. Der junge Mann brach lautlos zusammen.

»Ich hoffe, du hast ihn nicht umgebracht«, sagte G'Kar und setzte sich auf. Er beugte sich vor und nahm die gefälschte Identicard wieder an sich. Sie hatte direkt unter der Nase des jungen Mannes gelegen, und ihre feuchte Oberfläche zeigte dem Botschafter, daß er noch atmete.

»Wir werden ihn aber doch töten müssen, oder?« fragte Pa'Nar.

»Nein«, bellte der Botschafter. »Diese Sache hat nichts mit dir zu tun. Sein Tod würde meine Handlungen noch ehrloser machen. Außerdem will ich eines Tages nach *Babylon 5* zurückkehren, nachdem ich alles aufgeklärt habe.« G'Kar trat mit Wucht auf das heruntergefallene Terminal des Offiziers, und die Chips zerbröselten zu Silikonkrümeln. Dann nahm er ihm das Com-Link ab und warf es dem alten Narn zu.

»Bring das so weit wie möglich weg von hier, damit sie ihn nicht lokalisieren können«, befahl er. »Und wenn du schon dabei bist, solltest du dich selber auch aus dem Staub machen, Pa'Nar. Nimm den erstbesten Transporter.«

»Sollen wir ihn etwa hier liegenlassen?« keuchte Pa'Nar.

G'Kar starrte ihn verächtlich an. »Wenn du ihn raustragen willst, bitte.«

Der alte Narn schluckte, steckte das Com-Link in seine Tasche und schlurfte hinaus. G'Kar wandte sich dem bewußtlosen Earthforce-Offizier zu, der auf dem Boden lag. »Ihr Boß, Mr. Garibaldi, ist ein sehr gründlicher Mann. Gut zu wissen.«

Der Narn zog sich aus und tauschte die Lumpen, die ihm Pa'Nar besorgt hatte, gegen die einfache Robe eines Studenten. Das war seine Idee gewesen, in Erinnerung an den Hinterhalt bei Ka'Pul.

Aus der Tasche dieser Robe nahm G'Kar einen Spiegel und den wichtigsten Teil seiner Verkleidung – einen Kopfüberzug. Die dünne Schicht künstlicher Haut bedeckte seinen Schädel und paßte auch farblich perfekt zu ihm. Mit einem Unterschied: Die Flecken waren völlig anders angeordnet. Wo G'Kar breite, dunkle Flächen aufwies, glänzten nun bronzefarbene Pigmente. Es war erstaunlich, wie sehr das die Erscheinung eines Narn verändern konnte, aber wahrscheinlich war es wie bei den Menschen, wenn sie sich ihre Haare färbten.

Dann griff er noch zu Kontaktlinsen, die seinen roten, durchdringenden Augen einen warmen, braunen Ausdruck gaben. Einem Narn würde das sicher etwas ungewöhnlich erscheinen, aber Tests hatten gezeigt, daß die Menschen anders darauf reagierten. Sie würden ein harmloses und freundliches Gesicht eher vergessen. Der letzte Teil der Verkleidung bestand aus einer Änderung seines Auftretens. Anstelle seiner üblichen Arroganz und Wichtigtuerei mußte er sich unterwürfig geben und den Kopf gesenkt halten.

G'Kar sprang auf, als er ein leises Stöhnen vom Boden her hörte. Ohne Zögern sammelte er seine Kleidung auf und stopfte sie in einen Sack. Er überprüfte noch einmal die Identicard, senkte dann den Kopf und trat aus dem Verschlag hinaus in den Gang.

5

»Ein Offizier antwortet nicht«, meldete Lou Welch aus dem Sektor BRAUN in der Unterwelt.

»Was?« rief Garibaldi in sein Com-Link. Ein übergeschnappter Idiot schrie in dem Zugangsschacht über ihm herum, nur um das Echo seiner Stimme zu hören. Das war nicht ungewöhnlich für jemanden, der zuviel Dust konsumiert hatte. Nachdem mehrere lautstarke Aufforderungen, damit aufzuhören, nichts gebracht hatten, waren jetzt zwei Sicherheitsbeamte unterwegs, um den Spinner ins Med-Lab zu bringen. Diese Störung hatte Garibaldis Überprüfung des Sektors GRÜN in der Unterwelt verzögert, was seine Stimmung einigermaßen verschlechtert hatte. Er hatte jetzt schon keine Lust auf den diplomatischen Firlefanz, der in ein paar Stunden losgehen würde.

»Ich habe gesagt, daß sich Leffler nicht meldet!« schrie Welch zurück. »Er hat einen der Gänge allein durchgearbeitet, und jetzt ist er verschwunden. Wir lokalisieren gerade sein Com-Link, aber es ist nicht dort, wo es sein sollte. Ich erbitte die Genehmigung, die Suche nach den Narn zugunsten der Suche nach Leffler zurückzustellen. Wir müssen jede Unterkunft durchsuchen.«

»Genehmigung erteilt«, antwortete Garibaldi. Er zuckte zusammen, als von oben wieder das Gebrüll ertönte. »Hier geht es auch nicht weiter. Ich stoße zu euch. Garibaldi Ende!« Er wandte sich seinen Leuten in Sektor GRÜN zu und rief: »Sobald ihr den Typ ruhiggestellt habt, macht ihr weiter, bis ihr von mir etwas anderes hört. Ich bin in Sektor BRAUN.«

Der Chief machte sich im Dauerlauf aus dem Staub, aber im nächsten Gang war es auch nicht ruhiger. Die Explosion von G'Kars Schiff und die Überprüfung der Narn hatten einen trotzigen Widerwillen in den Tiefen der Unterwelt ausgelöst. Es gab böse Bemerkungen über rüde Behandlung durch die Earthforce, und einige Drazi starrten ihn feindselig an. Niemand schien erfreut, den Sicherheitschef zu sehen.

Plötzlich kam es Garibaldi nicht mehr so ratsam vor, allein durch die Unterwelt zu wandern. Leffler war verschwunden, und er war auch allein gewesen. Der Chief wollte die Sache nicht überbewerten, aber er verlangsamte doch sein Tempo, um jede Tür, jeden Gang und jede Kreuzung in Augenschein zu nehmen, bevor er sie erreichte. Seine Hand baumelte locker in der Nähe seines PPG-Holsters.

Langsam kam es ihm so vor, als ob irgend jemand von dieser Bande interstellarer Tunichtgute, die in der Unterwelt versammelt war, etwas über G'Kars Ermordung wußte. Hier stimmte doch etwas nicht, wie immer.

Garibaldi versuchte, sich auf Mi'Ra zu konzentrieren, die Narn im blutgetränkten Kleid. Sie war der Schlüssel. War sie dreist genug, sich nach *Babylon 5* zu schmuggeln und die Unterwelt als Operationsbasis zu benutzen? Um einen Botschafter zu töten, brauchte man einen Ort, von dem aus man alles genau planen konnte, ohne entdeckt zu werden. Und in der Unterwelt wollte niemand entdeckt werden. Außerdem waren die Lebenshaltungskosten gering, wenn es auch teuer werden konnte, am Leben zu bleiben. Hier konnte man Komplizen für jeden mörderischen Plan anheuern. Es gab nur ein Problem: Mi'Ra sah selbst für eine Narn sehr auffallend aus, und von denen gab es hier unten sowieso nicht allzu viele. Sie konnte sich nicht so einfach unter ihresgleichen mischen wie die Menschen oder die Drazi. Wie um diese Beobachtung Lügen zu strafen, kam Garibaldi jetzt ein Narn vom anderen Ende des Gangs entgegen. Seine Kleidung sah aus, als wäre sie aus Sackleinen gefertigt, und der Mann hielt seinen Kopf respektvoll gesenkt. Er bewegte sich langsam. Garibaldi hatte das Gefühl, ihn zu kennen, und schaute genauer hin. Er fragte sich, ob er den Fremden nach seiner Identicard fragen sollte. Der Narn sah kurz auf und senkte seinen Blick dann wieder. Pech gehabt, Garibaldi hatte ihn noch nie gesehen. Er schien harmlos zu sein, wohl so eine Art Mönch. Garibaldi grinste in sich hinein. Hier in der Unterwelt war es leicht, das Armutsgelübde zu halten. Er ließ den Narn umstandslos ziehen.

Sein Com-Link piepst. »Garibaldi hier.«

»Welch«, kam die bekannte Stimme zurück. »Wir haben Lefflers Com-Link in einer ziemlich widerlichen Latrine gefunden. Von ihm selbst keine Spur. Wir teilen uns jetzt auf. Es gibt eine Menge Blechhütten und Verschläge hier.«

»Aber nur in Zweierteams«, ermahnte ihn Garibaldi. »Keine Einzelaktionen. Ich bin in fünf Minuten da.« Der Chief schaltete das Com-Link ab und schlenderte weiter durch die Nebenstraßen der Unterwelt. Der Sicherheitschef kannte diese üble Gegend gut genug, um sich nur in gut ausgeleuchteten Bereichen und in der Nähe von Ausgängen aufzuhalten. Er konnte sich nicht gegen den Gedanken wehren, daß ihm in dieser Sache nicht viel Zeit blieb. Sein Instinkt befahl ihm, am Ball zu bleiben, aber er mußte ja unbedingt zum Narn-Heimatplaneten. Dort würde er den Fall den zuständigen Behörden übergeben, und die würden ihn auf sich beruhen lassen. Er sah sich in der heruntergekommenen Umgebung um, was seine Laune kein bißchen verbesserte. Es wurde Zeit, die Drecksarbeit seinen Leuten zu überlassen und seine Sachen zusammenzupacken.

Er bewegte sich in Richtung Ausgang, als sich sein Com-Link wieder meldete. »Garibaldi hier.«

»Wir haben Leffler gefunden«, gab ein erleichterter Welch durch. »Er ist bewußtlos, hat vielleicht eine Schädelfraktur. Aber er atmet. Ein Med-Team ist schon unterwegs. Wir hatten einen Tip von ein paar Knirpsen bekommen. Er lag in einer Hütte, anscheinend von hinten niedergeschlagen.«

»Befragt die Kinder«, befahl Garibaldi. »Was genau haben sie gesehen? Wer ist mit ihm in die Hütte gegangen?«

»Wir können sie nicht mehr finden«, sagte Welch entschuldigend. »Sie haben uns was von einem Übergang aus zugerufen und sind sofort abgedüst. Wir haben überall gesucht – nichts. Aber wenigstens haben wir Leffler. Sollen wir ein paar Leute abstellen, um die Kids zu schnappen?«

Garibaldi dachte darüber nach, aber im Moment wäre so ziemlich alles ein Schuß ins Blaue. »Nein, konzentriert euch auf die Narn. Fragt sie, ob ihnen in letzter Zeit eine ungewöhnlich attraktive Narn-Frau begegnet ist.«

»Mit Vergnügen«, antwortete Welch eine Spur zu unternehmungslustig. »Wir haben trotzdem weiter ein Auge auf die Knirpse und alle anderen, die etwas gesehen haben könnten. Welch Ende.«

Garibaldi rieb sich die Augen. Was hatte er sich bloß dabei gedacht? Wenn des Rätsels Lösung wirklich in der Unterwelt verborgen war, würden sie sie niemals finden. Dieser Ort war wie ein schwarzes Loch. Personen, Informationen, gestohlene Waren – sie versanken einfach in diesem Sumpf und kamen nie wieder ans Licht. Sieh es ein, dachte Garibaldi, du bist jetzt für ein paar Tage von der Station runter und damit sowieso aus dem Rennen.

Er stieß eine Tür auf und ging eine Rampe hinauf. Ein weiteres Mal betätigte er sein Com-Link. »Kann ich bitte mal das Quartier von Talia Winters haben?«

Er hatte Glück, die Telepathin war zu Hause. »Hier ist Talia Winters.«

»Hi, hier Garibaldi. Ich möchte Sie um einen Gefallen bitten.«

»Schießen Sie los«, forderte sie ihn auf. »Jetzt, da G'Kar tot ist, geht das Geschäft sowieso nicht so gut. Was ist eigentlich genau passiert?«

»Das versuchen wir gerade herauszufinden. Könnten Sie später mal einen meiner Leute scannen? Er heißt Leffler. Ihm ist in der Unterwelt etwas zugestoßen, und vielleicht erinnert er sich nicht mehr daran.«

»Ich werde mich nicht von der Stelle bewegen«, versprach Talia. »Ich werde allenfalls an der Gedenkfeier für G'Kar teilnehmen.«

»Das darf ich auch nicht vergessen«, sagte Garibaldi und schnippte mit den Fingern. »Ich rufe Sie an, sobald der Bericht über Lefflers Gesundheitszustand reinkommt. Das Med-Team kümmert sich gerade um ihn, er ist noch bewußtlos.«

»Ich warte«, sagte die Telepathin.

Garibaldi beendete das Gespräch und begab sich zu seinem Quartier, um zu packen.

Commander Ivanova überprüfte den Sitz ihrer Uniform noch einmal in einem Schaufenster der Einkaufspassage. Perfekt. Sie hatte keine Ahnung, wie die Narn auf die Nachricht vom Tod G'Kars reagieren würden. Außerdem war da noch die Tatsache, daß es einen Täter gab, eine Frau, die sich aber nicht in Gewahrsam befand. Würden sie das mit einem Achselzucken abtun? Würden sie einen Krieg vom Zaun brechen? Sie mußte diplomatisch bleiben, was auch immer geschah.

Sie spürte eine Bewegung hinter sich und sah sich um. Botschafter Londo Mollari trat plötzlich an ihre Seite und lächelte. Seine schwarze Uniform war für seine Verhältnisse erstaunlich gemäßigt, erinnerte aber immer an einen aufgemotzten Frack. »Guten Tag«, hob er an. »Stört es Sie, wenn ich Sie begleite, Commander?«

»Nein, Botschafter. Ich bezweifle allerdings, daß ich Ihnen eine gute Gesellschaft sein werde. Ich freue mich weder auf diese Gedenkfeier noch auf die nächste.«

»Das ist verständlich.« Londos Lächeln trübte sich nur wenig. »Ich habe gehört, daß Sie zur Narn-Heimatwelt reisen. Viel Glück. Es ist ein furchtbarer Ort.«

»Nun ja, es ist ja nur für ein paar Tage«, antwortete sie. Ein paar *verschwendete* Tage, hätte sie fast gesagt.

»Aber Sie haben doch jemand in Verdacht«, sagte Londo geradeheraus.

Ivanova sah den Centauri mit dem Kranz pechschwarzer Haare an. Wollte er nur Informationen aus ihr rauslocken, oder wußte man das schon auf der ganzen Station? Vielleicht sollte sie selbst mal ein wenig nachhaken.

»Wer, glauben Sie, hat G'Kar getötet?« fragte sie.

Londo hob die Schultern. »Wir jedenfalls nicht. Vermutlich war es einer aus seinem eigenen Volk. Sie haben diese gräßliche Shon'Kar-Tradition. Sie töten sich aus nichtigen Gründen. Unter der zivilisierten Oberfläche sind die Narn immer noch wilde Tiere.«

Susan Ivanova entschied sich, diesen Seitenhieb zu ignorieren. Ein Narn hätte dem Botschafter entgegengehalten, daß die Centauri hundertmal brutaler sein konnten, besonders gegen andere Völker. Aber es hatte den Anschein, als hätte Londo das Motiv hinter G'Kars Ermordung erraten. Seine spitzen Bemerkungen waren allerdings das letzte, was der Commander im Augenblick gebrauchen konnte.

»Warum kommen Sie überhaupt zur Gedenkfeier?« fragte sie.

»Meine Güte, Commander«, versetzte er mit künstlicher Empörung, »ich werde dort selbstverständlich sprechen. Sowohl ich als auch Botschafterin Delenn haben uns bereit erklärt, ein paar Worte über unseren verblichenen Kollegen zu sagen. Captain Sheridan hat zugestimmt. Aber machen Sie sich keine Sorgen: Angesichts dieses traurigen Anlasses werde ich seinen Ruf nicht durch die Wahrheit beflecken.«

Ivanova wandte sich demonstrativ von dem Botschafter ab. Sie konnte seine joviale gute Laune nicht länger ertragen. Auf jeder Beerdigung, der sie beiwohnte, schien es jemanden zu geben, der unangemessen fröhlich war. Sie betrat vor ihm den Wagen der Einschienenbahn, die alle Teile der Station miteinander verband. Als sie auf ihre Uhr sah, bemerkte sie, daß sie früh genug waren, um die Delegation von der *K'sha Na'vas* zu begrüßen. Darum lehnte sie sich entspannt zurück und beobachtete die Stützbalken und spiegelnden Flächen, die vorbeiflogen. Londo respektierte ihr Schweigen und sagte während der ganzen Zeit, die sie mit Hochgeschwindigkeit durch die Station fuhren, keinen Ton.

Zu ihrer Beruhigung stellte er eine ernste Miene zur Schau, als sie aus der Bahn traten und sich durch die Menschenansammlung drängten, die neugierig den Zugang zu den Docks blockierte. Wortlos nahmen Ivanova und Londo ihre Plätze unter den übrigen VIPs ein. Lennier, Delenn, Na'Toth, Dr. Franklin und Abgesandte der nicht assoziierten Welten waren schon da. Botschafter Kosh war nirgends zu sehen, genausowenig wie Garibaldi.

Captain Sheridan nickte ihr zu und lächelte gequält. Die tragischen Ereignisse lagen jetzt schon vierundzwanzig Stunden zurück, aber er sah immer noch geschockt aus.

Wie zerbrechlich das Leben doch wirkt, dachte Ivanova, wenn ein so lebendiges Wesen wie G'Kar aus dieser Form der Existenz gerissen wird. Zuerst ist er da – eine unberechenbare Macht in diesem Universum. Dann ist er weg. Einfach so. Ivanova nahm sich vor, ein Kaddisch für den toten Botschafter zu sprechen, vielleicht während des Fluges zur Heimatwelt. Sie konnte sein Andenken auch mit einer Kaddisch-Kerze ehren. Die Tränen stiegen ihr in die Augen, und sie fragte sich, wie eine solche Tat der Du'Rog-Familie irgendeine Form der Genugtuung bringen konnte.

Jetzt entdeckte sie auch Garibaldi, der seine Uniform zuknöpfte, während er herbeigeeilt kam. Bevor sie ihn auf sich aufmerksam machen konnte, hörte sie ein lautes Zischen, und vier Narn traten aus der Luftschleuse des Docks auf die Rampe. Ihre schweren Stiefel krachten auf den metallenen Steg. Die zwei Männer und zwei Frauen steckten in militärischen Galauniformen, und ihre ernsten Gesichtsausdrücke entsprachen dem traurigen Anlaß. Sie salutierten vor Na'Toth, indem sie eine Faust an die Brust schlugen. Vor Captain Sheridan verbeugten sie sich steif. Ivanova schlängelte sich durch die Menge, um näher an Sheridan heranzukommen. Er würde sie sicher vorstellen wollen.

»Und hier kommt sie schon«, hörte sie den Captain erleichtert ausrufen, »mein erster Offizier, Commander Susan Ivanova.« Sie nickte in die Runde und schaute den Narn gerade in die Augen. Genau wie Menschen bevorzugte diese Rasse den Augenkontakt, besonders bei ersten Begegnungen. Die meisten anderen außerirdischen Völker hielten das nicht so. Angesichts der Umstände lächelte Ivanova nicht.

»Grüße«, sagte der größte Narn, der ein ausgemergeltes Geierprofil hatte. »Ich bin Captain Vin'Tok vom Vierten Kreis. Dies ist mein erster Offizier, Yal'Tar.« Eine stämmige Frau nickte höflich. »Mein Militärattache Tza'Gur, und das ist mein Chefingenieur Ni'Kol.« Er deutete auf die zwei älteren Narn. Es gab weitere Begrüßungen, als die Delegation Garibaldi, Franklin, Lennier, Londo und Delenn vorgestellt wurde.

Die Narn schauten die zerbrechliche Minbari-Botschafterin interessiert an. »Es ist wohl wahr, was ich über Sie gehört habe«, bemerkte Vin'Tok und berührte vorsichtig Delenns strähniges Haar. Seine Hand verharrte in der Luft und begann zu zittern.

Delenn nickte verständnisvoll. »Jeden Tag entdecken wir mehr Gemeinsamkeiten zwischen den Völkern. Heute teilen wir Ihre Trauer.«

»Ja«, sagte Vin'Tok. »Captain Sheridan, wir haben bisher nur wenige Fakten über den Tathergang übermittelt bekommen. Können wir uns irgendwo unterhalten?«

»Das wollte ich auch gerade vorschlagen.« Sheridan brachte ein höfliches Lächeln zustande. »Vor der Gedenkfeier haben wir einen kleinen Empfang im Café von GRÜN-3 vorbereitet. Botschafterin Delenn wird Ihrer Gruppe gerne den Weg dorthin zeigen, während wir uns für das Gespräch zurückziehen.«

»Ich bestehe darauf mitzukommen!«, sagte Attaché Tza'Gur. Die ältere Frau hatte bisher eher großmütterlich gewirkt, aber jetzt schnitt ihre scharfe Stimme wie ein Messer durch das allgemeine Gemurmel.

Sheridan lächelte unruhig. »In Ordnung. Mein Büro liegt in dieser Richtung.« Er deutete auf die Menge, die sich wie von Geisterhand teilte, wobei Garibaldis Leute allerdings ein wenig nachhalfen. Während die kleine Gruppe aus je drei Menschen und drei Narn auf die Einschienenbahn marschierte, wies Delenn dem Rest der Menge die Richtung zu dem kostenlosen Gelage.

Niemand bemerkte den gebeugt gehenden Narn in dem schlichten Gewand, der die Rampe hinauflief und sich unter die Crew der *K'sha Na'vas* mischte.

In Sheridans Büro herrschte Stille, während die Aufzeichnung der Explosion von G'Kars Transporter abgespielt wurde. Es gibt auch wenig zu sagen, dachte Ivanova, außer der Tatsache, daß es eine Bombe gewesen sein muß, weil ein so fehlerhafter Reaktor bei jedem Routinecheck aufgefallen wäre. Captain Vin'Tok ließ sich nichts anmerken, während Tza'Gur etwas Unverständliches vor sich hinmurmelte.

Als das Videolog geendet hatte, hob Captain Sheridan die Hand, um die nachfolgenden Kommentare zu unterbrechen. »Bevor wir jetzt irgendwelche hastigen Schlußfolgerungen ziehen, muß ich Ihnen noch etwas zeigen. Das hier stammt von einem Datenkristall, der nach dem Tod von G'Kar auf seinem Schreibtisch entdeckt wurde.«

Nach dieser unzureichenden Warnung spielte der Captain die Aufzeichnung Mi'Ras ab, die als Rache für ihren Vater Shon'Kar schwor. Vin'Tok und Tza'Gur beobachteten genau, wie Sie ihre Schläfe aufritzte und das Blut ihr Gesicht herabfloß. Als es vorbei war, atmete Tza'Gur so schwer, daß sie sich setzen mußte.

»Das ist es also«, sagte Vin'Tok bitter. »Natürlich hatten wir das Schlimmste befürchtet, als wir vom Tod des Botschafters erfuhren. Wir hatten Angst vor einem politisch motivierten Akt, der schreckliche Folgen gehabt hätte. Nun wissen wir, daß es sich um eine persönliche Angelegenheit handelt.«

»Nach terranischem Recht«, sagte Garibaldi, »werden wir den Täter vor Gericht bringen, wenn wir ihn hier auf *Babylon 5* erwischen.«

Vin'Tok seufzte und sah hilfesuchend zu Na'Toth hinüber. »Haben Sie ihnen Shon'Kar erläutert?«

»Das habe ich«, entgegnete Na'Toth trocken. »Sie sind sehr stur in dieser Hinsicht.«

»Ich habe irdisches Recht studiert«, mischte sich plötzlich eine rauhe Stimme ein. Alle Augen richteten sich auf Tza'Gur, während sich die alte Frau langsam erhob. »Nach euren Gesetzen fällt Shon'Kar unter ›Notwehr‹.«

»Ich verbessere Sie nur sehr ungern«, sagte Sheridan, »aber das hier ist etwas völlig anderes. Notwehr liegt dann vor, wenn eine Person angegriffen wird und ihr Leben verteidigt. Dies hier war eindeutig ein Rachemord. Wir nennen so etwas vorsätzlichen Mord.«

»Ich bitte Sie«, sagte Tza'Gur, »ihr Erdlinge seid doch keine Pazifisten. Ihr habt Ausnahmeregeln für gerechtfertigte Mordtaten – Kriegszustand, Notwehr, Todesstrafe. Was ist der Unterschied zwischen Shon'Kar und eurer Methode, einen Mörder zu fangen, zu verurteilen und dann in den Weltraum zu stoßen?«

Sheridan schüttelte den Kopf und bemühte sich, seinen Ärger zu verbergen. »In dem einen Fall handelt es sich um ein faires Verfahren, bei dem alle Zweifel an der Schuld des Angeklagten ausgeräumt werden. Im anderen Fall geht es um blanke Rache, die wir nicht gutheißen können.«

»Auch Shon'Kar läßt keine Zweifel zu«, sagte die alte Frau. »Shon'Kar wird nie geschworen, solange es noch Zweifel gibt. Und das Ergebnis bleibt dasselbe.«

Sheridan seufzte. »Dann ist es also wahr? Selbst wenn die Du'Rog-Familie schuldig ist, wird sie damit durchkommen?«

Vin'Tok sah den Captain an und lächelte. »So würde ich das nicht sagen. Der Botschafter hatte viele Freunde. Die Du'Rog-Familie wußte, daß sie mit Shon'Kar ihr Leben aufs Spiel setzen würde. Wir wissen Ihre Sorge und Ihre Bemühungen zu schätzen. Es tut uns leid, daß Ihre Delegation extra zur Heimatwelt reisen muß.«

»Wir tun es gerne – zu Ehren G'Kars«, sagte Ivanova.

Vin'Tok nickte höflich. »Gut. Es wird uns eine Ehre sein, Sie mitzunehmen. Wenn Sie uns nun entschuldigen, wir würden gerne noch am Empfang teilnehmen.«

»Kommt«, sagte Na'Toth und ging voraus. »Ich zeige euch den Weg zu dem Café.« Mit diesen Worten verließen die drei Narn den Raum.

Sheridans Lippen wurden dünn. »Ich wünschte, wir könnten den Mörder hier auf der Station festnehmen.«

»Ich habe Ihnen doch den Bericht eines meiner Offiziere geschickt«, sagte Garibaldi. »Ich weiß nicht, ob es was mit dieser Angelegenheit zu hat, aber man hat Leffler eins übergezogen, als er in der Unterwelt nach Narn gesucht hat. Er ist noch bewußtlos, aber der Doktor denkt, daß er bald wieder auf dem Damm sein wird. Irgend jemand wollte nicht entdeckt werden.«

»Ich habe den Bericht gelesen«, antwortete der Captain. »Keine Sorge, Garibaldi, ich gehe der Sache nach, während Sie weg sind. Wenn die Typen noch hier sind, kriegen wir sie.«

»Das ist ein ganz schön großes ›wenn‹«, warf Ivanova ein.

»Oh, und noch etwas.« Sheridan legte voll Bedauern den Kopf schief. »Es ist nicht erlaubt, Waffen an Bord des Schiffes oder zur Heimatwelt zu bringen. Im Austausch für dieses Zugeständnis habe ich diplomatische Immunität für Sie beide erwirken können.«

»Klasse«, sagte Garibaldi und strich sich über den Bürstenschnitt. »Wir sind also unbewaffnet und können nichts tun, wenn wir die Mörderin finden. Sie kann sogar mit dem Mord an G'Kar angeben, wenn es ihr Spaß macht.«

Sheridan richtete sich auf. »Lassen Sie uns G'Kar einen letzten Dienst erweisen: trauern wir um ihn.«

Das kleine Amphitheater in Sektor GRÜN hatte schon viele Vorführungen und Konzerte erlebt, aber Ivanova bezweifelte, daß diese Gedenkfeier an Dramatik zu überbieten war. Trauernde wie Neugierige drängten in den Raum, standen dicht an dicht auf den Emporen und verstopften die Gänge. Sie konnte Garibaldi sehen, der sich mit seinen Leuten mühte, zumindest die Durchgänge freizuhalten und dem Gesindel die Tür zu weisen, aber es war sinnlos. Immerhin hatten die Sicherheitskräfte eine Reihe von Sitzen separiert, auf denen sie jetzt mit Captain Sheridan, den Botschaftern und der Narn-Delegation saß.

Die Türen wurden geschlossen, und allmählich beruhigte sich die Menge. Captain Sheridan erhob sich von seinem Platz neben Ivanova und blickte sich um. Als der Lärmpegel sich gesenkt hatte, ging er auf die Bühne zum Rednerpult. Seine dominierende Präsenz brachte auch den letzten Schwätzer zum Schweigen.

»Ich danke Ihnen für Ihre Anwesenheit«, begann er, »bei der Gedenkfeier für Botschafter G'Kar vom Narn-Regime. Ich weiß, daß sein plötzlicher und unerwarteter Tod uns alle sehr getroffen hat. Wir alle würden gerne die Uhr zurückdrehen, das Geschehene ungeschehen machen. Aber das können wir nicht. Und wir dürfen uns auch nicht nur auf diese Tragödie konzentrieren. Wir müssen uns statt dessen dem eigentlichen Grund unseres Hierseins widmen. Wir wollen des Mannes gedenken, der einer der Gründerväter der Station war, der eine treibende Kraft bei ihrer Entstehung und ihren Erfolgen war.«

Sheridan räusperte sich und ließ seinen Blick einen Augenblick lang auf Londo Mollari ruhen. »G'Kar sagte immer, daß der Dienst auf *Babylon 5* ihm eine große Ehre war, denn er beinhaltete die Auseinandersetzung mit dem Feind. Aber noch nicht einmal dieser Feind sah in G'Kar seinen persönlichen Feind. Unter seinem kriegerischen Auftreten verbarg sich ein Friedensstifter, der nach Gründen suchte, Konflikte beizulegen, statt sie zu verschärfen. Ich will nicht behaupten, daß G'Kar und ich alte Freunde waren oder daß ich ihn gut kannte, aber er schien mir immer ein Mann zu sein, der auf der Suche nach dem Guten in allem war.«

Der Captain senkte den Kopf. »Menschen beten in solchen Situationen. Es ist unsere Art, mit dem Schöpfer in Kontakt zu treten. Gestatten Sie mir diese Sitte auch jetzt.

Lieber Gott, wir wünschen G'Kar eine gute Reise in dein Reich, in welcher Form er auch daran geglaubt haben mag. Wir wünschen denen wenig Schmerz, die er in diesem Leben zurückläßt, und wir bitten dich, das Rachebedürfnis in ihren Herzen zu lindern. Schließlich bitten wir noch darum, daß G'Kars Weg des Friedens eine dauerhafte Wirkung auf *Babylon 5* haben wird und von den Regierungen unterstützt wird. Amen.«

»Amen«, wiederholte Ivanova gemäß ihrer jüdischen Erziehung.

Sheridan zögerte, als er weitersprach. »Ein Botschafter auf *Babylon 5* zu sein, das bedeutet, eine ganze Kultur zu vertreten. Nur ganz besondere Persönlichkeiten sind dazu in der Lage. G'Kar hatte nur wenige solcher Kollegen auf dieser Station, und zwei davon sind heute hier. Bevor Botschafterin Delenn von den Minbari spricht, möchte Botschafter Mollari von den Centauri ein paar Worte sagen.«

Es gab empörtes Gemurmel im Saal, und die Narn beäugten Londo mißtrauisch, als er gewichtig zum Podium schritt. Er lächelte wissend, und es sah irgendwie höhnisch aus.

»Sie kennen unsere Rasse nicht«, begann er, »wenn Sie glauben, daß wir unsere Feinde nicht respektieren. Wir hegen enormen Respekt für die Narn, wenn sie uns auch immer wieder angestammte Gebiete entreißen. Aber dieses Thema paßt wohl nicht hierher. Ich habe es aber des öfteren mit meinem verschiedenen Feind G'Kar diskutiert. Wir waren uns über nichts einig, und dennoch verstanden wir uns, wie es wohl wenige Freunde tun. Wir erkannten die Schwierigkeiten unserer Aufgabe: Regierungen, die Weisheit und Brillanz von uns erwarten, wo wir doch nur gewöhnliche Sterbliche sind. Beide fühlten wir unsere Verpflichtung gegenüber den Heimatwelten genauso wie den Glauben an etwas Größeres, eine größere Aufgabe, hier auf *Babylon 5*. Nur wenige können das von sich sagen, aber G'Kar war mir ebenbürtig. Diesen G'Kar vom Dritten Kreis – ich werde ihn vermissen.«

Londo zuckte resigniert mit den Achseln. »Ein anderer wird kommen, doch er wird nicht G'Kar sein. Ich werde den Anblick seiner Adern vermissen, die an seinem Nacken hervortraten, wenn er mich anschrie. Oder sein Stottern, wenn er seinen Willen nicht bekam. Der nächste Botschafter wird wohl nicht annähernd so leidenschaftlich schreien oder stottern wie dieser.« Der Centauri legte seine Faust an die Brust zum Narn-Gruß. »Lebewohl, mein Feind.«

Wie einige andere im Saal schniefte auch Ivanova leise vor sich hin und zog ein Taschentuch hervor. Diese Gedenkfeier war genau das, was sie befürchtet hatte – ein aufrichtiger Tribut für einen Mann, der zu früh von ihnen gegangen war. G'Kar war gestorben, bevor er seine größten Leistungen vollbringen konnte – und das nur, um dem primitiven Drang nach Rache zu genügen. Sie wollte schreien, konnte es aber nicht, und darum weinte sie.

Ivanova blickte wieder auf und sah Delenn, wie sie zum Podium schritt und daneben verharrte. Hinter dem Pult wäre sie kaum zu sehen gewesen. Die kastanienbraunen Haare gaben ihr ein wesentlich weicheres Aussehen als vor ihrer Verwandlung. Heute jedoch sah ihr zerbrechliches Gesicht zornig und entschlossen aus.

»Der Tod G'Kars ist eine Ungeheuerlichkeit!« rief Delenn, was die Menge schnell zum Schweigen brachte. »Ich kam heute hierher, um meines Kollegen zu gedenken, doch mir ist nicht danach. Ich will meinen Kollegen lebend unter uns sehen. Ich will den Mördern nicht vergeben und danach mit dem Leben fortfahren, auch wenn es angemessen wäre. Entschuldigen Sie, wenn ich meiner Wut auf diese Weise Luft mache, aber mein Freund G'Kar ist nicht hier, um es an meiner Stelle zu tun.«

Die Narn rutschten unruhig auf ihren Stühlen herum, was Delenn sichtlich gefiel. »Als ich herkam, war *Babylon 5* wenig mehr als die Ansammlung von ein paar Wesen von verschiedenen Welten. Ohne Persönlichkeit, ohne Charakter, ohne Chance zu überleben. Dann traf ich die Botschafter G'Kar, Kosh und Mollari, und ich festigte meine Bekanntschaft zu Captain Sinclair. Plötzlich wurde meine Mission für mich greifbar, lebendig. Es ist nicht leicht, sich auf ein riskantes Experiment einzulassen, aber wir hier auf *Babylon 5* haben es getan. G'Kar hat immer an den Auftrag geglaubt, und *Babylon* als seine Heimat akzeptiert. Er war für uns, die wir uns den Heimatwelten noch sehr verbunden fühlten, eine große Inspiration. G'Kar gab mir Kraft. Kraft, die mir nun fehlt, da er nicht mehr unter uns weilt.«

Delenns wütender Ausdruck wich einem nostalgisch verklärten Lächeln. »G'Kar konnte streitlustig und schwierig sein, aber ich erinnere mich an Momente der Freundlichkeit, der Offenheit und der Großzügigkeit. Ihm nicht mehr bei den Ratsversammlungen oder bei offiziellen Empfängen zu begegnen, scheint undenkbar. Das Gefühl des Verlustes überstrahlt den Versuch, all das zu begreifen. So wollen wir uns vor Augen halten, daß G'Kar sich verwandelt hat, während wir gleichgeblieben sind.«

Delenn faltete ihre Hände und sah die Narn an. »Die Kerze ist ein universelles Symbol für das Licht, das selbst eine einzelne Person entzünden kann. Würden Sie eine kleine Kerzenprozession erlauben?«

Captain Vin'Tok nickte, und die Lichter im Saal wurden reduziert. Lennier trat vor, sechs Minbari-Priester hinter sich. Jeder von ihnen trug eine lange, spitz zulaufende Kerze. Lennier schwenkte einen kleinen Funken über die Kerzen, die scheinbar zeitgleich zu brennen begannen. Das künstliche Licht wurde noch schwächer, und die Kerzenträger bewegten sich in einem langsamen Kreis um die Bühne herum. Von der Empore erklang eine melancholische Flöte. Es war eine ruhige und einfache Prozession;

sechs weiße Lichter, die durch die Dunkelheit schwebten, während eine Flöte stellvertretend für alle den Verlust beklagte.

Nach einer kurzen, aber heilsamen Pause wurde es wieder hell, und die sechs Minbari-Priester verließen der Reihe nach den Saal. Nach der Unruhe, die es beim Eintritt in die Halle gegeben hatte, waren die Besucher jetzt still und bildeten eine Gasse. Ivanova schluckte einen schweren Kloß in ihrem Hals herunter. Vielleicht war *Babylon 5* stark genug, um den Verlust von G'Kar zu überstehen, aber es war trotzdem ein harter Schlag.

»Kennen Sie sich mit Mark Twain aus?« hörte sie eine Stimme. Londo Mollari stand hinter ihr und sah sie erwartungsvoll an. Auf seinem Gesicht spielte ein leichtes Lächeln.

»Ich habe von ihm gehört, bin aber keine Expertin für alte amerikanische Autoren«, gab sie zu.

»Zu schade«, sagte Londo. »Dann hätte es Ihnen besser gefallen.«

Bevor sie dieser seltsamen Anspielung auf den Grund gehen konnte, drängte sich Captain Vin'Tok zwischen sie.

»Wir fliegen in sechsundvierzig Minuten«, sagte er. »Wir erwarten Pünktlichkeit.«

»Kein Problem«, sagte der Commander. »Hoffentlich haben Sie Kaffee an Bord.«

»Wurde erst vor kurzem besorgt«, antwortete der Narn mit einem Lächeln. Er wollte Na'Toth zum Hinterausgang folgen, drehte sich aber noch einmal um. »Ich schlage vor, daß Sie sowohl warme als auch leichte Kleidung mitbringen.«

»Ich habe meine Hausaufgaben gemacht«, versicherte sie ihm. »Ich bin auf alles vorbereitet.«

Vin'Tok verbeugte sich höflich. Einige Sicherheitsbeamte traten hinzu und begleiteten die Narn durch den Bereich hinter der Bühne. Ivanova drehte sich wieder nach Londo um, sah aber nur noch seinen Haarkranz wie eine Haifischflosse in einem Meer aus Alien-Köpfen untertauchen. Er war schon zu weit weg, als daß sie ihn hätte einholen können, darum schaute sie sich um. Sie entdeckte Garibaldi, der auf der Empore stand und sich über das Geländer lehnte. Er wirkte wie ein Racheengel, der über den Trauernden schwebte.

Sie aktivierte ihr Com-Link. »Ivanova an Garibaldi.«

»Ich sehe Sie«, sagte der Chief und winkte. »Was gibt's?«

»Ich wollte Ihnen nur sagen, daß wir in fünfundvierzig Minuten abfliegen.«

»Haben Sie irgendeine Ahnung, auf was wir uns da einlassen?«

»Nein«, gab sie zu. »Aber ich habe gute Neuigkeiten.«

»Die wären?«

»Sie haben Kaffee an Bord.«

»Aber abends möchte ich lieber heiße Schokolade«, sagte der Chief. »Ich muß noch eine Million Sachen erledigen, werde aber rechtzeitig da sein. Garibaldi Ende.«

Eine kleine Windhose wirbelte durch den kupferfarbenen Sand, über die rauhen Mauern, kletterte einen Betonpfeiler hinauf und fand endlich ein Straßenschild, mit dem sie spielen konnte. Das Schild klapperte und quietschte in den verrosteten Scharnieren. Roststaub rieselte in den Luftwirbel. Mi'Ra, die Tochter von Du'Rog, stand unter dem Schild, auf dem einfach »V'Tar« stand. Sie mußte lachen, daß ausgerechnet so eine ausgestorbene Straße nach dem Lebensfunken benannt war.

Die V'Tar-Straße führte zwischen zwei Reihen dreistöckiger Gebäude hindurch, von denen eines verlotterter als das andere war. Selbst bei diesem Wind konnte sie das brennende Gummi riechen. Das einzige Licht kam aus kleinen Tontöpfen, die im Wind schaukelten und Schattenspiele auf den heruntergekommenen Gebäuden veranstalteten. Mit beunruhigender Geradlinigkeit erstreckte sich die V'Tar-Straße einen Hügel hinunter, bis sie von der gnädigen Dunkelheit verschluckt wurde. Mi'Ra schauderte bei dem Gedanken, daß diese öde Gegend ihr Zuhause war.

»Beeil dich«, rief sie in den Wind, während sie sich fragte, wo ihr Bruder T'Kog schon wieder blieb. T'Kog war eine große Enttäuschung für sie, denn sie verbrauchte zuviel Energie, um ihn auf Shon'Kar zu konzentrieren. Er benahm sich immer noch, als würde das Leben von selbst wieder besser werden. Sie wußte, daß dem nicht so war.

»Mi'Ra! Mi'Ra!« schrie er, als er aus der Dunkelheit herangestolpert kam.

Sie zog ihre PPG, weil sie glaubte, daß T'Kog verfolgt wurde. Als sie sah, daß ihr Bruder lachte und ein Stück Papier schwenkte, runzelte sie verärgert die Stirn. »Hör auf, meinen Namen zu schreien!«

»Sieh dir das an!« sagte er und hielt ihr das Papier unter die Nase. »G'Kar ist tot! G'Kar ist beim Abflug von *Babylon 5* durch eine Explosion ums Leben gekommen!«

Mi'Ra nahm das Blatt aus seiner Hand und starrte sie an. Sie registrierte jedes Wort einzeln. Ihr gefleckter Schädel zuckte, und ihre Lippen schoben sich zurück. *G'Kar, der Vernichter, war tot!* Ihr verhaßter Feind, der Mörder ihres Vaters, der Beschmutzer ihres Namens, das Objekt ihres Shon'Kar – tot. Getötet durch eine mysteriöse Explosion. Offensichtlich hatte jemand ihn erwischt. Aber wer?

Sie schleuderte es dem Nachthimmel entgegen: »Warum nicht *ich*?«

»Ruhig, Schwester, laß dem Schicksal seinen eigenen Lauf.«

»Wer hat dir das gegeben?« wollte sie wissen und hielt ihm das Papier hin.

T'Kog deutete unschuldig hinter sich. »Ein Mann dort hinten hat es verteilt. Viele schienen es aber schon zu wissen.«

Mi'Ra hatte die PPG bereits gesenkt und suchte die Schatten ab, als sie eine Stimme aus der Windhose vernahm.

»Keine Angst, meine Liebe«, krächzte sie.

Sie wußte, daß diese körperlose Stimme ein Trick war – einige meinten, die Thenta Ma'Kur hätten ihn von den Techno-Magiern gelernt. Aber die Attentäter wußten ihn sehr gut einzusetzen. Die junge Narn-Frau duckte sich und versuchte, die wahre Quelle der Stimme auszumachen. Sie hatte Grund genug, die Liga zu hassen, und die Liga haßte sie – aber wenn die Killer sie wirklich hätten töten wollen, hätten sie keine Warnung ausgesprochen.

»Ihr seid nicht gekommen, um uns zu töten, oder?« fragte sie.

»Nicht heute, meine Dame«, sagte die Stimme. »Kommen Sie zum nächsten Durchgang in der Mauer.«

T'Kog wollte sich davonschleichen, aber Mi'Ra packte ihn beim Kragen und warf ihn gegen die Mauer. Er prallte mit dem Kopf gegen die rauhen Steine und stöhnte, als er sich die Beule rieb.

»Du hast die Nachricht entgegengenommen«, sagte sie zu ihm. »Also kommst du mit.«

Mi'Ra schleppte ihn den Rest des Weges und stieß ihn gegen die eine Seite des Durchgangs. Sie lehnte sich an die Mauerkante ihm gegenüber, steckte die PPG weg und beobachtete das schwankende Licht in den Tontöpfen. »Wir sind da!« rief sie in den Wind.

Ein schlanker Mann, in schwarze Tücher gehüllt, glitt aus den Schatten und lehnte sich neben ihrem Bruder an die Mauer. T'Kog wich zurück, fand seine Beherrschung bald wieder und musterte die Gestalt neugierig. Die schwarzen Tücher verhüllten den Fremden völlig, ihre Enden flatterten im Wind.

»Ihr habt uns viel Ärger gemacht«, sagte der Mann mit tiefer Baßstimme. »Ihr behauptet, wir würden unsere Verträge nicht erfüllen.«

»Das tut ihr auch nicht!« Mi'Ra spuckte aus. »Die Thenta Ma'Kur sind Blindgänger, und das sage ich allen!«

Der schwarze Mann zuckte zusammen, beruhigte sich aber sofort wieder. »Das entspricht nicht der Wahrheit. Wir haben unseren Vertrag mit Ihrem Vater erfüllt. G'Kar ist tot.«

Mi'Ra verengte ihre roten Augen zu schmalen Schlitzen. Sie

wußte, daß er und der Tod gute Freunde waren. »Ist das wahr? Ist G'Kar wirklich tot?«

»Geh nach Jasba«, sagte der Mann. »Wähle einen beliebigen öffentlichen Bildschirm. Du wirst es selber sehen. G'Kar ist tot.«

Mi'Ra atmete tief ein und sank ein wenig in sich zusammen. »Dann ist es wirklich vorbei?« fragte sie ungläubig.

»Nicht für Sie«, sagte der Killer. »Viele verdächtigen Sie wegen Ihres mutigen, aber auffälligen Shon'Kar. Beim nächsten Mal sollten Sie das den Profis überlassen.«

Mi'Ra starrte ihn an. So sehr sie die gefühllosen Geier der Thenta Ma'Kur auch ablehnte, so sehr war sie doch bereit zu akzeptieren, daß sie ihren Vertrag erfüllt hatten. Trotzdem reckte sich die Narn wieder und erklärte laut: »Ich bin stolz auf Shon'Kar.«

»Natürlich sind Sie das, meine Liebe, aber die Menschen auf *Babylon 5* wissen Shon'Kar nicht so zu schätzen wie wir. G'Kar hatte außerdem mächtige Freunde. Unser Rat: Bestreiten oder gestehen Sie nichts. Erwähnen Sie uns mit keinem Wort. Ihr Blutschwur ist bekannt, alle werden ihn akzeptieren.«

Mi'Ra verbeugte sich. »Ich werde diesem Wunsch nachkommen. Von heute an werde ich respektvoll von eurer Bruderschaft sprechen.«

Die schwarzgekleidete Gestalt verbeugte sich ebenfalls. »Mitglieder der Earthforce kommen zum Heimatplaneten, um die Fragen des Rates zu beantworten. Wir werden in der Nähe bleiben und sie beobachten, falls sie sich zu sehr einmischen. Abgesehen davon ist unser Handel abgeschlossen.« Mit diesen Worten trat die dunkle Silhouette wieder in die Schatten, die sie sofort verschluckten.

6

Michael Garibaldi blieb auf der Empore zurück und beobachtete die Trauernden, die den Saal verließen. Er war nicht sonderlich sentimental, außer wenn es um alte Freunde und junge Damen ging, aber die Gedenkfeier hatte ihn irgendwie berührt. Sogar Londo hatte sich als würdig erwiesen. Wie Delenn bei ihrer Rede gesagt hatte: Es war einfach, wütend zu sein und den Tatsachen nicht ins Auge zu sehen, aber es war sehr schwierig, sie zu akzeptieren. G'Kar war tot. Es war, als würde ein wichtiger Teil der Station fehlen.

Er lehnte sich wieder über das Geländer und fragte sich, ob der Mörder irgendwo in der ruhigen Menge dort unten zu finden war. Der Sicherheitschef hatte keine Ahnung, daß er beobachtet wurde.

»Hi, mein Name ist Al Vernon!« rief plötzlich eine laute Stimme direkt hinter ihm. Der Chief wirbelte herum und sah einen Mann vom hinteren Teil des Balkons auf ihn zukommen. Er war einigermaßen beleibt, trug ein buntkariertes Jackett und schwitzte stark. Er streckte Garibaldi eine teigige Hand entgegen, als sei Händeschütteln die wichtigste Sache der Welt.

»Kenne ich Sie?« erkundigte sich Garibaldi.

»Nein, Sir, tun Sie nicht«, sagte der Mann gutgelaunt, was ihn jedoch nicht davon abhielt, Garibaldis Hand zu packen und wild zu schütteln. »Mein Name ist Al Vernon, aber das sagte ich ja schon. Sie sind Mr. Garibaldi, der Sicherheitschef dieser wunderbaren Station, richtig?«

»Das ist kein Geheimnis«, knurrte der Chief. »Hören Sie, ich muß ziemlich bald die Station verlassen und bin sehr beschäftigt.« Er blickte nach unten und sah Talia Winters, die langsam aus dem Saal ging. Das erinnerte ihn an eine weitere Sache, die noch erledigt werden mußte – Offizier Leffler. Also machte er seiner übergewichtigen neuen Bekanntschaft etwas Dampf. »Könnten Sie bitte zur Sache kommen?«

»Es ist ganz einfach, Sir.« Vernon stellte sich auf die Zehenspitzen, um nicht so laut reden zu müssen. »Den Gerüchten zufolge fliegen Sie an Bord der *K'sha Na'vas* zur Narn-Heimatwelt. Ich würde gerne mitkommen. Seit sechs Monaten bin ich schon unterwegs. Ich hatte gehofft, Sie könnten sich bei den Narn oder bei Captain Sheridan für mich verwenden.«

Garibaldi sah den Mann fassungslos an. »Sie haben Nerven. Wenn Sie all das schon wissen, dann wissen Sie wohl auch, daß wir eine offizielle Delegation sind. Die *K'sha Na'vas* ist kein Transporter, man kann nicht so einfach eine Fahrkarte lösen.«

Al Vernon lachte nervös. »Das ist einer der Gründe, warum ich mich an Sie wende, Sir. Ich habe es endlich bis hierher geschafft, aber nun sind meine Reserven für die Reise zur Heimatwelt erschöpft. Ich gelte dort allerdings als kreditwürdig, und meine Geschäftspartner werden für mich bürgen.«

»Sie waren schon mal auf dem Heimatplaneten?« erkundigte sich Garibaldi ungläubig.

»Ob ich schon mal da war, Sir? Ich habe zehn Jahre dort gelebt! Ich habe dort auch eine Frau. Eine Ex-Frau, wenn man es genau nimmt. Wildes kleines Ding, sehr reizbar.« Er flüsterte wieder. »Heiraten Sie nie eine Narn, wenn Sie etwas gegen Frauen mit Temperament haben.«

Nun war Garibaldi neugierig. »Heiraten sie oft Menschen?«

»Nein, nicht oft«, gab Al zu. »Es leben nur wenige Menschen auf Narn. Kinderreiche Familien mit sehr vielen Töchtern sind manchmal bereit, eine davon mit reichen Erdenmännern zu verheiraten. Kinder sind natürlich nicht möglich, Sex aber schon. Und wie.«

Garibaldi schaute den hinterlistig grinsenden Mann finster an, war aber immer noch fasziniert. »Welche Geschäfte betreiben Sie dort?«

»Ich importiere Technologien von anderen Welten«, antwortete Al. »Die Narn lieben alles, was von außerhalb ihrer Grenzen kommt. Spielzeug, Küchengeräte, Büroartikel ...«

»Waffen«, half Garibaldi aus.

Der Mann wurde zornig. »Nichts Illegales, das versichere ich Ihnen. Wenn ich nicht so korrekt wäre, hätte ich die geschäftlichen Schwierigkeiten vermeiden können, die mich so lange von der Heimatwelt fernhielten.«

Garibaldi rieb sein Kinn. »Vielleicht wäre es gar nicht so schlecht, einen Führer dabeizuhaben, der sich ein bißchen auskennt. Wir sollen einige Fragen zu G'Kars Tod beantworten, aber ich möchte nicht tagelang in bürokratischem Kleinkrieg erstikken.«

»Ich habe immer noch Freunde ganz oben«, versicherte Al. »Ich könnte Ihnen helfen, einige Hindernisse zu umgehen.«

»Sie müßten sich der offiziellen Delegation anschließen. Keine Waffen, keine krummen Geschäfte. Außerdem müssen Sie an der Trauerfeier für G'Kar teilnehmen.«

Al Vernon rieb sich die fetten Hände. »Es wäre mir eine Ehre. Ich habe Botschafter G'Kar vor einigen Jahren kennengelernt. Ein tragischer Verlust.«

»Ja.« Der Chief aktivierte sein Com-Link: »Garibaldi an die Kommandozentrale.«

»Lieutenant Mitchell hier«, antwortete eine lebhafte weibliche Stimme. »Schießen Sie los, Chief.«

»Ich will einen kompletten Bericht über einen Mann hier auf der Station. Er nennt sich Al Vernon. Ich möchte außerdem wissen, wie lange er schon auf *B5* ist und wie sein finanzieller Status ist. Finden Sie heraus, ob er schon einmal auf der Heimatwelt der Narn gelebt hat.« Garibaldi lächelte seinen neuen Freund an, der plötzlich noch stärker zu schwitzen schien. »Ich brauche die Informationen in einer halben Stunde.«

»Ja, Sir. Kommandozentrale Ende.«

Al Vernon kicherte und zupfte an seinem Kragen. »Sie sind ein gründlicher Mensch, Mr. Garibaldi.«

»Ich möchte nur sicher sein, daß Sie der sind, für den Sie sich ausgeben. Ich werde mit dem Captain sprechen und mein Möglichstes tun. Treffen Sie mich in dreiundvierzig Minuten in Dock Drei. Und zwar reisefertig!«

»Ja, Sir!« sagte Al, nahm Haltung an und zog den Bauch ein.

Garibaldi schüttelte sich und ging zur Treppe, die von der Empore hinunterführte. Er fühlte sich Al nicht besonders verpflichtet. Wenn an seiner Geschichte irgend etwas nicht in Ordnung war, würde er nirgendwo hinfliegen; wenn Al aber die Wahrheit gesagt hatte, würde er eine wertvolle Hilfe sein. Garibaldi hätte sich gerne auf Na'Toth als Führerin verlassen, aber sie hatte ihre eigenen Ziele. Wenn ich Glück habe, dachte der Chief, gibt es einen Durchbruch bei den Ermittlungen, bevor ich an Bord der *K'sha Na'vas* gehen muß. Vielleicht würden sie Mi'Ra in der Unterwelt finden, oder vielleicht würde Leffler von seinem Bett aufspringen und seinen Angreifer und damit den Mörder nennen. Mach dir nichts vor, dachte Garibaldi, so ein Glück ist dir nicht beschieden.

Er blieb im Gang stehen und beobachtete die letzten Trauergäste, die sich in kleine Gruppen zerstreuten und wieder ihren Geschäften nachgingen. Nach einer Weile aktivierte er sein Com-Link. »Garibaldi an Med-Lab.«

»Franklin hier«, kam prompt die Antwort. »Geht es um Ihren Offizier?«

»Ja, Doc. Hat Leffler sein Bewußtsein wiedererlangt?«

»Ich bin gerade erst von der Visite gekommen. Lassen Sie mich mal nachsehen.« Nach einer Minute war er wieder dran. »Leffler kam kurz zu sich, war aber sehr aufgeregt und brauchte Beruhigungsmittel. Seine Reflexe und sein EKG sind gut, aber bei einem Schädeltrauma kann man nicht vorsichtig genug sein.«

»Können wir ihn für ein paar Fragen aufwecken?« fragte Garibaldi.

Die Stimme des Doktors war reserviert. »Das dürfte noch ein paar Stunden dauern. Vielleicht sogar bis morgen.«

»Okay«, sagte Garibaldi. »Ich werde dann schon weg sein. Könnten Sie den Captain benachrichtigen, wenn Leffler wegen des Angriffs befragt werden kann?«

»Ich kümmere mich darum. Noch was?«

»Nein. Garibaldi Ende.« Er tippte sein Com-Link noch einmal an. »Garibaldi an Welch.«

»Bin da, Chef.«

»Glück gehabt?« fragte er und erwartete das Schlimmste.

»Leider nein. Wir haben sämtliche Narn überprüft, aber nur ein paar abgelaufene Identicards gefunden. Jeder Check verlief positiv, und keiner ist erst in letzter Zeit angekommen. Es gibt keinerlei Verbindungen zur Du'Rog-Familie.«

»Was ist mit dem Angriff auf Leffler? Hat jemand etwas gesehen?«

»Nein, Sir. Hier unten sieht ja nie jemand was.«

Garibaldi runzelte die Stirn. »Okay, Lou, lassen wir es erst mal gut sein. Ich werde die Station in ungefähr vierzig Minuten verlassen. Eine Sache könnten Sie allerdings noch für mich tun.«

»Klar, Chef.«

»Wenn Leffler aufwacht, fragen Sie ihn aus. Wenn er sich an nichts erinnern kann, was wegen der Kopfverletzung durchaus möglich ist, dann rufen Sie Talia Winters an. Sie soll ihn scannen und die Antworten finden. Sie hat bereits zugestimmt.«

»Geht klar. Gute Reise.«

»Ja«, sagte Garibaldi. »Ende.«

Nachdem Garibaldi seine Reisetasche aus dem Quartier geholt und seinen Wintermantel den Motten entrissen hatte, begab er sich zu Captain Sheridans Büro. Er war nur noch zehn Meter von dessen Tür entfernt, als sein Com-Link piepste. »Garibaldi!« bellte er seinen Handrücken an.

»Hier Lieutenant Mitchell aus der Kommandozentrale. Ich

habe die Angaben über Al Vernon. Soll ich sie Ihnen überspielen?«

Garibaldi sah auf die Uhr und stellte fest, daß die Zeit ihm davonlief. »Schicken Sie die Daten an Sheridans Terminal. Ich bin auf dem Weg in sein Büro. Garibaldi Ende.«

Seien Sie da, Captain Sheridan, sagte er zu sich selbst, als er den Türgong betätigte. Zu seiner Erleichterung folgte sofort ein »Herein!«

Garibaldi betrat den Raum und war erleichtert, daß Sheridan allein war. Der studierte verwirrt den Bildschirm seines Terminals und blickte kaum auf. »Hallo, Garibaldi. Fertig für die Reise?«

»Nicht ganz, Sir«, gab der Sicherheitschef zu. »Ich hoffe, daß ich nicht störe, aber ich brauche nur eine Minute.«

Sheridan runzelte die Stirn, während er auf die Anzeigen starrte. »Können Sie es fassen, daß ich mich mit der narnschen Rechtsprechung beschäftige? Die meisten Gesetze sind Jahrhunderte alt und stammen noch aus der Zeit vor der Centauri-Invasion. Viele sind für eine Rasse, die interstellare Raumfahrt betreibt, völlig unbrauchbar. Aber anscheinend diskutieren sie lieber über irgendwelche komplizierten Auslegungen, als neue Gesetze zu erlassen. Auch ihre Religion ist fest in der Vergangenheit verwurzelt. Diese Shon'Kar-Geschichte erinnert mich ein wenig an die irdische Tradition des Duells.«

Garibaldi trat neben Sheridans Schreibtisch.

»Sir, ich erwarte eine Datenübertragung aus der Kommandozentrale, die gleich bei Ihnen ankommen dürfte. Darf ich mal sehen?«

Sheridan schob sich mit dem Sessel zurück und deutete auf sein Terminal. »Bedienen Sie sich.«

Der Sicherheitschef drehte den Bildschirm in seine Richtung und tippte ein paar Befehle ein. Als die Informationen und Bilder auf dem Monitor erschienen, las er laut: »Sein vollständiger Name ist Albert Curtis Vernon, auch bekannt als Al Vernon. Er stammt aus Mansfield/Ohio.« Er hielt inne und tippte mit seinem Finger auf ein Textfenster. »Das ist interessant, Sir. Er ist viel herumgereist, aber seine offizielle Adresse war fast zehn Jahre lang die Narn-Heimatwelt. Er war sowohl bei der Botschaft als auch bei der Handelskommission eingetragen. Offensichtlich kein Spinner.«

»Ist dieser Mann ein Verdächtiger im Fall G'Kar?« fragte Sheridan.

»Nein, Sir. Es klingt vielleicht verrückt, aber ich würde Al Vernon gerne mit zur Heimatwelt nehmen, damit er uns als Berater zur Seite stehen kann.«

Sheridan blinzelte ihn an. »Wie gut kennen Sie den Mann?«

»Ich habe ihn gerade erst kennengelernt. Er hat mich nach der Gedenkfeier angesprochen. Er ist bereit, unser Führer zu sein, wenn wir ihn dafür auf der *K'sha Na'vas* mitnehmen.«

»Das Schiff gehört uns nicht, Garibaldi. Ich kann schlecht verlangen, daß man einen Fremden an Bord eines militärischen Schiffes nimmt.«

Der Chief räusperte sich. »Ich bitte um Entschuldigung, Sir, aber es ist Ihr Vorrecht, die Leute für die Delegation auszusuchen. Ich habe mich nicht darum gerissen, nun bin ich dabei. Sie könnten Al Vernon auf die Liste setzen. Da er mit einer Narn verheiratet war, ist er praktisch ein Vorbild für die guten Beziehungen zwischen Narn und Menschen.«

»Wie lange ist dieser Al Vernon schon auf der Station?« Sheridan beantwortete die Frage selbst, indem er einen Blick auf den Bildschirm warf. »Er ist erst vor zwei Stunden angekommen, also kann er mit G'Kars Tod nichts zu tun haben. Der Mann hat wirklich keine Zeit verschwendet, sich an Sie zu wenden.«

»Nein, Sir. Ich will ihm ja auch nicht gleich mein Leben anvertrauen, aber er hat sich angeboten, und ich würde mir wie ein Idiot vorkommen, wenn ich nicht annehme.«

Sheridan blickte wieder auf den Bildschirm. »Er hat seinen

Creditchip hier auf der Station noch nicht verwendet. Wir haben also keinerlei Informationen über seinen finanziellen Status. Schauen Sie nur, wo er überall war – Centauri Prime, Mars, Antareus, Beteigeuze, von den zehn Jahren auf Narn gar nicht zu reden. Wenn Sie diesen Mann wirklich mitnehmen wollen, tun Sie das auf Ihre Verantwortung. Ich halte mich da raus.«

»Ja, Sir«, sagte Garibaldi und fragte sich, ob er noch richtig im Kopf war. Er hatte keinen Grund, Al Vernon zu vertrauen. Er hatte lediglich dieses unbestimmte Gefühl, daß ihm das Schicksal eine Trumpfkarte in einem geschmacklosen Jackett zugespielt hatte.

Captain Sheridan drückte eine Taste, und der große Wandschirm schaltete sich ein. »Hier ist Captain Sheridan. Ich rufe die *K'sha Na'vas.* Geben Sie mir bitte Captain Vin'Tok.«

Das Kommunikationssymbol verschwand und machte einem Bild der *K'sha Na'vas*-Brücke Platz. Die Lichter waren immer noch gedämpft, als läge der Abflug noch Stunden entfernt. Vin'Tok setzte sich in einen Stuhl vor den Schirm. Eine Hälfte seines Gesichts war in Schatten getaucht.

»Captain«, sagte er. »Wie kann ich helfen?«

»Captain, ich würde meiner Delegation gerne noch eine Person hinzufügen. Sein Name ist Al Vernon, ein Zivilist.«

Vin'Tok richtete sich in seinem Stuhl auf und knurrte. »Es ist äußerst ungewöhnlich, zehn Minuten vor Abflug noch die Zusammensetzung der Delegation zu verändern.«

Sheridan lächelte freundlich. »Wir versuchen lediglich, dem Andenken G'Kars gerecht zu werden, indem wir eine würdige Delegation schicken. Ich kann Ihnen gerne seine Daten überspielen, dann werden Sie sehen, daß er ein passendes Symbol für die Kooperation zwischen unseren Welten ist.«

»Na gut«, murmelte der Narn-Captain. »Ich vertraue Ihnen, daß dieses Vorgehen unsere Abreise nicht verzögern wird. Ende.« Er drückte einen Knopf, und der Bildschirm wurde schwarz.

Auf der nur spärlich beleuchteten Brücke der *K'sha Na'vas* tauchte G'Kars kantiges Kinn aus den Schatten auf. »Idiot! Einen Fremden an Bord zu holen!«

»Was sollte ich denn tun?« fragte Vin'Tok. »Eine Drei-Personen-Delegation ist immer noch relativ klein. Wie konnte ich ablehnen? Glaub mir, ihre Trauer über deinen Tod ist absolut echt. Die Gedenkfeier war sehr bewegend. Wenn das hier vorbei ist, mußt du mir erzählen, was dich zu dieser Verzweiflungstat getrieben hat, mein Freund.«

G'Kar saß steif in seinem Stuhl und preßte die Lippen zusammen. Tote Männer hatten ziemlich wenig zu sagen, wie er feststellen mußte.

»Die Datenübertragung von Captain Sheridan ist abgeschlossen«, meldete ein Narn-Techniker.

»Du solltest jetzt lieber nach unten gehen«, sagte Vin'Tok zu G'Kar. Es klang wie ein Befehl.

G'Kar wollte protestieren, doch all seine Macht und sein Ruhm hatten sich in Nichts aufgelöst. Er war nicht mehr G'Kar vom Dritten Kreis. Er war ein toter Mann, ein Niemand. Sein Schicksal war es, versteckt, gejagt und ignoriert zu werden. Als er sich diesen Plan ausgedacht hatte, waren ihm die Folgen nicht bewußt geworden. Er war davon ausgegangen, daß ihn seine Untergebenen genauso behandeln würden wie immer. Aber G'Kar war offiziell tot; er konnte keine Fäden mehr ziehen und hatte keine Zähne, um zu beißen. Er war jetzt von der Unterstützung seiner Freunde abhängig, die mehr neugierig als hilfsbereit schienen.

Er würde versuchen, irgendwo in der Nähe der Heimatwelt gefunden zu werden, wenn das alles vorbei war; im All treibend, aber lebendig. Und dann würde er die ganze Angelegenheit schnellstens zu den Akten legen.

Mit bewaffneten Wachen im Rücken stieg G'Kar die Leiter zu seinem Versteck hinunter. Seine möblierte Zelle wartete schon.

Garibaldi wurde gestellt, als er gerade bei den Docks aus dem Lift stieg. Ivanova stoppte ihn, indem sie ihm eine Hand auf die Brust legte. Ihre Augen wirkten noch durchdringender und dunkler als sonst. »Was hat es mit diesem Fremden auf sich?« wollte sie wissen.

»Sie meinen Al Vernon«, erwiderte Garibaldi verlegen. »Er ist vielleicht ein Fremder für uns, aber nicht auf der Narn-Heimatwelt. Wir werden jemanden brauchen, der sich dort auskennt.«

»Was ist mit Na'Toth? Ich habe sie heute morgen zum Frühstück eingeladen und sie mit geräuchertem Aal gemästet! Sie hat sich bereiterklärt, uns zu helfen.«

Der Chief grunzte. »Klar, bis sie Mi'Ra sieht und ihr an den Hals geht. Ich will mit einem Minimum an Ärger rein und wieder raus, und Al kann uns eine große Hilfe sein.« Er hantierte mit seiner Reisetasche und seinem Mantel herum, während er versuchte, auf die Uhr zu schauen. Verdammt, er wollte nirgendwohin, wo man einen Mantel brauchte und die Quecksilbersäule des Thermometers rauf- und runtertanzte wie ein Jojo. Er mochte *Babylon 5*, denn hier wurde die Temperatur optimal geregelt.

Ivanova schulterte ihr eigenes Gepäck und kämpfte mit einer dicken Jacke. »Wir sollten uns auf den Weg machen.«

»Mr. Garibaldi!« ertönte eine Stimme. Sie sahen einen dicklichen Mann in einem schrillen Jackett, der auf sie zugewackelt kam und in jeder Hand einen Koffer schleppte.

Ivanova sah Garibaldi mit einer hochgezogenen Augenbraue an. »Sagen Sie mir nicht, daß das unser Mitreisender ist.«

»Das wird er Ihnen schon selber sagen.« Er lächelte gequält.

Strahlend ließ Al seine Koffer vor Ivanova fallen. »Ich bin Al Vernon«, verkündete er stolz, »und Sie müssen Commander Ivanova sein. Das ist wahrhaftig eine Ehre für mich, ja wirklich.«

Der Commander runzelte die Stirn. »Ich wurde nicht informiert, daß Sie uns begleiten. Und ich bin mir nicht sicher, ob mir das gefällt. Es handelt sich um eine delikate Aufgabe, die viel Takt erfordert.« Sie blickte zu Garibaldi. »Andererseits haben wir keine Ahnung, wie man taktvoll vorgeht. Wie steht es mit Ihnen?«

Al tupfte sich mit einem Taschentuch die Stirn ab. »Ich weiß nicht, wie taktvoll ich bin, aber ich kenne die Narn. Man muß mit ihnen aus einer Position der Stärke verhandeln. Wenn sie Schwäche spüren, werden sie Sie gnadenlos unterbuttern. Haben Sie etwas anzubieten?«

Garibaldi sah Ivanova an und schüttelte den Kopf. »Nein, wir haben lediglich den Datenkristall, ein paar Videologs und das Bedürfnis, heil nach Haus zu kommen. Wenn wir die Wahrheit sagen, sollten wir keine Gegenleistung brauchen.«

»Eine Hand wäscht die andere. Das ist zwar ein menschliches Sprichwort, aber die Narn könnten es erfunden haben.« Al nahm seine Koffer wieder auf und grinste. »Ich hasse es, zu spät zu kommen. Sollen wir?«

Mit Mr. Vernon an der Spitze begab sich die menschliche Delegation zu Dock Sechs, wo die *K'sha Na'vas* angelegt hatte. Na'Toth wartete schon auf sie und empfing sie mit einem geringschätzigen Blick. »Ich hoffe, Sie machen aus der Sache keinen Zirkus«, versetzte sie unfreundlich.

Al Vernon ließ sich davon nicht einschüchtern, schaute sie an und lächelte. »Die Blume der Narn-Weiblichkeit ist ihr Dorn.«

Na'Toth starrte ihn überrascht an. »Wo haben Sie das gelernt?«

»Meine liebliche Frau Hannah hat es mir beigebracht. Zumindest habe ich sie immer so genannt. Ihr wirklicher Name ist Ho'Na. Sie war eine Studentin der Vopa Cha'Kur. Ich mag starke Frauen, Narn-Frauen.« Er hob die Schultern. »Ist eine Schwäche von mir. Ich kann es kaum erwarten, ins Land der dornenreichen Frauen zurückzukehren.«

Na'Toth lachte laut und herzlich. »Unter den Dornen versteckt sich die saftigste Frucht.«

»Wie gut ich das weiß«, stimmte Al Vernon zu.

Ivanova und Garibaldi sahen einander verwirrt an. Keiner von ihnen hatte je eine narnsche Flirtschule besucht, aber Al schien bereits seine erste Eroberung unter den Gastgebern gemacht zu haben.

Er verneigte sich formell vor Na'Toth. »Erlauben Sie mir, Ihnen heute abend das Essen zu servieren?«

Na'Toth runzelte über dieses Ansinnen die Stirn. »Ich bin sicher, daß wir alle zusammen speisen werden. Wenn Sie mich entschuldigen wollen: Ich muß dem Captain mitteilen, daß die Erddelegation hier ist.« Die schlanke Narn verschwand in einer Luftschleuse.

»Ich traue mich kaum zu fragen«, sagte Garibaldi, »aber was ist die Vopa Cha'Kur?«

Al lächelte. »Das Äquivalent zum irdischen Kamasutra. Absolute Pflichtlektüre auf Narn, alter Junge.« Mit diesen Worten packte der beleibte Mann wieder seine Koffer und stolperte die Rampe hinauf. Ivanova und Garibaldi folgten ihm. Die Luftschleuse öffnete sich zischend. Eine zweite Rampe folgte, diesmal abwärts. Sie kamen in einen Vorraum, wo Captain Vin'Tok, sein Erster Offizier Yal'Tar und Na'Toth bereits warteten. Ein weiteres Besatzungsmitglied schloß die Luke hinter ihnen und bereitete alles für den Abflug vor.

Mit gewichtiger Stimme verkündete Vin'Tok: »Im Namen des Narn-Regimes heiße ich Sie an Bord der *K'sha Na'vas* willkommen.«

»Es ist uns ein Vergnügen«, sagte Commander Ivanova. »Ich wünschte nur, es wären andere Umstände, die uns zusammenführen.«

Eine Kommunikationskonsole an der Wand piepste vernehmlich, und der Erste Offizier nahm den Ruf entgegen. »Hier Yal'Tar.«

»Die Eskorte ist da«, kam die Antwort. »Wir sind die Checkliste durchgegangen und haben Startfreigabe.«

»Eskorte?« murmelte Garibaldi.

Vin'Tok zuckte mit den Achseln. »Zwei kleinere Kreuzer. Keine große Sache – nur drei Schiffe mit dem gleichen Ziel. Wir Narn reisen gerne in Gesellschaft.«

»Ach ja«, strahlte Al Vernon. »Ich fühle mich an Bord von Narn-Schiffen immer sehr sicher. Sie treffen ganz besondere Sicherheitsvorkehrungen.«

Vin'Tok nahm den buntgekleideten Mann in Augenschein. »Ich habe Erkundigungen eingezogen. Sie sind vor zwei Jahren von Narn verschwunden. Seither werden Sie als vermißt geführt, vermutlich tot.«

Al lachte nervös. »Um es mit den Worten des großen Mark Twain auszudrücken: Die Berichte über meinen Tod waren reichlich übertrieben. Ich werde Ihnen beim Abendessen von meinen Abenteuern erzählen, Captain.«

Vin'Tok nickte leicht und lächelte. Vernons Freundlichkeit zeigte auch bei ihm Wirkung. Er erteilte seiner Crew einige Befehle. Garibaldi sah zu Ivanova hinüber und stellte fest, daß ihre Stirn in tiefen Falten lag. »Versuchen Sie auch, irgendeinen Sinn in dieser Sache zu sehen?« flüsterte er.

»Nein, aber er hat Mark Twain erwähnt.« Sie blickte ihn nachdenklich an. »Den Namen höre ich heute schon zum zweiten Mal.«

Garibaldi sah sich um. »Ich mache mir eher Sorgen darüber, daß wir drei Schiffe brauchen, um zur Narn-Heimatwelt zu fliegen.«

Eine Luke öffnete sich, und zwei Crewmitglieder traten ein, um das Gepäck und die Mäntel der Passagiere in Empfang zu nehmen. Captain Vin'Tok ging den Gästen durch die Luke und einen kurzen Gang voran, der durch ein Gewirr von Schächten, Rohren und Kontrolltafeln führte. Nach einer weiteren Luke gelangten sie in einen Raum, in dem etwa sechzig Sitze im Halbkreis angeordnet waren. Garibaldi erinnerte der Raum an eine Mischung aus Truppentransporter und Besprechungsraum. Ohne entsprechende Militäreinheiten sah er allerdings seltsam leer aus, fast wie das Innere einer Grabkammer.

Vin'Tok deutete auf die leeren Sitze. »Machen Sie es sich bequem. Denken Sie daran, die Sicherheitsbügel einrasten zu lassen, denn es wird nach dem Start deutliche Schwerkraftveränderungen geben, die einige Minuten Schwerelosigkeit zur Folge haben. Danach werde ich Sie in Ihre Quartiere begleiten.«

Na'Toth setzte sich zuerst, als wollte sie zeigen, daß sie ihren Platz kannte. Al Vernon plazierte sich sofort neben sie und half ihr unnötigerweise, den Sicherheitsbügel festzustellen. Mit mehr als fünfzig freien Stühlen hatte Garibaldi eine ziemlich große Auswahl. Er behielt gern die Übersicht, darum machte er sich auf den Weg zu den hinteren Sitzreihen. Immer noch in Gedanken, folgte Ivanova ihm.

Der Chief zog den Sicherheitsbügel über seinem Kopf herunter. Die Narn warteten, bis alle sicher auf ihren Plätzen saßen, und verließen dann den Raum.

Ein paar Reihen vor den Earthforce-Offizieren unterhielten sich Na'Toth und Al Vernon wie alte Freunde. Diesmal schien es jedoch mehr um Restaurants als um Sex zu gehen.

»Was wissen Sie über Mark Twain?« erkundigte sich Ivanova unvermittelt.

»Viel«, sagte Garibaldi. »Ich liebe Mark Twain.«

Plötzlich erklang ein hohles Geräusch, das durch den gesamten Raum dröhnte. Wir heben ab, dachte der Chief. Seine Gesichtshaut spannte sich, seine Haarwurzeln kribbelten. Er konnte die Schmetterlinge in seinem Bauch spüren. Sie waren auf dem Weg zur Narn-Heimatwelt.

Die drei Narn-Kreuzer hielten auf das Sprungtor zu. Sie sahen aus wie Rochen mit geteilten Schwänzen. In Formation schossen die stromlinienförmigen Schiffe in das Sprungtor und wurden von einem gewaltigen Lichtblitz verschlungen.

7

Dr. Stephen Franklin beugte sich über Dan Leffler, der zur Zeit sein begehrtester Patient war, und lächelte. »Ganz ruhig. Nicht bewegen. Es ist wichtig, daß Sie Ihren Kopf ruhig halten.«

»Okay«, murmelte Leffler und sah sich im Med-Lab um. Die blinkenden Instrumente und Anzeigen blendeten ihn, als er seinen Kopf zur Seite drehte, was sofort gewaltige Kopfschmerzen auslöste. Also ließ er es sein und schloß die Augen.

»Dämpfen Sie bitte das Licht«, sagte Dr. Franklin zu jemandem im Hintergrund. Er legte seine dunklen Hände auf Lefflers Brust und löste damit ein Gefühl der Sicherheit und Wärme bei ihm aus. »Bewegen Sie sich nicht. Bleiben Sie ruhig.«

»Chief Garibaldi«, krächzte Leffler. »Ich ... aahh ... die Narn ...«

»Chief Garibaldi hat die Station verlassen. Captain Sheridan ist allerdings schon auf dem Weg hierher. Er bringt Ihren Kumpel Lou Welch mit.« Er lächelte freundlich. »Sie sind ziemlich beliebt, Leffler. Wie ich gehört habe, möchte die Telepathin Talia Winters Sie ebenfalls sehen. Kommen Sie erst mal zu sich und bleiben Sie liegen. Okay?« Der Doktor stand auf, selbstsicher, ruhig und autoritär. »Sagen Sie mir Bescheid, wenn Sie wirklich starke Schmerzen haben. Wir können Ihnen sofort wieder Beruhigungsmittel geben.«

»Ja, klar«, sagte der Offizier und atmete tief ein. Langsam fühlte er sich wieder wie ein Mensch und nicht mehr wie ein Haufen verwirrter Vorstellungen. Er versuchte, seine Gedanken zu ordnen, aber alles war noch sehr schemenhaft. Er sah nur ein paar unzusammenhängende Bilder, die im freien Raum schwebten und seinem Zugriff entzogen zu sein schienen.

Leffler wußte nicht, wie lange er so gelegen hatte. Er machte sich langsam wieder mit seinen Körperteilen vertraut und stellte fest, daß nichts ernsthaft beschädigt war. Nur sein Kopf, der in einem Schaumkernverband steckte, pochte immer noch dumpf. Da hatte ihm jemand ein übles Ding verpaßt, aber er konnte sich nicht mehr erinnern, wer es gewesen war. Es hatte aber etwas mit den Narn zu tun gehabt. Wie sein Bruder Taylor immer sagte: Du hast 'nen harten Schädel. Im Augenblick war er darüber recht froh. Als er leise Stimmen in seiner Nähe hörte, schlug er die Augen auf. Er sah den guten Onkel Doktor zusammen mit Lou Welch, Captain Sheridan und Talia Winters, die wie ein Engel mit goldenem Heiligenschein aussah, an seinem Bett stehen. »Lou!« krächzte er.

Sein vorgesetzter Offizier grinste ihn spöttisch an. »Na, Leffler, wir schicken dich auf eine einfache Patrouille, und du läßt dir gleich den Schädel einschlagen.«

»Lou, ich weiß nicht, wer es war. Ich kann mich nicht erinnern.«

»Keine Panik«, beruhigte ihn Dr. Franklin. »Sie werden sich schon wieder erinnern. Erinnerungen kommen immer stückchenweise zurück – das kann Tage dauern.« Er warf einen scharfen Blick auf Captain Sheridan. »Ihre Gesundheit ist unsere größte Sorge.«

»Natürlich«, sagte Sheridan. Er lächelte Leffler freundlich an. »Soldat, fühlen Sie sich fit genug, um mir ein paar Fragen zu beantworten?«

»Ja, Sir.« Leffler versuchte, sich zu entspannen. »Ich tue mein Bestes.«

Sheridan blickte Welch an, der ein elektronisches Notizbuch in der Hand hielt. »Ich sage dir jetzt mal, was wir bisher wissen, vielleicht regt das deine Erinnerung ein wenig an. Du warst in der Unterwelt, Korridor 112, Sektor BRAUN. Du hast unter den Streunern da unten nach unregistrierten Narn gesucht. Wegen der Ermordung von Botschafter G'Kar.«

»Ja«, sagte Leffler langsam. An diesen Auftrag konnte er sich jetzt erinnern. »Ich weiß es wieder. Wir suchten nach einer Familie ...«

»Du'Rog«, antwortete Welch. »Richtig, Zeke. Du machst das ganz prima. In dem Korridor gibt es eine Menge kleiner Hütten, die aus lauter Sperrmüll zusammengebastelt wurden. Du bist dort gewesen und hast die IDs einiger Narn überprüft. Ein Kind hat uns erzählt, daß du in eine dieser Hütten gegangen bist. Weißt du noch, was dann passiert ist?«

»Ich bin in eine dieser Hütten gegangen«, wiederholte Leffler und blinzelte. Er war offensichtlich frustiert »Ich bin in mehrere dieser Unterkünfte gegangen, um Identicards zu checken. An eine bestimmte Hütte kann ich mich nicht mehr erinnern.«

»Fragen wir mal so«, sagte Captain Sheridan, »ist Ihnen irgend etwas Seltsames passiert? Etwas Ungewöhnliches?«

Leffler schloß die Augen in der Hoffnung, sich dann besser erinnern zu können. Sein Gehirn grub ein Bild aus – das eines alten Narn, liegend, mit dem Rücken zu ihm. »Da war dieser alte, kranke Narn«, sagte er. »Aber sein Gesicht habe ich nicht gesehen.«

Sheridan beugte sich vor. »Sie haben also sein Gesicht nicht gesehen? Folglich konnten Sie auch seine Identität nicht überprüfen?«

»Vermutlich nicht«, räumte Leffler ein. »Vielleicht aber doch. Vielleicht erinnere ich mich bloß nicht.«

»Darf ich mal?« fragte Talia Winters sanft. Die Telepathin trug ein elegantes graues Kostüm, das mit Leder abgesetzt war. Sie trat an das Bett und lächelte freundlich. »Ich scanne Sie nur ungern in Ihrem Zustand«, sagte sie, »aber wenn es uns hilft herauszufinden, was mit Botschafter G'Kar passiert ist ...«

»Ich verstehe. Es ist okay«, sagte Leffler und versuchte, in Gegenwart der schönen Telepathin mutig zu wirken. »Ich habe ja nichts zu verbergen.«

»Das werde ich nicht feststellen können«, sagte Talia. »Dieser Scan wird sehr zielgerichtet sein. Es geht nur um Ihre Zeit in der

Unterwelt. Wenn der Schmerz für einen von uns zu groß wird, werde ich sofort abbrechen.«

»Okay«, stimmte Leffler zu und atmete tief durch.

Langsam streifte Talia ihren rechten Handschuh ab. Ihre Hand wirkte noch blasser und zerbrechlicher als ihr Gesicht. »Ich möchte, daß Sie sich auf einen bestimmten Eindruck konzentrieren, von Ihrem Besuch in der Unterwelt. Es kann eine Person sein, der kranke Narn vielleicht, oder ein Ort. Denken Sie nur an etwas, an das Sie sich noch deutlich erinnern können.«

Leffler versuchte, an den kranken Narn zu denken, der von ihm abgewandt auf dem Lager gelegen hatte. Aus irgendeinem Grund schien er wichtig zu sein. Dann fühlte er Ms. Winters kalte Finger an seinem Handgelenk, und die Bilder in seinem Kopf wurden mit einem Mal glasklar. Alle möglichen Erinnerungen sprudelten in sein Bewußtsein. Einige davon waren schon Jahre alt, doch Talias kühle, weiße Hand verscheuchte die meisten wieder. Dank ihrer sorgfältigen Führung erkannte er nun, wo er war – in Korridor 112, direkt vor den heruntergekommenen Hütten der Unterwelt.

Er hörte Worte, doch sie blieben dumpf, flach, unartikuliert. Es klang, als käme alles aus einem kaputten Lautsprecher. Dann wurde ihm klar, daß er seine eigene Stimme hörte, die mit jemandem aus der Unterwelt sprach. »Entschuldigen Sie die Störung, aber wir suchen nach unregistrierten Narn im Zusammenhang mit der Ermordung von Botschafter G'Kar. Sind Sie auf den Meldelisten der Station verzeichnet?«

Der alte Narn sah ihn fragend an, dann verblaßte das Gesicht wieder etwas. Plötzlich erschien Talias Hand, packte den Narn beim Kragen und zog ihn wieder ins Licht.

»Das sollte ich wohl«, sagte der Narn. »Mein Name ist Pa'Nar. Ich kam vor einem Jahr an Bord der *Hala'Tar* hierher. Ich habe alles beim Glücksspiel verloren. Jetzt hänge ich hier fest. Können Sie mir helfen, hier wegzukommen?«

»Leider nein. Zeigen Sie mir bitte Ihre Identicard.«

In unerträglicher Zeitlupe sah Leffler sich selbst, wie er die Identicard des Narn überprüfte. Er konnte die Daten in leuchtenden Buchstaben auf seinem tragbaren Terminal erkennen. »Ja, Sie sind verzeichnet«, redete seine hohle Stimme weiter. »Sonst noch irgendwelche Narn in diesem Haushalt?«

»Nur mein Bruder ist noch hier.« Die Stimme klang so laut wie ein Schrei. »Er ist sehr krank.«

Leffler spürte, wie er sich mehr und mehr zurückzog, als hätte er Angst weiterzumachen. Er wußte, daß er darauf bestehen mußte, den kranken Narn zu sehen. Er wußte aber auch, daß in diesem Verschlag Gefahr auf ihn wartete. Die weiße Hand schob ihn vorwärts und drängte ihn, seine Pflicht zu tun.

»Ich muß ihn mir ansehen«, kam die leere Stimme. »Ich schaue nur mal rein und überprüfe seine Identicard. Entschuldigen Sie mich.«

Leffler zog die schmutzige Decke vor dem Eingang beiseite und tauchte in die Dunkelheit der Hütte ein. Die Erwartung einer aufziehenden Gefahr schrillte wie eine Sirene in seinem Kopf, er wollte fliehen – doch da war wieder die weiße Hand, die ihn sanft, aber bestimmt vorwärts schob.

Nun kehrte das deutliche Bild des kranken Narn auf dem Lager zurück, und Leffler hatte das Gefühl, irgendwie am Ziel angekommen zu sein. »Entschuldigung«, sagte er, »wir suchen nach unregistrierten Narn in Verbindung mit der Ermordung von Botschafter G'Kar. Sind Sie auf den Meldelisten verzeichnet?«

Der Narn keuchte und hustete heftig. Er wirkte wirklich sehr krank, als er seine Decke fester um sich zog.

»Haben Sie mich gehört?« fragte der Offizier weiter. »Ich brauche Ihren Namen und Ihre Identicard.«

»Ha'Mok«, röchelte der kranke Narn. Ha'Mok, Ha'Mok, Ha'Mok, hallte es in Lefflers Geist wider, wobei Tempo und Tonhöhe sich veränderten. Was war bloß mit dieser Stimme? Eine Identicard fiel auf den Boden, und Leffler bückte sich, um sie aufzuheben. Jede Sekunde war nun verlangsamt und wie unter einem Mikroskop vergrößert. Jedes Detail wurde sichtbar. »Danke«, hörte er sich sagen, und seine Stimme schien aus dem Inneren einer tiefen Höhle zu kommen. Er sah, wie er die Identicard durch den Schlitz des Terminals zog, wie ein Segelboot, dessen Kiel die Wellen zerschnitt. Die Buchstaben tanzten für einen Augenblick auf dem Bildschirm, dann kam die Antwort: »ID bestätigt.«

Nur noch ein Schritt, dachte Leffler. Was für einer? *Ach ja, sein Gesicht! Sein Gesicht!* Aber da war kein Abbild des Gesichts in seinem Geist zu finden, obwohl die weiße Hand durch die Hütte schwebte, um eines zu finden. Nur die Stimmen.

»Sie sind auf den Meldelisten verzeichnet«, dröhnte seine eigene Stimme in seinen Ohren. »Aber ich muß Sie eindeutig identifizieren. Drehen Sie sich bitte um.« *Drehen Sie sich bitte um. Drehen Sie sich bitte um.* Aber die Person blieb wie ein Stein liegen.

Die Stimme des Narn traf ihn wie ein Schlag ins Gesicht. »Ich möchte Sie nicht vollkotzen! Ich habe einen Virus ... sehr ansteckend. Er zerfrißt meine Organe. Ein Mensch würde daran in weniger als zwei Tagen sterben!«

Leffler wollte davonlaufen, der unmenschlichen Stimme und der gesichtslosen Angst entfliehen, aber die weiße Hand drehte seinen Kopf und zwang ihn, zuzuhören. *Ein Mensch würde daran in weniger als zwei Tagen sterben! Ein Mensch würde daran in weniger als zwei Tagen sterben ...*

Lefflers Eingeweide gerieten plötzlich in Aufruhr. Er hob die Hand, um in sein Com-Link zu sprechen, aber die Zeitlupe dieser Traumwelt verzerrte alles. Er fühlte eine Dunkelheit auf sich zurasen, unfähig, ihr auszuweichen. Sein Kopf fühlte sich an, als ob er in einen Schraubstock gepreßt wurde, und er schrie auf.

Augenblicklich zog sich die Hand von seinem Arm zurück, und die seltsamen Stimmen wurden von einem warmen Lufthauch in die Dunkelheit zurückgetrieben. Als sich seine Augen flatternd öffneten, vermischten sich die Bilder mit den Lichtern des Med-

Labs, verblaßten dann. Das erste, was er klar erkennen konnte, war Talia Winters. Ihr engelhaftes Gesicht sah besorgt aus, während sie schnell wieder den Handschuh über ihre rechte Hand zog.

»Ist schon okay«, beruhigte er sie. »Es hat gar nicht weh getan.«

Sie lächelte ihn freundlich an. »Ruhen Sie sich aus.«

»Gute Idee«, sagte Dr. Franklin und schob Talia, Lou Welch und den Captain vom Bett weg. Dann rief er eine Schwester, und der Patient spürte einen Stich an der Schulter, als sie ihm eine Spritze gab. Eine freundliche Dunkelheit umfing ihn, und Sekunden später schnarchte er bereits. »Da wären zunächst einmal ein paar Namen«, sagte Talia zu Sheridan und Lou Welch. »Zwei Narn namens Pa'Nar und Ha'Mok. Die haben ihn wahrscheinlich niedergeschlagen. Zumindest erfolgte der Angriff in der Hütte der beiden.«

Welch tippte die Daten in sein tragbares Terminal, und die drei warteten gespannt auf die Resultate. »Hey«, sagte er, »dieser Pa'Nar ist ein Passagier auf dem Transporter, der gerade auf den Abflug vorbereitet wird. Er fliegt zur Erde!«

»Schnappen Sie ihn«, befahl Sheridan. »Ich halte den Transporter auf.«

Während Welch zur Tür hinauseilte und Sheridan Kontakt mit der Kommandozentrale aufnahm, versuchte Talia Winters, ihre Gedanken zu ordnen. Erinnerungen, die durch ein Schädeltrauma verlorengegangen waren, gehörten zu den problematischsten bei einem telepathischen Scan. Es war, als würde man Computerdateien lesen wollen, die von einem starken elektromagnetischen Feld gestört wurden. Man konnte dem, was man fand, nur bedingt trauen.

»Klingen die Narn für Sie alle gleich?« fragte sie.

Sheridan sah sie verwirrt an. »Alle gleich?«

»Ihre Stimmen. Hören sich die Narn alle sehr ähnlich an?«

Sheridan schüttelte den Kopf. »Da fragen Sie den Falschen. Warum? Haben Sie einen erkannt?«

»Irgendwie schon«, antwortete sie schulterzuckend. »Ich meine, die Stimme hat mich an jemanden erinnert, und Leffler auch. Aber das ist unmöglich.«

»Woher wollen Sie das wissen? Von wem reden Sie überhaupt?«

Talia lächelte den Captain zaghaft an. »Von Botschafter G'Kar. Aber er ist doch tot, oder?«

Captain Sheridan starrte sie an, und sie fuhr fort: »Offizier Leffler erinnert sich daran, mit einem Narn gesprochen zu haben, dessen Gesicht er nicht sehen konnte. Seine Stimme klang wie die von G'Kar. Aber für einen Menschen klingen Narn vielleicht alle sehr ähnlich.«

»Ja«, antwortete Sheridan nachdenklich. »G'Kar ist tot. Wir haben ihn sterben sehen. Das heißt, wir haben sein Schiff explodieren sehen. Eine Leiche wurde nie gefunden. Wie sicher sind Sie?«

Talia lachte verlegen und schüttelte ihr blondes Haar. »Ich bin überhaupt nicht sicher. Alle meine Informationen basieren auf einem Scan von Erinnerungen, die bei einem Schädeltrauma beschädigt wurden. Ich würde nicht zuviel darauf geben – es ist nur ein flüchtiger Eindruck. Aber um eins möchte ich Sie bitten, Captain: Wenn Sie diese zwei Narn finden, dann lassen Sie mich bei der Befragung dabeisein.«

»Sicher«, antwortete Sheridan. »Danke für Ihre Hilfe.«

Talia Winters seufzte. »Ich hoffe, es hat etwas gebracht.«

In der Passagierabteilung der *K'sha Na'vas* starrte Michael Garibaldi auf die Luke, durch die Vin'Tok wieder hereinkommen sollte, die aber hartnäckig geschlossen blieb. Seit dem Sprung in den Hyperraum waren mindestens zehn Minuten vergangen. Durch die Beschleunigungskräfte gab es schon wieder Schwerkraft, aber die Gastgeber dieses Fluges hatten sich noch nicht wieder blicken lassen. Normalerweise hätte er nichts dagegen gehabt, sich nett mit Ivanova zu unterhalten, um die Zeit totzuschlagen, aber die attraktive Russin sprach nur von Mark Twain.

»Ich habe schon mal von Tom Sawyer und Huckleberry Finn gehört«, sagte Ivanova gerade, »aber ich kann mich nicht an die Details erinnern. Ich sollte wohl mehr Mark Twain und weniger Dostojewski lesen.«

Garibaldi runzelte die Stirn. »Denken Sie an ein spezielles Buch, eine Kurzgeschichte, einen Essay?«

»Ich habe überhaupt nicht an Mark Twain gedacht«, gab Ivanova zu. »Aber Londo hat ihn bei der Gedenkfeier erwähnt. Und nun hat dieser Mann ebenfalls von Mark Twain gesprochen.«

»Das Zitat, das Al meinte, über die übertriebenen Berichte von seinem Tod, ist weltberühmt. Wahrscheinlich würde jeder aus Nordamerika, der irrtümlich für tot erklärt wurde, diesen Spruch aufsagen. Ich frage ja nur ungern, aber was hat Londo gesagt?«

»Nur, daß ich die Feier mehr hätte genießen können, wenn ich über Mark Twain genauer Bescheid wüßte.« Sie sah Garibaldi verwirrt an.

»Okay«, sagte der Chief. »Denken wir mal einen Moment lang darüber nach. Was könnte er gemeint haben? Die berühmteste Szene Twains ist vermutlich der Teil von Tom Sawyer, wo er seine Freunde dazu bringt, für ihn den Zaun zu streichen. Dann gibt es da noch Indianer-Joe, der verfolgt wird, und die Szenen in der Höhle mit Polly. Ob die etwas damit zu tun haben können, weiß ich aber nicht. In Huck Finn gibt es Szenen am Fluß, aber das hat auch nichts mit einer Trauerfeier zu tun.« Dann schnappte er plötzlich nach Luft. »Es gibt aber eine Beerdigungsszene: Tom und Huck schauen zu, wie man sie symbolisch zu Grabe trägt.«

»Was sagen Sie da?«

»Es gibt eine Szene, in der Tom und Huck ihrer eigenen Beerdigung zusehen«, wiederholte Garibaldi. Er starrte Ivanova an. »Wollte Londo Ihnen sagen, daß G'Kar noch lebt?«

»Ich dachte, ich hätte ihn sterben sehen«, flüsterte der Commander. »Aber dieser plötzliche Abflug, die Absicht, allein zu fliegen – ich habe mich darüber gewundert. Angenommen, G'Kar war bereit, einen kleinen Weltraumspaziergang zu unternehmen, und hatte einen Komplizen, der ihm eine Luftschleuse öffnete. Dann hätte er das Schiff auf Autopilot stellen und entkommen können. Aber warum sollte G'Kar seinen eigenen Tod vortäuschen? Der Datenkristall war doch echt, oder?«

»Das ist verrückt«, murmelte Garibaldi und rieb sich die Augen. »Aber ein Mann, der um sein Leben fürchtet, tut mitunter verrückte Dinge. Es war ja auch verdächtig leicht, den Datenkristall zu finden. Fast so, als hätte ich ihn finden *sollen.*«

Bevor Garibaldi noch etwas sagen konnte, öffnete sich die Luke, und Vin'Tok trat ein. Er lächelte wie ein höflicher Gastgeber, aber der Chief fragte sich, welche Geheimnisse er hinter seiner großflächigen, gefleckten Stirn verbarg. Ganz ruhig, rief er sich zur Ordnung; nur kein Haus auf einer Aussage von Londo aufbauen. Daß ein paar Leute einen bekannten nordamerikanischen Autor zitiert hatten, bedeutete noch nichts. Das konnte Zufall sein. Al Vernons Zitat war ganz natürlich angesichts der Tatsache, daß ihn jemand fälschlicherweise für tot gehalten hatte. Dies war allerdings ein Punkt, der weitere Fragen aufwarf. War Al Vernon zu trauen? Unter welchen mysteriösen Umständen hatte er die Heimatwelt verlassen, und wieso war er für tot erklärt worden? Davon abgesehen, was zum Teufel taten sie eigentlich auf einem Narn-Schiff? Garibaldi sah zu Al Vernon und Na'Toth hinüber, die sich noch immer wie zwei alte Bekannte bei einer Cocktailparty unterhielten.

»Wir haben vierundvierzig Stunden Flugzeit vor uns, ehe wir die Heimatwelt erreichen«, erklärte Captain Vin'Tok. »Mit unserer vollen Besetzung von dreißig Personen bleibt uns nur wenig Platz für Passagiere. Wir haben uns allerdings bemüht, Ihren Aufenthalt so angenehm wie möglich zu gestalten. Wenn Sie mir nun bitte folgen würden.«

Der Captain berührte ein Kontrollfeld, woraufhin die Sicherheitsbügel ihre Gefangenen mit einem hydraulischen Zischen freigaben. Garibaldi half Ivanova auf die Füße, die immer noch von ihren Vermutungen überwältigt zu sein schien. »Sagen Sie vorerst nichts«, flüsterte er ihr zu.

Al Vernon winkte ihnen. »Habe ich Ihnen nicht gesagt, daß die Narn-Schiffe die besten sind? Wie fanden Sie den Eintritt in den Hyperraum? Ging doch glatt, oder?«

»Sehr beeindruckend«, entgegnete Garibaldi und marschierte mit einem breiten Grinsen den Gang hinunter. »So toll, daß ich gerne mal einen Rundgang durchs Schiff machen würde.«

»Ich auch!« unterstützte Al ihn.

Na'Toth sah die beiden Menschen geringschätzig an. »Dies ist kein Vergnügungsschiff. Als nächstes werden Sie einen Swimmingpool verlangen.«

Garibaldi warf Ivanova einen Blick zu. »Ich habe auf einen guten Rat hin meine Badehose dabei.«

Vin'Tok räusperte sich. »Eine Besichtigung kommt durchaus in Frage. Wir haben nur drei Decks, und auf dem Weg zu Ihren Quartieren müssen wir sowieso durch alle hindurch. Wie Sie sehen können, haben wir hier im Oberdeck einen Truppenraum nahe bei der Außenschleuse untergebracht, damit bewaffnete Einheiten das Schiff zuerst verlassen können. Außerhalb dieser Luke befindet sich die Zugangsröhre. Wir werden danach die Leiter nehmen müssen. Die geringe Schwerkraft erschwert das etwas, passen Sie also gut auf.«

Sie folgten dem Captain zu der Zugangsröhre. Er packte das obere Ende der Leiter und sprang mit einem Satz in das Loch, wo er mit den Füßen sicher auf der obersten Sprosse landete. Al Vernon ließ sich direkt hinter dem Captain in das Loch fallen und bombardierte ihn mit Fragen. Ivanova folgte als nächste; ihr schlanker Körper bewegte sich in der reduzierten Schwerkraft noch eleganter als sonst. Garibaldi hielt sich zurück, um die Nachhut bilden zu können, aber Na'Toth blieb ebenso beharrlich stehen.

»Nach Ihnen«, forderte die Narn den Chief auf.

»Wie Sie wünschen«, sagte Garibaldi, packte die Leiter und ließ sich ebenfalls in den Schacht gleiten. Er fragte sich, ob er der Narn-Frau ihre Vermutungen über G'Kar anvertrauen konnte. Sie hatten keine Beweise, nur die literarische Anspielung eines centaurischen Großmauls. Sie hatten aber auch keine Leiche. Nein, entschied er, Na'Toth würde auf das Geschwätz von Londo nichts geben, und sie hatte recht. Er mußte sich selbst überzeugen, daß G'Kar noch am Leben war, bevor er jemand anderen überzeugen konnte. Wenn es aber stimmte, was wußte die Besatzung der *K'sha Na'vas* darüber? Und wo war G'Kar?

Sie kletterten die Leiter hinunter, bis sie zu der dunklen, engen Kommandobrücke kamen, die nur vom Licht der Instrumente und der Anzeigen erleuchtet wurde. Ein rötliches Leuchten lag über allem, selbst über den sechs reglosen Crewmitgliedern auf ihren Posten. Ihre roten Augen funkelten die Passagiere einen Moment lang an, dann wandten sie sich wieder ihren Monitoren zu. Garibaldi konnte sehen, wie Ivanova über die Schulter des Navigators schaute, um das Gewirr von Symbolen und Zeichen auf seinem Bildschirm besser sehen zu können.

»Die Brücke«, sagte Vin'Tok kurz. Er deutete auf zwei ineinandergreifende, gepanzerte Türen hinter ihnen. »Hinter diesen Türen sind die Waffenkammer und das Maschinendeck. Aus Effizienzgründen sind alle Kommandostationen auf demselben Deck untergebracht.«

»Werden sie damit nicht zu einem kompakten Ziel?«

»Nein«, antwortete Vin'Tok. »Wir sind durch das Ober- und das Unterdeck abgeschirmt. Brücke, Waffenkammer und Maschinendeck sind außerdem voneinander getrennt und haben separate Lebenserhaltungssysteme. Die Brücke kann vom Rest des Schiffs völlig abgekapselt werden.«

»Großartige Konstruktion!« sagte Al Vernon. »Ich habe die narnsche Technik und Planung schon immer geschätzt.«

Vin'Tok quittierte das Kompliment mit einem Nicken. »Wir

haben viel gelernt, in sehr kurzer Zeit.« Er führte die Gäste zurück zur Leiter. »Bitte dort entlang. Wir gehen jetzt zu den Quartieren, der Messe und den sanitären Einrichtungen.«

Diesmal akzeptierte Garibaldi ohne Zögern seinen Platz in der Gruppe und schloß sich Ivanova an, während Na'Toth über ihm kletterte. Er kam sich in dem kleinen Schiff wie eingesperrt vor, als gäbe es keinen Ausweg. Natürlich gab es auch keinen Ausweg. Jetzt wurde ihm klar, warum er Städte solchen Blechbüchsen im Weltraum vorzog.

Die Leiter endete am Schnittpunkt zweier Korridore, man konnte also in vier Richtungen gehen. Aus einem Gang roch es stark nach fleischhaltigem Essen, also ging es dort zur Messe. Ein weiterer Gang war mit den universalen Symbolen für sanitäre Einrichtungen versehen. Einige Narn standen dort herum. Die anderen Korridore waren von Luken gesäumt, die offensichtlich die Eingänge zu den Unterkünften darstellten.

»Unsere Kabinen sind auf zwei Personen zugeschnitten«, erklärte der Captain. »Deshalb hoffe ich, daß es Ihnen nichts ausmacht, sie zu teilen. Wir haben Sie geschlechtsspezifisch aufgeteilt, aber das kann auf Wunsch geändert werden.«

»Das ist akzeptabel«, sagte Na'Toth, während Ivanova entgegnete: »Das geht in Ordnung.«

Garibaldi sah wenig begeistert zu Al. »Hi, Zimmergenosse.«

»Keine Angst. Ich bin ein Tiefschläfer«, grinste dieser. »Sobald mein Kopf ein Kissen berührt, bin ich weg.«

Garibaldi hörte anscheinend interessiert zu, als der Captain die Essenszeiten erklärte, aber in Wirklichkeit dachte er darüber nach, wie er es fertigbringen konnte, nach der Führung nicht sofort in die Kabine zu müssen. Er wollte gerne einen Rundgang auf eigene Faust unternehmen.

»Entschuldigen Sie, aber ich muß mal für kleine Sicherheitsbeamte«, sagte der Chief und schlenderte in Richtung der Latrinen. Wie er erleichtert feststellte, folgte ihm niemand. Er schlüpfte durch die automatische Tür und lehnte sich einen Augenblick lang gegen einen Vorsprung. Er würde gleich einfach rausgehen und in die falsche Richtung abbiegen. Das würde ihm ein paar Minuten ungestörter Schnüffelei ermöglichen.

Die Örtlichkeit roch so stark nach Desinfektionsmitteln, daß er fast niesen mußte. Er sah sich in der Zelle um, deren Wände, Decke und Fußboden aus einem glänzenden, kupferfarbenen Metall bestanden. Die lachsfarbene Beleuchtung unterstützte den rosigen Effekt. Die Sanitäranlagen waren in Nischen in der Wand eingelassen, und mit der Klimaanlage wurde ein solcher Luftstrom erzeugt, daß die Benutzung auch in schwerelosem Zustand möglich war. Für Garibaldi sahen sie wie mittelalterliche Folterwerkzeuge aus.

Er hatte jetzt lange genug gewartet. Der Chief trat aus der Tür und wandte sich nach links statt nach rechts. Wie ein geistesabwesender Tourist schlenderte er durch den Gang. Obwohl Captain Vin'Tok ihm nicht folgte, wurde ihm schnell klar, daß dies ein kurzer Spaziergang werden würde, denn die beiden Narn am Ende des Ganges machten nicht etwa eine Kaffeepause, sondern es handelte sich um bewaffnete Wachen. Als er auf sie zukam, hoben sie ihre Waffen auf wenig einladende Art.

Hinter ihnen war ein niedriger Gang mit einer Tür, die sie offenbar bewachen sollten. Warum? Da sich niemand außer der Crew und den Passagieren auf dem Schiff befand, wollte man wohl die Passagiere davon fernhalten.

Garibaldi steckte lässig die Hände in die Hosentaschen und marschierte auf die Wachen zu.

»Halt!« rief einer der Narn und hob seine PPG auf Brusthöhe.

»Nun mal langsam!« sagte der Chief mit einem freundlichen Lächeln. »Ich habe mich bloß verlaufen. Wo ist Captain Vin'Tok?«

Der Narn deutete mit seiner Waffe den Korridor hinunter.

»Ah ja.« Dann fragte er unschuldig: »Wo führt denn diese Tür hin?«

»Zum Laderaum. Das geht dich nichts an.«

»Garibaldi!« ertönte eine verärgerte Stimme vom anderen Ende des Korridors. Er drehte sich um und sah Na'Toth, die ihn wütend anstarrte. Daraufhin winkte er den Wachen noch einmal zu und gesellte sich zu den anderen Passagieren an der Korridorkreuzung.

»Wo waren Sie?« erkundigte sich Na'Toth argwöhnisch.

»Ich war auf der Toilette, bin dann aber wohl falsch abgebogen.« Er lächelte Captain Vin'Tok an. »Haben Sie da etwas Wertvolles im Laderaum?«

Die Augen des Captains wurden schmal, und die Adern auf seiner blanken Schädeldecke pulsierten heftig. »Entschuldigen Sie die Wachen, aber wir waren in einem sehr wichtigen Auftrag unterwegs, als wir den Befehl bekamen, Sie mitzunehmen. Sicher verstehen Sie das.«

»Na klar«, stimmte Garibaldi zu. »Tut mir leid, habe ich was verpaßt?«

»Ich habe gerade die Essenszeiten erläutert«, sagte der Captain. »Ich habe mich außerdem entschuldigt, daß wir Ihnen keinerlei Freizeitaktivitäten anbieten können.«

»Das ist schon okay«, sagte Garibaldi vergnügt. »Ich glaube nicht, daß wir uns langweilen werden.«

»Ich kann ihm gerne die Essenszeiten sagen«, bot Al Vernon an.

Der Captain fuhr mit seinen Ausführungen fort: »Ihre Kabinen sind die zwei am Ende des Korridors. Sie liegen einander gegenüber. Die Damenkabine ist die rechte. Die Türen sind nicht verriegelt – berühren Sie einfach das Symbol daneben. Das Gepäck wurde bereits verstaut. Wenn Sie mich nun entschuldigen würden, ich muß unseren Kurs überprüfen.«

Einmal mehr bewies Na'Toth, daß sie ein pflegeleichter Passagier war, indem sie schnurstracks zu ihrer Kabine ging. Garibaldi lief gemäßigten Schrittes neben Ivanova her, aber Al Vernon gesellte sich leider zu ihnen.

»Abendessen gibt es in zwei Stunden«, sagte er aufgeräumt.

Garibaldi sah Ivanova vielsagend an. Er wollte ihr bedeuten, daß er über etwas reden wollte. Aber wie sollte das gehen, ohne Al oder Na'Toth oder beide ins Vertrauen zu ziehen? Ivanova schlief in einer Kabine mit Na'Toth, und Al war sein Zimmergenosse.

»Ich werde mich in meinen Trainingsanzug werfen und meine Gymnastikübungen hier im Korridor machen«, kündigte Ivanova an.

Garibaldi nickte. »Ich bin dabei.«

»Wir werden viel voneinander haben«, sagte Al, und es klang wie eine Drohung.

Garibaldi warf einen Blick auf seinen dicklichen Begleiter. Vielleicht war es doch keine so gute Idee gewesen, einen Fremden mit auf diese Reise zu nehmen. Aber Al wußte, wie man mit den Narn umgehen mußte, und das konnte sich als nützlich erweisen. Außerdem hatten sie eine ziemlich schwere Aufgabe vor sich – Verhandlungen auf einem fremden Planeten voller sturer Narn. Da konnte die Gesellschaft von Al kaum schlimmer sein.

Der dicke Mann berührte das Symbol, und die Tür öffnete sich zischend. »Nach Ihnen!«

8

Captain Sheridan sah den alten Narn scharf an, der vor ihm in einer Zelle des Gefängnistrakts von *Babylon 5* saß. Pa'Nar sah widerspenstig und schuldbewußt zugleich aus. Lou Welch stand in der Nähe und ließ einen Schlagstock in seine Handfläche klatschen. Sheridan hätte natürlich nie zugelassen, daß man einen Gefangenen verprügelt, aber vielleicht wußte der Narn das nicht. Wie auch immer, nichts, was sie bisher versucht hatten, hatte dem Narn irgend etwas entlockt. Er weigerte sich standhaft, etwas zu sagen, das über seinen Namen und seinen Konkurs auf *Babylon 5* hinausging.

»Hören Sie«, sagte Sheridan energisch, »Sie könnten sich das viel einfacher machen. Wir wissen, daß Sie hinter dem Angriff auf einen Sicherheitsbeamten stecken. Warum sagen Sie uns nicht einfach, weshalb Sie das getan haben? Was hatten Sie zu verbergen?«

Der Narn funkelte die Männer an. »Nur über meine Leiche.«

Lou Welch kam bedrohlich näher. »Er legt es wirklich darauf an, Captain. Ich würde ihm gerne dieselbe Behandlung verpassen, die er Leffler gegeben hat.«

Sheridan winkte ab. »Besser nicht. Ich denke, Pa'Nar wird sehr schnell verstehen, daß ihn eine lange Zeit in einem Gefängnis auf der Erde erwartet, wenn er nicht kooperiert.«

Pa'Nar lächelte. »Schlimmer als die Unterwelt? Ich bin miese Lebensumstände gewöhnt.«

»Wo ist dein Komplize?« fuhr Welch ihn an.

Pa'Nar hob die Schultern. »Ich weiß nicht, wovon Sie reden.«

»Ha'Mok«, erwiderte Welch. »Was ist mit ihm geschehen?«

Der Narn verschränkte demonstrativ die Arme, und Captain Sheridan war nahe daran aufzugeben. Er wollte den Narn in Haft behalten, bis Leffler auf den Beinen war, um ihn zu identifizieren. Plötzlich erschien ein Sicherheitsbeamter am Fenster. »Miss Winter ist hier«, sagte er durch die Sprechanlage.

»Bringen Sie sie rein«, befahl Sheridan.

Pa'Nar blickte ein wenig beunruhigt, als die attraktive Telepathin in die Zelle geführt wurde. Sie sah den Narn nachdenklich an. »Ich schätze, er hat Ihnen bisher noch nichts erzählt.«

»Gar nichts«, bestätigte Sheridan. »Können Sie ihn scannen?«

»Ich kann es versuchen«, sagte sie. »Aber mit Narn habe ich bisher wenig Glück gehabt.« Sie zog einen Handschuh aus. »Wenn ich anfange, müssen Sie ihm Fragen stellen, um seinen Geist zu fokussieren.«

Welch griff sich den Arm des Narn und drückte ihn auf die Stuhllehne. Zwar wehrte der sich ein wenig, aber der bullige

Sicherheitsoffizier war weitaus stärker. Die Telepathin berührte Pa'Nars Hand und zuckte zusammen, als hätte sie einen elektrischen Schlag erhalten. Obwohl sie leicht schwankte, hielt sie den Kontakt aufrecht.

»Warum haben Sie den Offizier attackiert?« fragte Sheridan.

Der Narn wand sich und versuchte, seine Hand zurückzuziehen, aber Welch hatte sie fest im Griff. »Wo ist Ha'Mok?« wollte der Captain wissen.

»Lassen Sie mich!« krächzte der Narn.

»Hat es etwas mit G'Kar zu tun?« fragte Sheridan.

Bei dieser Frage richtete sich Talia abrupt auf, und eine Grimasse entstellte ihr schönes Gesicht. Sie unterbrach sofort den Kontakt mit dem Narn.

»Alles in Ordnung?« fragte Sheridan.

»Ja«, sagte sie und rieb sich die Stirn. »Es hat definitiv etwas mit G'Kar zu tun. Er hat bei jeder Ihrer Fragen an G'Kar gedacht. Ich würde nicht darauf schwören, aber ich habe das Gefühl, er glaubt nicht an G'Kars Tod.«

»Pah!« grunzte der Narn. »Die Frau ist verrückt.«

Sheridan sah Pa'Nar durchdringend an. Während des ganzen Verhörs hatte er diesen Trumpf noch nicht ausgespielt. »Nun gut«, sagte der Captain, »dann werden wir uns wohl mit dem Rat der Narn, dem Kha'Ri, in Verbindung setzen müssen.«

»Nein!« protestierte Pa'Nar. »Wenn Sie das tun, sind Leben in Gefahr.«

»Wessen Leben?« hakte Sheridan nach.

Der Narn verschränkte wieder die Arme und schloß die Augen. Er schien genug gesagt zu haben.

Sheridans Lippen wurden vor Wut zu einer dünnen, blassen Linie. »Sperrt ihn ein, bis Ivanova und Garibaldi wieder hier sind. Keine Besucher, kein Anwalt, gar nichts.«

»Ja, Sir«, sagte Lou Welch und ließ den Schlagstock wieder auf die Handfläche sausen.

Im Korridor vor den Quartieren der *K'sha Na'vas* machte Ivanova ein paar Dehnübungen, um sich aufzuwärmen. Dann preßte sie ihre Hände gegen einen Vorsprung und drückte so kräftig, daß sie spüren konnte, wie sich die Muskeln in ihrem Rücken und in ihrer Schulter spannten. Unter ihrem Jogginganzug bildeten sich die ersten Schweißperlen.

Die Tür gegenüber öffnete sich, und Garibaldi trat auf den Gang. »Al schläft«, flüsterte er. »Er hat nicht gescherzt, als er meinte, er sei ein Tiefschläfer.« Der Sicherheitschef spähte den Korridor entlang. »Ich wüßte gerne, was in dem Laderaum ist.«

Ivanova stemmte den Fuß gegen den Vorsprung und drückte ihr Bein durch. »Wir sollten keinen Zwischenfall provozieren. Ziehen wir diese Geschichte einfach durch und vergessen wir den absurden Gedanken, daß G'Kar noch am Leben sein könnte. Zwei Zitate von Mark Twain sind kein schlagkräftiges Argument gegen Shon'Kar und eine Plasmaexplosion.«

Eine weitere Kabinentür öffnete sich, und Na'Toth trat auf den Gang. Ivanova trainierte weiter, während Garibaldi ein paar halbherzige Kniebeugen vollführte.

Die Narn starrte sie an. »Sie beide haben mich enttäuscht. Seit Sie an Bord sind, benehmen Sie sich wie zwei Sträflinge, die aus einem Gefängnis ausbrechen wollen. Haben Sie denn keinen Anstand? Sie unternehmen diese Reise, um G'Kar zu ehren, nicht um diese lächerliche Geheimniskrämerei zu veranstalten.«

Garibaldi sah Na'Toth einen Augenblick lang an, dann drehte er sich wieder zu Ivanova. »Ich sag's ihr.«

»Nur zu«, sagte Ivanova und beendete ihre Übungen, um die Reaktion des Attaché zu beobachten.

Garibaldi senkte seine Stimme etwas. »Wir glauben, daß G'Kar gar nicht tot ist. Er hat seinen Tod nur vorgetäuscht.«

Na'Toth wich zurück, als ob sie das narnsche Gegenstück eines Geistes gesehen hätte. »Machen Sie Witze?«

»Über so etwas mache ich keine Witze«, antwortete Garibaldi.

»Ich kann Ihnen nicht sagen, welche Beweise wir haben. Ich kann Ihnen auch nicht sagen, wer uns darauf gebracht hat. Aber ich sage Ihnen, daß man hier auf dem Schiff etwas vor uns versteckt hält. Das wissen Sie genausogut wie ich.«

Ein Crewmitglied kam durch den Korridor und musterte mißtrauisch die kleine Gruppe. Ivanova beugte sich vor und berührte ihre Zehenspitzen, während Garibaldi loslachte. Der Narn fand seine Kabine und verschwand darin.

Na'Toth sah ihre menschlichen Begleiter an. »Warum sollte G'Kar seinen Tod vortäuschen?«

»Vielleicht, weil ihm jemand ans Leder wollte«, sagte Ivanova. »Er hat uns auf *Babylon 5* nicht über den ersten Versuch informiert und Sie nicht über den zweiten Versuch. Und jetzt ist es auch noch zu Shon'Kar geworden.«

Na'Toth schaute den Korridor hinunter. »Ja, Shon'Kar ist eine ernsthafte Drohung. Glauben Sie, G'Kar ist an Bord dieses Schiffes?«

»Lassen Sie uns es mal so betrachten«, antwortete Garibaldi, »sein Transporter ist explodiert, es gibt keine Leiche. Mi'Ras Datenkristall hat praktischerweise auf dem Tisch gelegen. Die *K'sha Na'vas* war zufällig gerade in der Gegend. Und niemand weiß, warum G'Kar zur Heimatwelt zurückwollte, oder warum er allein flog.«

Ivanova runzelte die Stirn und senkte ihre Stimme. »Alles ist so schnell passiert, daß wir auf der Station gar nicht die Zeit hatten, darüber nachzudenken. Jetzt haben wir die Zeit. Würde er so etwas tun? Würde er seinen Tod vortäuschen, um dem Blutschwur zuvorzukommen?«

Na'Toth kniff ihre roten, reptilienartigen Augen zusammen. »Ja, so etwas würde zu ihm passen . . .«

Garibaldi streckte den Arm aus. »Da hinten sind zwei Typen, die das Lager bewachen. Könnten Sie herausfinden, was da drin ist? Fragen Sie doch mal ein bißchen rum.«

»Ich bin für direktere Vorgehensweisen.« Na'Toth drehte sich auf dem Absatz um und lief den Korridor hinunter. Ivanova und Garibaldi mußten sich beeilen, um mit der durchtrainierten Narn mitzuhalten, die in den Gang zum Laderaum einbog und auf die Wachen zuging. Ivanova stoppte vor der Kreuzung und hielt Garibaldi zurück. Dann spähte sie vorsichtig um die Ecke.

Die Wachen fühlten sich von Na'Toth anscheinend nicht bedroht, denn sie brachten ihre Gewehre nicht in Anschlag. Sie nickte kurz und begann dann ein freundliches Gespräch. Anscheinend fragte sie nach etwas, denn einer der Wachtposten klemmte sich die Waffe unter den Arm, um in seinen Taschen herumzukramen. Der andere Narn lachte über etwas, das Na'Toth gesagt hatte. In diesem Moment schlug die junge Narn blitzschnell zu und teilte einen Schlag nach dem anderen aus. Ein PPG drohte zu Boden zu fallen, und die Narn packte es, drehte es um und schlug mit dem Kolben einen ihrer Gegner nieder.

Als Ivanova und Garibaldi durch den Korridor angelaufen kamen, hatte Na'Toth bereits beide Wachen außer Gefecht gesetzt. Es war nicht mehr viel zu tun als sie festzuhalten, damit sie keinen Alarm auslösen konnten. Na'Toth griff sich das zweite PPG und richtete die beiden Waffen auf die Wächter.

»Du weißt nicht, was du da tust!« zischte einer von ihnen.

»Ich denke schon«, antwortete sie ruhig. »Commander, überprüfen Sie den Laderaum.«

Ivanova sprang auf die Füße und berührte die Tür. Mit einem Zischen gab sie nach. Dahinter konnte sie eine Zugangsröhre und eine Leiter sehen, die nach unten in die Dunkelheit führte. Die Russin ahnte, daß ihr nur wenige Sekunden blieben, deshalb sprang sie in die Röhre und kletterte behende die Sprossen hinab. Sie landete in einem winzigen Raum mit einer niedrigen Decke und ein paar Einrichtungsgegenständen.

»Wer ist da?« rief eine verängstigte Stimme, die ihr bekannt vorkam.

Der Narn richtete sich auf seinem Lager auf und starrte sie mit seinen roten Augen an. »Oh, Sie sind es.«

»Sie sehen gut aus«, bemerkte Ivanova, »wenn man bedenkt, daß Sie tot sind.«

Von oben hörte man leise Kampfgeräusche und ärgerliche Rufe. G'Kar stand auf und brüllte: »Schon gut! Schon gut! Ich komme! Tut ihnen nichts.« Er sah Ivanova an. »Ich habe darüber meditiert, was ich tun soll. Ich bin dankbar, daß Sie mir die Entscheidung abgenommen haben.«

G'Kar griff nach der Leiter. Ivanova folgte ihm und kam gerade oben an, als er nach draußen zu Garibaldi, Na'Toth, Vin'Tok und einem halben Dutzend Crewmitgliedern trat. Ohne ein Wort des Grußes ging Na'Toth auf den Botschafter zu und schlug ihm mit voller Kraft in den Magen. Dieser krümmte sich, und Speichel tropfte von seinen Lippen. Die Besatzungsmitglieder packten Na'Toth, aber G'Kar winkte ab. »Schon gut«, krächzte er, »das hatte ich wohl verdient.«

»Und wie!« sagte Na'Toth. »Ich habe noch nie von etwas so Widerwärtigem, so Feigem gehört!«

»Ist es feige, leben zu wollen?« fragte er und preßte eine Hand auf den Magen. »Würdest du gerne dein ganzes Leben lang über die Schulter sehen müssen? Immer darauf warten müssen, daß ein weiterer Attentäter aus dem Schatten springt? Und daß dieser vielleicht endlich seinen Auftrag zu Ende bringt?« Er sah Captain Vin'Tok und dessen Crew an. »Laß uns allein, Vin'Tok. Du hast deine Schuld bei mir getilgt. Ich hätte wissen müssen, daß ich diese Leute nicht täuschen kann. Sie kennen mich zu gut.«

»Bist du sicher?« fragte Vin'Tok.

»Ja«, sagte G'Kar. »Ich werde ihnen erklären, wie ich dich kurzfristig in meine Pläne hineingezogen habe, und daß es eine Ehrenschuld war.«

Der Captain bedeutete seiner Crew, ihm zu folgen, und sie verschwanden um die nächste Biegung.

Garibaldi verschränkte die Arme vor der Brust. »G'Kar, Sie haben eine Menge zu erklären. Zuerst einmal: War der Datenkristall von Mi'Ra echt?«

»Absolut. Darum habe ich ja auch diese drastischen Maßnahmen ergriffen. Und wegen der Träume, die ich über den letzten Mordversuch habe.«

Er wandte sich an Na'Toth. »Selbst du weißt nichts darüber. Es war auf der Heimatwelt, als ich in der Universität sprechen sollte. Ich wurde von professionellen Killern überfallen und um ein Haar getötet. Aus naheliegenden Gründen habe ich die Angelegenheit vertuscht.« G'Kar sah seinen Attaché forschend an.

»Es ist schon gut«, sagte Na'Toth. »Sie wissen es. Als Mr. Garibaldi den Datenkristall fand, mußte ich ihm die Sache mit der Du'Rog-Familie erklären.«

»Alles?«

»Ja«, sagte Ivanova. »Das beinhaltet auch Ihre falsche Beschuldigung, daß Du'Rog Waffen an die Rebellen verkauft hätte. Sie haben eine Familie zerstört, nur um gesellschaftlich aufzusteigen.«

G'Kar hob den Kopf. Seine übliche Arroganz kehrte zurück. »In den Dritten Kreis aufgenommen zu werden ist weit mehr als nur ein sozialer Aufstieg. Aber das ist vorbei, und ich kann es nicht mehr ändern. Glauben Sie mir, ich habe meine Taten bitter bereut. Ich hatte erwartet, daß Du'Rog kurzfristig sein Ansehen verlieren würde. Nie hätte ich geglaubt, daß man ihn aus dem Rat werfen und seiner Familie Rang und Namen nehmen würde. Als Du'Rog den ersten Killer schickte, rettete Na'Toth mir das Leben. Ich dachte, damit wäre die Sache erledigt. Aber es war nur der Anfang. und jetzt ist alles noch viel schlimmer geworden.«

Ivanova schüttelte fassungslos den Kopf. »Wie hatten Sie sich das denn vorgestellt? Wie wollten Sie hinterher wieder von den Toten auferstehen? ›Tut mir leid, war bloß ein böser Traum‹?«

G'Kar fixierte sie überheblich. »Das war der einfachste Teil meines Plans. Ich wäre in einer Rettungskapsel gefunden worden.

So etwas passiert in der Unendlichkeit des Alls – Personen werden lebend gefunden, obwohl man sie für tot erklärt hatte. Solange ich vor Ablauf der offiziellen Trauerzeit zurückgekehrt wäre, hätte ich jederzeit mein Botschafteramt, meine Besitztümer und den ganzen Rest zurückfordern können. Sie waren die einzigen Zeugen der Explosion, alle anderen hatten nur davon gehört. Man hätte meine Geschichte geglaubt, und alle wären froh und glücklich gewesen.«

»Da wäre ich nicht so sicher«, sagte Garibaldi. »Laßt uns das Schiff auf Heimatkurs nach *Babylon 5* bringen.«

»Nein.« G'Kar schüttelte störrisch den Kopf. »Die Gefahr ist noch nicht gebannt. Mi'Ra, T'Kog, Ka'Het – sie alle haben geschworen, mich zu töten. Sie haben die Versuche, Killer anzuheuern, aufgegeben, sie wollen die Bluttat nun selber begehen.« Er drehte sich zu Na'Toth um. »Haben Sie ihnen Shon'Kar erklärt?«

»Ich habe es versucht, aber sie haben Probleme damit, besonders Captain Sheridan. Was hatten Sie überhaupt vor? Die Du'Rog-Familie töten? Oder warten, bis ich es tue?«

G'Kar richtete sich zu voller Größe auf. »Es ist immer noch meine Pflicht, die Angelegenheit zu beenden. Es tut mir leid, daß Sie in diese Sache verwickelt wurden, aber man hat Ihnen befohlen, vor den Kha'Ri zu treten, und das werden Sie tun. Ich hoffe, das gibt mir genügend Zeit.«

»Nein«, sagte Ivanova. »Wir haben hier vielleicht keine rechtlichen Möglichkeiten, aber wir werden auch nicht zulassen, daß Sie oder irgendwer sonst einen Mord begeht. Gibt es keinen anderen Weg, diese Sache aus der Welt zu schaffen?«

G'Kar heulte auf und schüttelte seine Fäuste in Richtung Decke, als rede er mit störrischen Kindern. »Treffen Sie sich doch mit der Du'Rog-Familie und versuchen Sie, mit ihnen zu reden! Was Mi'Ra angeht, erscheint mir ein Messer in ihrer Kehle als die einzige Möglichkeit, aber ich lasse mich auch gerne vom Gegenteil überzeugen.«

Na'Toth nickte bekräftigend. »Die Gefahr für sein Leben besteht tatsächlich. Wenn wir nichts unternehmen, werden die Mitglieder der Du'Rog-Familie nach *Babylon 5* kommen und alles versuchen, ihr Shon'Kar zu erfüllen.«

»Na gut«, sagte Ivanova, »ich bin bereit, mich inoffiziell mit der Familie zu treffen und ihnen zu sagen, daß sie sich besser nicht auf der Station sehen lassen sollen. Mehr können wir nicht tun.« Sie sah G'Kar an. »Aber Sie müssen wieder zu den Lebenden zurückkommen.«

»Natürlich«, sagte der Botschafter. »Glauben Sie, ich wäre gerne tot? Ich würde es allerdings begrüßen, wenn wir damit warten könnten, bis wir wieder auf *Babylon 5* sind, damit ich mich in die Rettungskapsel setzen kann. Während unseres Aufenthaltes auf der Heimatwelt will ich eine Verkleidung tragen.«

Garibaldi lachte. »Eine Verkleidung? Nun machen Sie aber mal halblang.«

»Immerhin konnte ich *Sie* damit täuschen.«

»Was?« sagte Garibaldi überrascht.

»Ja, ich bin heute morgen in der Unterwelt an Ihnen vorbeigegangen. Ich trug die einfache Robe eines Studenten des Achten Kreises. Sie haben mich direkt angesehen.«

»Verdammt. Das waren Sie?«

»Höchstpersönlich.«

Ivanova schüttelte den Kopf. »Der ganze Sinn dieser Reise ist doch das Treffen mit dem Rat. Wir können den Rat nicht einfach anlügen und dabei bleiben, daß Sie tot sind.«

»Bitte«, sagte G'Kar. »Sie brauchen nicht zu lügen, aber Sie müssen doch auch nicht sagen, daß ich Sie auf diesem Schiff begleitet habe. Wenn Sie partout sagen müssen, daß Sie neue Erkenntnisse haben und daß ich gar nicht tot bin, dann bitte. Aber geben Sie mir die Chance, mich frei zu bewegen. Geben Sie mir wenigstens einen Tag.«

Ivanova funkelte ihn an. »Werden Sie versuchen, Mi'Ra zu töten?«

»Nicht, wenn Sie bei mir sind«, versprach der Narn.

»Einen Augenblick mal«, sagte Garibaldi. »Einer meiner Leute wurde heute in der Unterwelt angegriffen und verletzt. Hatten Sie etwas damit zu tun?«

»Ich habe eine Verkleidung«, log G'Kar, »inklusive einer Identicard. Warum sollte ich jemanden angreifen?«

Sie hörten ein Geräusch. Ein Besatzungsmitglied sprang an der Kreuzung von der Leiter, sah sie kurz an und verschwand dann in einem der Gänge.

»Es gibt noch andere Gefahren als die Du'Rog-Familie«, sagte G'Kar leise. »Sie ist die offensichtlichste Gefahr, aber nicht die einzige. Ich dachte, mein vorgetäuschter Tod würde mir Freiheit bringen. Doch er machte mich zu einem Gefangenen.«

»Tja«, sagte Garibaldi, »es ist kein Verbrechen, jemanden zu ermorden, der schon tot ist.«

Der Narn machte sich auf den Weg in seine Unterkunft. Er drehte sich noch einmal um. »Wir werden uns nicht mehr sehen, bis wir die Heimatwelt erreichen. Glauben Sie mir: Es bedeutet mir sehr viel, Sie alle an meiner Seite zu wissen.«

»Wir können nichts versprechen«, sagte Ivanova. »Vielleicht erreichen wir nichts.«

G'Kar lächelte. »Wenigstens bin ich nicht allein.« Er duckte sich, ging durch die Luke und schloß sie hinter sich. Das Abendessen in der Narn-Messe bestand aus übelriechendem Fleisch in einem fettigen Brei. Die Narn schaufelten das Essen direkt aus der Schüssel. Obwohl sie selber mit den Fingern aßen, hatten sie für ihre Gäste ein paar fleckige Löffel bereitgelegt. Garibaldi probierte ein bißchen von der Sauce und schob das Fleisch in der Schüssel hin und her, während Al Vernon mit Genuß zulangte. Der Händler benutzte seine Finger, um in der Art der Gastgeber zu speisen. Ivanova trank viel Kaffee und lächelte häufig, aß aber nichts. Die Menschen saßen mit Na'Soth, Captain Vin'Tok, seinem Ersten Offizier Yal'Tar und dem Militärattaché Tza'Gur an einem Tisch.

»Köstliches Lukrol!« verkündete Al Vernon und leckte sich die Finger ab. »Kompliment an den Koch. Oh, ich habe die Narn-Küche vermißt – die herben Kräuter, die würzigen Fleischsorten, die kernigen Getreide. Es ist fürwahr das schmackhafteste Essen der Galaxis.«

Captain Vin'Tok strahlte. »Es gibt Mitlop zum Nachtisch.«

Al klatschte in die Hände. »Mitlop! Wie wunderbar! Aus frischen Innereien?«

»Natürlich«, erwiderte der Captain.

Der Händler schlug mit den Handflächen auf den Tisch. »Captain, können wir nicht noch ein oder zwei Tage länger unterwegs sein?«

Vin'Tok kicherte. »Leider nein. Schließlich wartet eine Trauerfeier auf uns.«

Bisher hatte noch niemand am Tisch die Tatsache erwähnt, daß G'Kar noch lebte und an Bord des Schiffes war. Garibaldi hatte keine Ahnung, wie viele von den Narn davon wußten, aber er nahm an, alle. Es war, als ob G'Kar eine gefährliche Krankheit hatte, über die niemand sprechen wollte. Natürlich wußte Al Vernon nichts darüber, aber damit war er wohl der einzige auf dem Schiff.

»Innereien zum Nachtisch?« fragte Ivanova zweifelnd.

»Sicher«, sagte Al. »Man muß sie nur eine Nacht lang in Pakobeerensaft einlegen. Das ist zumindest die althergebrachte Methode. Es schmeckt sehr gut und ist angenehm fruchtig.«

Ivanova schluckte. »Reisen verdirbt mir leider immer den Appetit.«

»Mir nicht«, sagte Al und nahm sich eine weitere Handvoll Lukrol.

Garibaldi war dafür, das Thema zu wechseln. »Captain Vin'Tok«, fragte er, »werden Sie auf uns warten, um uns dann wieder nach *Babylon 5* zurückzubringen?«

Der Narn sah ihn bedeutungsvoll an. »Die *K'sha Na'vas* steht

Ihnen zur Verfügung, solange Sie es wünschen. Wir bleiben in der Planetenumlaufbahn. Ein Shuttle wird Sie abholen und zur Oberfläche des Planeten bringen.«

»Okay«, sagte Garibaldi, der sich nun ein bißchen besser fühlte. Er wollte nicht wochenlang auf dem Narn-Planeten festsitzen, nur weil sich kein Transporter nach *Babylon 5* fand. Andererseits war Vin'Tok nur G'Kar und dem Narn-Regime verpflichtet, nicht aber der Earthforce. Wenn sie abreisen wollten und G'Kar dagegen war, konnte es schwierig werden.

Garibaldi rieb sich die Augen und fragte sich erneut, wie er in so eine Sache verwickelt werden konnte. Den Mord an einem Botschafter zu verhindern, war sicher eine noble Sache, aber welche Chance hatten sie denn überhaupt? Die Narn interessierte ein Mord kaum, wenn er mit einem Blutschwur in Zusammenhang stand. Das machte die ganze Sache noch delikater. Was würde die Du'Rog-Familie unternehmen, wenn sie herausfand, daß sie einem Trick aufgesessen war und G'Kar noch lebte? Und was würde Sheridan tun? Sie hatten keine Chance, den Captain zu verständigen, bevor das Schiff den Hyperraum verließ. Er schaute auf und stellte fest, daß Na'Toth ihn beäugte. »Mr. Garibaldi, Sie haben nur wenig gegessen.«

»Ich fühle mich nicht sehr wohl«, antwortete er und hielt sich den Bauch. Dann sah er Captain Vin'Tok an. »Sie entschuldigen mich?«

»Sicher, Mr. Garibaldi. Ich verstehe. Es war eine anstrengende Reise.«

»Da haben Sie recht«, sagte der Chief und erhob sich. »Bis später.«

»Kann ich Ihr Mitlop haben?« fragte Al Vernon hoffnungsvoll.

»Klar, Al. Hauen Sie rein.« Garibaldi nickte den anderen Besatzungsmitgliedern in der Messe zu und verließ den Raum. Der Weg zu den Quartieren war nicht weit, aber er führte an dem Gang vorbei, durch den man zu G'Kars Unterschlupf gelangte. Die

Wachen standen wieder auf ihren Posten und nahmen ihn mißtrauisch ins Visier. Naja, vielleicht waren sie sauer, daß er schon gegessen hatte und sie nicht. Oder ihnen gefiel nicht, daß ihre Wache mittlerweile sinnlos war, weil das Geheimnis keines mehr war. Wie auch immer, er grüßte freundlich und ging weiter. Der Sicherheitschef legte sich auf die obere Koje in der kleinen Kabine und war fast eingeschlafen, als sein Zimmergenosse hereinkam und sich durch einen lauten Rülpser bemerkbar machte. Er kramte in seinem Gepäck herum.

»Sind Sie wach, Garibaldi?« fragte er.

»Ja. Wie war das Mitlop?«

»Leider nicht so gut wie auf der Heimatwelt, aber was will man von einem Militärkoch schon anderes erwarten. Das habe ich natürlich für mich behalten.«

»Klar«, sagte Garibaldi. Er stützte sich auf seinen Ellbogen und spähte über den Rand seines Lagers nach unten. »Wonach suchen Sie denn?«

»Wir haben doch immer noch eine Reise von über dreißig Stunden vor uns, oder? Narn essen nur zweimal pro Tag, also brauchen wir einen Zeitvertreib. Ah, hier ist es ja.« Er zog eine kleine Schachtel hervor. »Mein Kartenspiel. Was bevorzugen Sie? Romme? Bridge? Das heißt, Sie sehen mir eher wie ein Pokerspieler aus. Leider habe ich nicht allzuviel Geld übrig, um das ich spielen könnte, aber die Narn haben haufenweise Streichhölzer.«

Garibaldi runzelte die Stirn. »Ich werde doch nicht bereuen, daß ich Sie auf diesen kleinen Trip mitgenommen habe?«

Al wurde für einen Augenblick nachdenklich. »Ich muß ehrlich zu mir selbst sein, Mr. Garibaldi. Es gibt auf Narn ein Sprichwort: Du kommst nicht weit, wenn du vor dir selbst wegläufst. Ich war immer der Überzeugung, daß damit die Konsequenzen des eigenen Handelns gemeint sind, denen man sich stellen muß.«

»Welchen Konsequenzen müssen Sie sich stellen?« fragte Garibaldi.

Der rundliche Mann lächelte und hielt das Kartenspiel hoch. »Fangen wir mit Rommé an?«

9

Das Narn-Shuttle trat in die Atmosphäre des Heimatplaneten ein. Dadurch wurde es in der Kabine etwas wärmer, und vor den Bullaugen gab es ein fantastisches Farbenspiel zu bewundern. Garibaldi lehnte sich vor, um einen besseren Blick zu haben. Obwohl er sein halbes Leben auf unwirtlichen Planeten und Raumstationen verbracht hatte, kam er sich bei Raumreisen immer noch wie ein Tourist vor. Al dagegen lag schon wieder dösend auf seinem Platz.

Das Shuttle bot acht Passagieren Raum, mit jeweils zwei Doppelsitzen hintereinander auf beiden Seiten des Ganges. Jeder von ihnen saß also praktisch für sich, da sie nur zu viert waren. Ivanova und Na'Toth saßen in der ersten Reihe und unterhielten sich leise. Wahrscheinlich sprachen sie darüber, wie sie sich bei der Gedenkfeier verhalten sollten, da der Verstorbene gar nicht verstorben war. Die meiste Zeit würden sie wohl düster dreinschauen und mit ernsten Gesichtern zu allem nicken.

Wie G'Kar schon angekündigt hatte, hatten sie den Botschafter seit seiner Entdeckung nicht mehr gesehen. Der Chief hoffte, daß G'Kar schlau genug war, an Bord der *K'sha Na'Vas* zu bleiben. Es war keine gute Idee, sich auf der Heimatwelt herumzutreiben, auch wenn er verkleidet war. Garibaldi rieb sich nervös die Hände. Dies ist nur ein Tagesausflug, redete er sich ein. Wir besuchen die Gedenkfeier, beantworten ein paar Fragen und sind über Nacht wieder auf der *K'sha Na'Vas.* Trotzdem fühlte er sich nicht wohl bei dem Gedanken, unbewaffnet auf einem fremden Planeten zu landen.

Plötzlich endete das Feuerwerk außerhalb des Bullauges, und

die Spitze des Shuttles senkte sich für den Anflug auf den Planeten. Jetzt konnte Garibaldi die Heimatwelt zum ersten Mal in Augenschein nehmen. Es waren keine Wolken zu sehen, aber der Himmel hatte trotzdem eine trübe Farbe, die nicht mit dem kräftigen Blau der Erde vergleichbar war. Vielleicht hing das mit der rötlichen Sonne zusammen, die dieses Sonnensystem beherrschte.

Die für ihn sichtbare Landschaft hatte insgesamt eine kupferfarbene Tönung. Er sah Berge, riesige Canyons, Landebahnen und ein paar grüne Flecken, vermutlich Felder. Als das Shuttle sank, konnte er Reihen von rechteckigen Häusern und Kuppeln ausmachen. Etwas, das wie ein Kraftwerk oder ein Hochofen aussah, spie Rauch in den Himmel, durch den zahlreiche Luftfahrzeuge glitten. Die Heimatwelt war nicht ganz so trostlos wie der Mars, aber sie war auch kein blühendes Paradies. Dies ist nur ein Teil des Planeten, sagte er sich, aber er wußte, daß es nirgendwo viel Wasser gab. Die polaren Eiskappen und unterirdische Quellen versorgten die Narn mit dem wenigen Wasser, das sie brauchten. Es war nicht wie auf der Erde, wo das Meer sich von Horizont zu Horizont erstreckte. Garibaldi dachte außerdem daran, daß die Centauri den Planeten völlig ausgeplündert hatten. Sie hatten sich erst nach einem langen Zermürbungskrieg zurückgezogen, als die Kriegführung gegen die aufständischen Narn teurer wurde als die Einnahmen durch die Zwangsarbeit und die ausgebeuteten Ressourcen des Planeten.

Das Shuttle senkte sich so plötzlich, daß Garibaldis Magen einen Salto machte. Al Vernon wachte wieder auf. »Sind wir schon da?« murmelte er.

»Ich weiß nicht«, antwortete Garibaldi. »Ich weiß ja nicht einmal, wohin es geht.«

»Hekba ist eine wirklich schöne Stadt«, sagte der Händler. »Ich glaube, es ist G'Kars Heimatstadt. Außerdem können dort auch Menschen recht gut leben. Die Temperaturen schwanken hier an einem Tag teilweise sehr stark.«

Garibaldi zeigte auf den schweren Mantel in seinem Schoß. »Ich weiß. Aber warum ist Hekba dann besser als andere Orte?«

Al lächelte. »Sie werden schon sehen. Da Sie mir fünfhunderttausend Streichhölzer schulden, können Sie mir ja ein Essen ausgeben.«

»Ich bin sicher, daß Ihre Karten gezinkt waren«, grummelte Garibaldi. Doch er schuldete dem dicken Mann etwas für den relativ amüsanten Zeitvertreib während des Fluges. Er starrte wieder aus dem Bullauge. Das Shuttle kreiste mittlerweile über einem großen Canyon, und für einen Moment fürchtete der Chief, daß sie in dem Abgrund landen würden. Im letzten Augenblick zog der Pilot das Gefährt aber wieder hoch und nahm Kurs auf eine Landebahn nahe der Klippen. Er legte eine perfekte Dreipunktlandung hin.

»Hekba«, ertönte die dumpfe Stimme des Piloten aus dem Lautsprecher, »am Rande des Hekba-Canyons.«

»Wird das Shuttle auf uns warten?« fragte Garibaldi in den Raum hinein.

»Nein«, antwortete Na'Toth. Sie zeigte ihm einen kleinen tragbaren Sender. »Aber ich habe den Code, um eins zu rufen.«

Die Luke öffnete sich mit einem Ruck, und ein Schwall trockener Luft wehte herein. Sofort war Garibaldi schweißüberströmt, und seine Lunge brannte wie verrückt. Er stöhnte laut auf.

Ivanova stand langsam auf und streckte sich. »Zeit, die Badehose anzuziehen«, sagte sie zu Garibaldi.

»Was Sie nicht sagen«, murmelte er. »Hier fühlt man sich wie in einer finnischen Sauna.«

»Im Gegenteil«, sagte Al Vernon. »Es ist hier recht angenehm.« Der dickliche Mann war schweißgebadet, aber das war ja nichts Neues. »Trinken Sie, wann immer Sie Gelegenheit dazu haben.«

Na'Toth stieg zuerst aus dem Flugzeug. Ihr folgte Al Vernon, der ausgezeichneter Stimmung zu sein schien. Ivanova und Garibaldi stolperten hinterher. Wenn die Hitze ihnen nicht schon den

Atem genommen hätte, dann hätte ihnen spätestens beim Anblick des Canyons der Atem gestockt. Die Klippen waren wie Honigwaben von Häusern durchzogen, die direkt in den Fels getrieben waren. Einige hatten die kupferne Farbe der Felsen, aber die meisten waren rot oder rostbraun bemalt. Garibaldi ging vorsichtig an den Rand des Canyons, aber er konnte weder den Boden noch das Ende der Häuserreihen ausmachen.

»Das geht bis nach ganz unten«, sagte Na'Toth, als hätte sie seine Gedanken gelesen. »Unsere reptilischen Vorfahren lebten zwischen den Steinen, und wir haben uns daran gehalten. Am Boden des Hekba-Canyons gibt es das fruchtbarste Land des ganzen Planeten, mit heißen Geysiren und Quellen.«

»Ich bezweifle, daß ich es jemals bis ganz unten schaffen werde«, sagte Garibaldi und schluckte.

Al Vernon kicherte. »Sie werden sich darum reißen, wenn es sich hier oben abzukühlen beginnt.«

Garibaldi wischte sich den Schweiß von der Stirn. »Das könnte meinetwegen sofort losgehen.«

»Kommt«, sagte Na'Toth und führte die Gruppe zu einer steinernen Treppe mit schmiedeeisernem Geländer. Al stiefelte freudig hintendrein, während Garibaldi und Ivanova den Abschluß bildeten. Hinter ihnen hob das Shuttle wieder ab. Den Sicherheitschef beschlich das unangenehme Gefühl, gestrandet zu sein.

Ivanova hob eine Augenbraue. »Ein schöner Platz für einen Kurzbesuch, aber leben möchte ich hier nicht.«

»Ich weiß nicht mal, ob das ein schöner Platz für einen Kurzurlaub ist«, meinte Garibaldi und blinzelte in die rote Sonne. Er mußte allerdings zugeben, daß Hekba faszinierend war. Den Narn machte es offenbar nichts aus, wie Termiten in einem Baumstamm zu leben. Sie schwärmten über das Gewirr von Treppen und Brücken, das die Felsspalte überspannte. Die Narn musterten die Menschen neugierig, wenn sie näherkamen, aber Garibaldi sah auch noch andere außerweltliche Wesen, darunter ein paar Drazi.

Wie auf *Babylon 5* schienen die Drazi hier zu den Arbeitern zu gehören.

Na'Toth blieb stehen, um einige Markierungen an der Mauer zu studieren. »Die heilige Stätte liegt auf dieser Seite des Canyons«, sagte sie.

Garibaldi blickte erleichtert auf eine der schwankenden Brükken. »Wie schön.«

Nach einer Weile kamen sie zu einem älteren Teil der Stadt, der aus natürlich geformten Höhlen und Überhängen bestand, die man später mit Fassaden versehen hatte, um Privatsphäre zu ermöglichen. In der Öffnung einer solchen Höhle sahen sie eine Reihe Narn, die wartend herumstanden und sich unterhielten. Als die Delegation näherkam, legte Na'Toth ihre Faust auf die Brust, und Al Vernon tat es ihr nach.

Ein älterer Narn in einer roten Robe trat vor, um sie zu begrüßen. Er verbeugte sich. »Wir heißen unsere Freunde von der Erde willkommen, die Freunde von G'Kar sind.«

»Es ist uns eine Ehre«, sagte Al Vernon mit einer Verbeugung. »Sie sind Y'Tok vom Zweiten Kreis.«

»Ja«, sagte der Narn überrascht. »Kennen wir uns?«

»Ich war dabei, wie Sie die Eröffnung der ›Blut der Märtyrer‹-Zeremonie geleitet haben«, erklärte Al. »Es ist schon viele Jahre her, doch ich habe es nie vergessen. Mein Name ist Al Vernon.«

Y'Tok nickte. Er war offensichtlich von den Kenntnissen und dem Erinnerungsvermögen des Menschen beeindruckt.

Na'Toth mischte sich ein. »O Heiliger, dies ist Commander Susan Ivanova von der Earthforce, und hier ist Michael Garibaldi, der Sicherheitschef von *Babylon 5*.«

»Wir fühlen uns geehrt, daß Sie uns hier herkommen ließen«, sagte Ivanova.

»Wir haben G'Kar nicht genug geehrt, als er noch lebte«, antwortete der Priester. »Nun, da er verstorben ist, müssen wir es nachholen. Es bleibt noch ein wenig Zeit. Erlauben Sie mir, Ihnen die heilige Stätte zu zeigen.« Y'Tok führte sie weiter in den Riß im Fels, und Garibaldi stellte zu seiner Überraschung fest, daß die Höhle sich immer mehr erweiterte, bis sie die Ausmaße einer natürlichen Kathedrale hatte, in der Stalagmiten und Stalaktiten natürliche Säulen bildeten. Die Luft war hier drin einige Grade kühler als draußen, was äußerst angenehm war. Für eine heilige Stätte war der Raum erstaunlich karg, nur ein paar alte Steinbänke und rußige Fackeln waren zu sehen.

»Dies ist einer der ältesten Orte unserer Zivilisation«, erklärte Y'Tok, seine Stimme hallte durch das Gewölbe. »Unsere Vorfahren lebten vor Zehntausenden von Jahren in dieser Höhle. Zur heiligen Stätte wurde sie jedoch erst während der Invasion der Centauri, als unsere Freiheitskämpfer sie tausend Tage lang verteidigten, bevor sie elend verhungerten. Alle Orte, an denen Märtyrer Schutz suchten, wurden heilige Stätten.«

»Selbst die Centauri ehren diesen Ort«, warf Al Vernon ein. »Sie nennen ihn ›Schale der Tränen‹, wegen all der Leben, die hier verlorengingen.«

Na'Toth sah den Mann mißtrauisch an. »Ich wußte nicht, daß Sie auch ein Experte für centaurische Geschichte sind.«

»Ich bin nur weitgereist, das ist alles«, antwortete Al.

Ein junger Narn in roter Robe kam auf Y'Tok zugelaufen. »O Heiliger, die Damen Ra'Pak und Da'Kal sind hier.«

Y'Tok nickte und wandte sich wieder an seine Gäste. »Noch etwas: Ich soll Sie unterrichten, daß sich ein Komitee des Kha'Ri in zwei Tagen mit Ihnen treffen wird.«

»In zwei Tagen?« fragte Garibaldi. »Was ist denn an jetzt gleich auszusetzen?« Der Priester funkelte ihn böse an. »Ich meine, nach der Feier?«

Der alte Narn hob zwei Finger. »Sie werden zwei weitere Tage unsere Gäste sein. Ist das so schlimm?«

»Das ist völlig in Ordnung«, sagte Ivanova lächelnd.

Der Priester nickte und verschwand in der Menge, wo er jeden grüßte, den er sah. Als der alte Narn außer Hörweite war, drehte sich Ivanova zu Na'Toth um. »Wer sind Ra'Pak und Da'Kal?«

Die Narn-Frau hob ihr Kinn. »Ra'Pak ist Mitglied des Inneren Kreises. Es ist ein Zeichen tiefen Respekts, daß sie anwesend sein wird. Da'Kal ist ...« Sie zögerte. »Da'Kal ist G'Kars Witwe.«

»Hm«, murmelte Garibaldi. Mehr wollte er lieber nicht sagen, denn Al stand nur einen Meter von ihnen entfernt und hörte interessiert zu. Er fragte sich, ob Da'Kal die Wahrheit über ihren toten, betrauerten Ehemann wußte.

Die Trauergäste strömten jetzt in die Kathedrale und füllten jeden freien Raum zwischen den rauhen Stalagmiten. Die natürlichen Säulen sahen selbst wie schweigende Trauergäste aus, wie geisterhafte Besucher aus längst vergangener Zeit. Trotz des Gedränges blieb es kühl und still in der heiligen Stätte. Garibaldi spürte ein seltsames Gefühl inneren Friedens. Er gab nicht viel auf Religion und Innerlichkeit, aber hier konnte er fast die Präsenz der lange verstorbenen Märtyrer fühlen, die der feierlichen Veranstaltung ihren Segen gaben.

Seine Tagträume zerstoben, als Studenten in ihren rauhen Roben scharf riechenden Weihrauch auf die Fackeln in der Höhle streuten. Der junge Narn in Rot schlug einen kupfernen Gong, und der Klang dröhnte durch die Halle. Dann begann die Prozession.

An der Spitze kam Y'Tok in seiner wehenden Robe. In der Hand hatte er einen bronzenen Ring, der so alt war, daß er mit grünweißen Flecken bedeckt war. Er schlug sehr sanft mit einem metallenen Stab gegen den Ring, und der leise Ton stand in einem seltsamen Gegensatz zu dem lauten Gong. Hinter Y'Tok tauchte eine barbusige Narn-Frau auf, die nur noch Fetzen am Leib trug. Sie zerrte daran herum und riß immer mehr herunter, als würde sie dadurch gepeinigt. Es war ihm peinlich, aber Garibaldi konnte seinen Blick nicht von der verwirrten Frau abwenden. Ihm war klar, daß dies die Witwe Da'Kal sein mußte.

Hinter ihr ging eine vornehme Frau mit einem Diener, der ihre schwarze Robe vom staubigen Boden der Höhle fernhielt. So sieht also die Narn-Monarchie aus, dachte Garibaldi. Ra'Pak vom Inneren Kreis. Ihr folgten einige Narn-Militärs, deren Oberkörper mit funkelnden Medaillen bedeckt waren. Die Prozession umkreiste die gesamte Höhle und kam bis auf einen Meter an die Menschen heran. Garibaldi merkte, wie er langsam auf G'Kar wütend wurde – der Mistkerl hatte zwei so beeindruckende Trauerfeiern gar nicht verdient. Seine Rückkehr aus dem Reich der Toten würde im Vergleich hierzu wenig spektakulär wirken.

Die Prozession bewegte sich auf den Ausgang der Höhle zu, und die Trauergäste strömten hinterher. Garibaldi, Ivanova, Na'Toth und Al Vernon wurden einfach mitgezogen und kamen in dem gleißenden Sonnenlicht an, als die trauernde Witwe gerade die Reste ihrer Kleidung über den Klippenrand schleuderte. Die Lumpen segelten nach unten und flatterten im Aufwind. Ein Student reichte der Frau ein Tier, das an ein Ferkel erinnerte. Sie nahm es, hielt es über ihren Kopf und schrie etwas in den Wind. Dann warf sie es ebenfalls über die Klippe, wo es etwa einen Kilometer tiefer den sicheren Tod fand.

Al Vernon flüsterte: »Früher wurde von der Witwe erwartet, mit ihrem Ehemann in den Tod zu gehen. Heute überläßt man das symbolisch dem Tier.«

Ein Diener kam herbei und hüllte die Witwe in ein schwarzes Kleid. Dann führte er sie weg. Y'Tok schlug noch einmal gegen den verfärbten Ring, während ein anderer Priester den Gong ertönen ließ. Ein leises Stöhnen erhob sich von den Trauernden. Das Stöhnen und die hellen Klänge von Gong und Ring wurden immer lauter, bis Y'Tok die Zeremonie beendete, indem er auf die Knie fiel und sich vor dem Canyon verneigte.

Während Garibaldi benommen vor sich hinstarrte, zupfte jemand energisch an seinem Ärmel. Es war Ivanova, die auf jemanden in der Trauergemeinde deutete. Er sah eine junge Narn, die ihren schlanken Körper in einen Umhang hüllte und sich schnell von den anderen entfernte. Er erkannte sie sofort: Es war Mi'Ra, Du'Rogs Tochter.

»Warten Sie hier«, flüsterte er Ivanova zu und drückte ihr seinen Mantel an die Brust. Bevor sie antworten konnte, drängelte er sich schon durch die Menge auf eine enge Gasse zu. Sein Instinkt sagte ihm, daß es vielleicht seine einzige Chance war, mit diesem Racheengel zu reden. Zwei Dinge hatte er zu sagen: Erstens, daß sie G'Kar nicht getötet hatte, und zweitens, daß sie sich von *Babylon 5* fernhalten sollte. Den Grund für diese Warnung würde sie noch herausfinden.

Mi'Ra bewegte sich wie eine Schlange durch die Menge und schaute über ihre Schulter, als spürte sie den Verfolger. Garibaldi stolperte hinter ihr her wie jemand, der genau wußte, daß er durch eine falsche Bewegung dem Opfertier folgen würde. Er hatte allerdings den Vorteil, daß die Narn ihm den Weg freimachten, weil sie in ihm einen Fremden erkannten. Es gab mehrere Kreuzungen, an denen man sich weiter nach unten oder wieder nach oben wenden konnte. Mi'Ra lief ohne Zögern weiter abwärts, und Garibaldi tauchte hinter ihr in die Tiefe des Canyons ein. Seine Kleidung war naß von Schweiß, Durst quälte ihn – aber diese junge Narn-Frau hatte damit gedroht, einen Botschafter umzubringen. War sie zur Trauerfeier gekommen, um sicherzugehen, daß G'Kar wirklich tot war? Oder war sie gekommen, weil sie vermutete, daß er nicht tot war? Es war nicht wirklich wichtig. Er war auf einem fremden Planeten, und sie war die Person, die er hier am dringendsten sprechen wollte. Diese Gelegenheit würde er sich nicht entgehen lassen.

Auf einmal fiel ihm auf, daß er Mi'Ra nicht mehr sehen konnte. Er hatte sie verloren. Er ging schneller und sah sich in diesem Teil der Stadt um, in dem viele Hauseingänge mit Felsbrocken blokkiert waren. In dieser Gegend waren nur wenige Fußgänger unterwegs. Garibaldi vermied es, in die gähnende Schlucht zu schauen. Seine Sinne waren auf das äußerste gespannt, und er sah den gestiefelten Fuß aus einem Eingang hervorschießen, ehe dieser ihn am Knie traf.

Garibaldi heulte auf vor Schmerz und stolperte auf den Abgrund zu. Er packte das Geländer, stieß sich ab und landete hart auf dem Rücken. Ein Messer durchschnitt die Luft, aber der Chief konnte den Arm abfangen, als die kalte Klinge seinen Hals berührte. Die Narn kämpfte wie ein Profi, und sie setzte ihr gesamtes Körpergewicht ein, um den Dolch in ihn zu bohren. Wunderschön oder nicht – er versetzte ihr einen Kinnhaken und warf sie damit gegen die Felswand. Sie stieß pfeifend die Luft aus, schaffte es aber noch, eine PPG zu ziehen und auf ihn zu richten.

»Nicht!« warnte er und versuchte, ruhig zu wirken. »Ich will nur mit Ihnen reden.«

Ihre beachtliche Brust hob und senkte sich in dem Korsett, während sie versuchte, wieder zu Atem zu kommen. Die roten Augen starrten ihn haßerfüllt an. Garibaldi hatte schon genug Verbrecher gesehen, um jemanden zu erkennen, der nichts mehr zu verlieren hatte. Mi'Ra war in den letzten Jahren so viel herumgestoßen worden, daß ihr jetzt alles egal war. Nur der Tod war noch wichtig. Der Chief konnte die gelbliche Narbe auf ihrer Schläfe sehen, wo sie ihr Blut gegeben hatte, um Shon'Kar zu besiegeln.

»Ich will nur reden«, wiederholte Garibaldi. »Ich habe den Datenkristall gefunden. Ich weiß von Ihrem Blutschwur.«

»Wenn Sie mich zu Ihrer Erdstation bringen wollen, dann kann ich Sie auch gleich töten.« Sie hob ihre Waffe und schien zu überlegen, in welchem Teil seines Körpers sich ein Loch wohl am besten machen würde.

Der Chief bewegte sich sehr langsam, bis er sich auf seine Ellbogen stützen konnte. »Ich weiß, daß Sie ihn nicht getötet haben. Ich könnte Sie nicht mitnehmen, selbst wenn Sie es getan hätten. Aber wir haben den Auftrag, Ihnen und Ihrer Familie das Betreten von *Babylon 5* zu untersagen.«

»Warum?«

»*Babylon 5* steht unter Erdverwaltung, wir erkennen Shon'Kar nicht an.«

Mi'Ra spuckte auf den trockenen Boden. »Oh, aber ich wurde um Shon'Kar betrogen. G'Kar hätte es verdient gehabt, langsam über einem Feuer geröstet zu werden, mit einem Spieß in den Eingeweiden. Es tut mir leid, daß er starb, bevor ich ihn in die Hände bekam. Wissen Sie, was er meiner Familie angetan hat?«

Garibaldi schluckte. »Ja. Ich glaube aber auch, daß es ihm am Ende leid getan hat.«

»Ha!« stieß die attraktive Narn-Frau aufgebracht hervor. »Er verdiente es kaum, ein Narn zu sein.«

Garibaldi entschied, daß es sicherer war, nicht mit einer Frau zu streiten, die eine schimmernde PPG in der Hand hielt. Mi'Ra bückte sich langsam, um ihren Dolch wieder aufzuheben, hielt die Waffe dabei aber weiterhin auf ihn gerichtet. Sie schob die Klinge in eine abgewetzte Lederscheide und sah den Chief nachdenklich an, als könnte sie sich nicht entscheiden, ob sie ihn am Leben lassen sollte. Garibaldi zuckte bei dem Gedanken zusammen, daß sein Brustkorb bald in matschigen Brei verwandelt werden würde. Aber die Narn steckte die PPG in ihr Holster und stand wieder auf. Sie sah ihn mitleidig an. »G'Kar gehörte zu den Leuten, die selbst ihre Freunde betrügen.«

Dem konnte Garibaldi kaum widersprechen, aber es gab noch etwas, das er wissen wollte. »Haben Sie ihm Killer auf den Hals geschickt, als er vor ein paar Monaten die Heimatwelt besucht hat?«

Mi'Ra runzelte die Stirn. »Ich dachte, es wären Profis. Diesen Fehler mache ich nicht noch einmal.«

»Gehörten die auch zur Thenta Ma'Kur?«

Die Narn-Frau lächelte vielsagend. »Wenn Sie auch nur ein wenig Hirn in Ihrem haarigen Schädel haben, lassen Sie die Finger von der Thenta Ma'Kur.«

Garibaldi rappelte sich auf und klopfte den Staub aus seinen Kleidern. »Das habe ich schon gehört, aber G'Kar hat sich beim ersten Mal ja auch ganz gut geschlagen.«

Mi'Ra grinste abfällig. »Geh heim, Erdling, bevor dir hier etwas zustößt. Diese Sache geht dich nichts an.« Mit diesen Worten warf sie ihren Umhang zurück und schritt davon. Garibaldi genoß die Aussicht auf ihren athletischen verlängerten Rücken und seufzte. So ein Anblick war genau sein Fall. Er hatte noch zwei Tage in diesem vertikalen Dorf vor sich und war gespannt darauf, Du'Rogs Witwe kennenzulernen. Ob sie genauso dickköpfig wie ihre Tochter war? Er schaute wieder über das Geländer nach unten. Es mußte irgendwo einen Boden geben, aber er war so weit weg, daß man ihn nicht sehen konnte. Er ging Mi'Ra ein paar Schritte hinterher. »Wo kann ich Sie finden?«

»Im Grenzgebiet«, rief sie über die Schulter zurück. »Aber Sie haben sowieso nicht den Mut, dort hinzugehen.«

10

»Wo waren Sie?« knurrte Na'Toth, als Garibaldi wieder an der Heiligen Stätte ankam, die in die Klippen von Hekba gemeißelt war.

Ivanova betrachtete ihren Kollegen und sah, daß seine Hose verdreckt war und daß er leicht hinkte. »Ich vermute, er hat die Gegend erkundet.«

»Klar«, murmelte Garibaldi, »aber nicht sehr erfolgreich.« Er sah sich um. »Wo ist Al?«

»Wo wir auch sein sollten«, antwortete Ivanova, »im Schatten mit einem kühlen Drink.« Sie wischte sich mit Garibaldis Mantel den Schweiß von der Stirn und gab ihm das Kleidungsstück dann zurück.

Garibaldi senkte die Stimme. »Nachdem wir Mi'Ra in der

Menge gesehen hatten, bin ich ihr gefolgt. Zumindest habe ich das versucht. Sie hat mich angegriffen und fast kaltgemacht. Die Frau ist ganz schön hart.«

»Unglücklicherweise«, sagte Na'Toth, »ist es G'Kars Schuld, daß die Du'Rog-Familie so verbittert ist. So langsam verliert er alle meine Sympathien.«

»Mi'Ra lebt im Grenzgebiet«, sagte Garibaldi. »Wo liegt das?«

»Erinnern Sie sich an meine Beschreibung der narnschen Gesellschaft?« antwortete Na'Toth. »Das Kastensystem unterteilt auch die Städte. In Hekba dürfen nur Mitglieder des Achten Kreises oder höherer Kreise leben, denn es ist eine unserer ältesten und ehrwürdigsten Siedlungen. Diener und niederes Volk dürfen hier arbeiten, aber sie wohnen in eigenen Städten. Zwischen diesen Städten gibt es Gegenden, in denen die Ärmsten leben – Diebe, Huren, Ausgestoßene. Wenn Mi'Ra und ihre Mutter wirklich in einem der Grenzgebiete leben, sind sie in der Gosse gelandet.«

»Wissen Sie, welches Grenzgebiet sie gemeint hat?« fragte Ivanova.

»Ich glaube schon«, sagte Na'Toth. »Es gibt hier in der Nähe ein größeres Grenzgebiet.«

Garibaldi preßte die Lippen aufeinander. »Ich habe Mi'Ra erklärt, daß sie auf *Babylon 5* unerwünscht ist, und diese Warnung würde ich gerne auch gegenüber dem Rest der Familie aussprechen. Früher oder später werden sie erfahren, daß G'Kar noch lebt, und dann haben wir wieder ein paar Trauerfeiern am Hals.« Der Sicherheitschef wandte sich an Na'Toth. »Sind Sie sicher, daß es keine Möglichkeit gibt, der Du'Rog-Familie diesen Blutschwur auszureden? Den Blutschwur gegen die Todesbringerin haben Sie doch auch aufgegeben.«

Die Narn-Frau schaute ihn finster an. »Das war sehr schwer für mich, und es bereitete mir große Genugtuung, daß die Todesbringerin trotzdem starb. Um den Konflikt zwischen G'Kar und den

Angehörigen von Du'Rog beizulegen, bedarf es mehr Überzeugungskraft, als Sie oder ich zu bieten haben.«

Ivanova wurde abgelenkt, weil sich jemand in der Nähe räusperte. Sie drehte sich um und sah einen Narn, dessen Kopfflecken und blassen Augen ihr unbekannt waren. Er trug die einfache Kleidung eines Crewmitglieds von der *K'sha Na'vas.* Er lächelte und legte einen Finger auf seine Lippen.

»Wer sind Sie?« sagte sie mit dem unbestimmten Gefühl, ihn zu kennen.

Garibaldi beugte sich zu dem Narn vor und flüsterte: »Sind Sie verrückt?«

Na'Toth versteifte sich, als sie ihn sah. »Das ist er ganz sicher.«

Der Fremde streckte ihr eine Hand entgegen. »Mein Name ist Ha'Mok. Bitte nennen Sie mich so.«

Diese Stimme! Ivanova blinzelte den Narn überrascht an. Sein wirklicher Name lag ihr auf der Zunge, und sie mußte sich beherrschen, um ihn nicht laut auszusprechen. »Sie sind total irre!« bestätigte sie Garibaldis Meinung. »Was machen Sie hier?«

»Ich genieße den Landurlaub«, antwortete der Mann, der G'Kar war und sich Ha'Mok nannte. Er hielt den Kopf gesenkt, als ob er mit Vorgesetzten sprach. »Wie war die Trauerfeier?«

»Besser, als Sie es verdient haben«, zischte Na'Toth.

»Warum sind Sie hier?« fragte Ivanova erneut.

»Wegen zweier Dinge. Zum einen hat die *K'sha Na'vas* eine verspätete Botschaft von *Babylon 5* erhalten. Captain Sheridan hat versucht, Sie zu erreichen.« Er senkte seine Stimme noch etwas mehr. »Der Captain ist nicht dumm. Vielleicht ist er hinter meinen Trick gekommen.«

»Können wir Kontakt mit ihm aufnehmen?« fragte Garibaldi.

»Nicht von hier aus. Wir müßten zur *K'sha Na'vas* zurückkehren.«

»Sie sind doch nicht hergekommen, um uns das zu sagen«, sagte Ivanova.

»Nein«, gab G'Kar zu. »Ich möchte meine Frau Da'Kal aufsuchen. Sie lebt in dieser Stadt, auf der anderen Seite des Canyons. Ich hätte Sie gerne dabei.«

»Warum?« fragte Ivanova.

»Sie müssen mir helfen, falls sie mich umbringen will.«

»Ich bin nicht sicher, ob wir das überhaupt wollen«, versetzte Ivanova. Sie rieb sich das Kinn und blinzelte in die gleißend rote Sonne. »Bevor wir uns noch weiter auf Sie einlassen, müssen wir Menschen dringend etwas trinken. Wo ist Al hingegangen?«

Na'Toth deutete auf einen Eingang, der zwanzig Meter weiter im Canyon war. »Er sagte, er wäre in der Bar dort drüben. Er ist direkt nach der Trauerfeier hineingegangen und seitdem nicht mehr herausgekommen.«

»Wer ist dieser Al?« fragte G'Kar. »Können wir ihm trauen?«

Ivanova warf dem angeblich Toten einen harten Blick zu. »Können wir *Ihnen* trauen? Bis zum Treffen mit dem Kha'Ri dauert es noch zwei Tage. Damit haben Sie nicht zufällig etwas zu tun, oder?«

»Ich leiste ja gerne Wiedergutmachung, aber dazu brauche ich halt etwas Zeit.«

»Sie können damit anfangen, uns Drinks zu kaufen«, mischte sich Garibaldi ein und machte sich auf den Weg zu der Bar.

Die Vierergruppe zwängte sich durch einen Eingang, der aussah wie tausend andere auch, wenn man mal von den drei Kerben absah, die oben an der Tür eingeritzt waren. Nach dem starken Sonnenlicht draußen war es für Ivanova praktisch unmöglich, in dem dunklen Raum etwas zu erkennen. Sie blinzelte, aber das Lachen und die Stimmen überzeugten sie davon, daß sie sich in einem öffentlichen Lokal befand. Na'Toth und G'Kar drängten sich an ihr vorbei. Sie schienen mit dem Lichtwechsel keine Probleme zu haben. Die Russin stieß gegen einen Gast und entschloß sich, so lange stillzustehen, bis sich ihre Augen an die Dunkelheit gewöhnt hatten. Nach einiger Zeit konnte sie direkt an der Wand eine niedrige Theke erkennen, die aus dem Fels gehauen zu sein schien. Als sie näherkam, sah sie verschiedene Löcher und Einkerbungen auf der Oberseite, aus denen seltsame Düfte zur Decke stiegen. Es gab anscheinend keine Barhocker, aber sie sah Al Vernon, der mit dem Rücken zur Theke auf dem Boden saß und etwas aus einem Lederschlauch trank.

»Da sind Sie ja!« rief er gutgelaunt und sprang auf die Füße. Er deutete auf einen kränklich aussehenden Narn, der anscheinend der Eigentümer war. »Das sind meine Freunde. Sie werden meine Rechnung begleichen.«

»Nicht so hastig«, grummelte Garibaldi. »Wie hoch ist die Rechnung?«

Der Wirt taxierte ihn aus kühlen roten Augen, die aussahen wie Holzkohle, die bald verglühen würde. »Einhundert Credits.«

»Hundert Credits!« schnappte Garibaldi. »Dafür kann man ja ein ganzes Zimmer mieten!«

Ivanova schluckte trocken und rückte ihren Creditchip heraus. »Geben Sie uns zwei von dem, was er trinkt.«

»Ich nehme einen Shirley Temple«, fügte Garibaldi hinzu.

Der Barmann blinzelte ihn an. »Wie bitte?«

»Ohne Alkohol«, antwortete der Chief.

Der alte Narn nickte und nahm den Creditchip. Er zog zwei Trinkschläuche hervor und tauchte sie in die Löcher in der Bar. Als er sie wieder hervorzog, waren sie mit einer dampfenden Flüssigkeit gefüllt. Er reichte sie den Besuchern und rechnete mit Ivanovas Chip ab. Das Leder der Schläuche fühlte sich klebrig an, aber der Inhalt roch sehr aromatisch. Nicht unbedingt schlecht, aber es ging in die Richtung von Hackfleischpastete mit Trüffeln. Englische Küche.

»Das ist doch bescheuert«, murmelte Garibaldi. »Wenn ich durstig bin, brauche ich etwas Kaltes.«

»Es ist ein weit verbreiteter Irrglaube, daß kalte Getränke den Durst besser löschen«, antwortete Ivanova. »Wann immer ich wirklich durstig bin, trinke ich Kaffee.«

»Sie trinken immer Kaffee«, konterte Garibaldi. Mit krauser Nase führte er den Schlauch an die Lippen und nahm einen Schluck. »Hm«, sagte er überrascht. »Schmeckt wie Fleischbrühe mit Glühwein.«

Ivanova nahm ebenfalls einen Schluck und mußte Garibaldi recht geben: Es schmeckte wie eine Kombination von Nelken, Rosinen und Fleischsud. Es wärmte sie innerlich auf.

Al Vernon kicherte. »Soll ich Ihnen sagen, was da drin ist?«

»Nein!« riefen Ivanova und Garibaldi wie aus einem Mund.

»Hören Sie, Al«, sagte Ivanova, »wir haben unseren Teil der Abmachung erfüllt. Sie sind auf Narn. Wenn wir jetzt auch noch Ihre Rechnungen zahlen sollen, müssen Sie schon bei uns bleiben.«

»Ich habe doch gesagt, wo ich hingehe«, sagte Al. »Als Mr. Garibaldi dieser attraktiven Narn hinterherrannte, dachte ich, das würde eine Weile dauern.«

Garibaldi senkte den Trinkschlauch wieder. »Wir haben hier noch zwei Tage vor uns. Was wissen Sie über die Grenzgebiete?«

»Oh nein«, antwortete der beleibte Mann und setzte eine düstere Miene auf. »Sie wollen doch nicht etwa dorthin, oder?«

»Wir müssen«, erwiderte Garibaldi. »Da ist jemand, mit dem wir reden müssen.«

»Dann brauchen Sie keinen Führer, sondern einen Leibwächter.« Al nahm einen tiefen Schluck aus seinem Schlauch.

Ivanova räusperte sich. »Ein weiterer Narn vom Schiff wird uns begleiten. Wir werden also zu fünft sein.«

»Zu wenig«, sagte Al. »Lassen Sie uns die ganze Crew mitnehmen.«

Ivanova sah Garibaldi an. »Vielleicht hat er recht. Wenn wir wirklich auf diesem Planeten herumspazieren wollen, sollten wir mit Captain Vin'Tok über eine Eskorte sprechen. Das erspart uns möglicherweise eine Menge Ärger.«

Jemand tippte ihr auf die Schulter, und als sie sich umdrehte, sah sie den verkleideten Narn, der sich Ha'Mok nannte. »Ich möchte gern den Botengang ausführen, über den wir gesprochen haben«, sagte er bestimmt.

Er will seine Frau sehen, erinnerte sich der Commander wieder. Sie hatte nichts dagegen, wenn die Leute endlich erfahren würden, daß G'Kar noch am Leben war. Je früher, desto besser. Die arme Witwe war da sicher ein guter Anfang. Hoffentlich würde sie ihn kräftig in den Magen boxen, so wie Na'Toth es getan hatte.

Bevor sie antworten konnte, mischte sich Al ein: »Hallo. Ich glaube, wir sind uns noch nicht begegnet. Ich bin Al Vernon, ich habe früher mal hier gelebt.«

»Ha'Mok«, log der Narn. »Ihre Freunde müssen mich begleiten. Sie können hierbleiben.«

Al seufzte. »Das geht nicht. Ich bin derzeit etwas knapp bei Kasse, und der Eigentümer wird wohl nichts anschreiben.«

G'Kar ergriff die fleischige Hand des Mannes und legte ein paar schwarze Münzen hinein. »Das sollte reichen, bis wir zurückkehren.«

»Das sollte es wohl!« sagte Al hocherfreut. »Danke.«

»Trinkt aus«, befahl der Narn. »Ich bin dort drüben bei Na'Toth.« Er zog sich in den dunklen hinteren Teil der Taverne zurück.

Al schaute ihm nachdenklich hinterher. »Er ist ein wenig anmaßend für ein einfaches Crewmitglied.«

»Ja«, stimmte Ivanova zu und sah in die gleiche Richtung. »Und allmählich habe ich genug von ihm. Aber wir brauchen ihn vielleicht noch, genauso wie wir Sie vielleicht noch brauchen. Warten Sie bitte hier auf uns.«

»Nur keine Angst«, sagte Al freundlich. »Ich werde Sie nicht so einfach davonkommen lassen.«

Ein paar Minuten später befand sich Ivanova mit ihrer Gruppe auf einer Hängebrücke mehrere hundert Meter über dem Grund des Canyon, die Brücke wurde nur von ein paar Kabeln in der Mitte gehalten. Sie schaute nach oben in die Sonne, um nicht in den Abgrund blicken zu müssen, aber ihre wackeligen Beine zwangen sie dazu, doch auf ihre Schritte zu achten. Daß die Brücke aus Drahtseilen und Holzplanken bestand, beruhigte sie nicht sonderlich, ebensowenig wie die Tatsache, daß G'Kar und Na'Toth furchtlos vorausgingen und die Brücke damit noch mehr zum Schwanken brachten. Es gefiel ihr allerdings, daß Garibaldi noch mehr Angst hatte als sie und vorsichtig hinter ihr blieb.

»Wenn uns der Captain das nächste Mal befiehlt, einen so abgefahrenen Planeten zu besuchen«, knurrte er, »dann erinnern Sie mich daran, den Befehl zu verweigern.«

»Nein«, sagte sie. »Aber ich werde jemanden finden, der meinen Platz einnimmt.« Sie blieb stocksteif stehen, als die Brücke wieder stark hin- und herschwankte. Der Schweiß, der ihr in dieser sengenden Hitze über Rücken und Brust lief, half in dieser Situation auch nicht gerade. Außerdem hatte sie immer noch ihre dicke Jacke im Arm. Ivanova strich sich ein paar verklebte Haarsträhnen aus dem Gesicht und sah in den Abgrund. Der Boden des Canyons sah wie die Ursuppe aus, von der sie bisher nur gehört hatte. Überall dampfendes, brackiges Wasser, beißender Schwefelgestank drang bis zu ihnen hinauf. Trotzdem konnte sie zwischen den Geysiren und Quellen da unten ein paar Flecken Farmland erkennen.

Weitergehen, befahl sie sich selbst. Es ist nicht mehr weit. Aber es war doch noch weit, denn sie hatten kaum ein Drittel des Weges über die Brücke geschafft. Ivanova verspürte den irrationalen Drang, den Weg wieder zurückzugehen und sich zu Al Vernon in die Bar zu gesellen. Aber sie zwang sich, Schritt für Schritt weiterzugehen. Sie hatten Milliarden von Kilometern zurückgelegt, um G'Kar zu ehren und seine Mörder zu stellen – und jetzt standen sie da ohne Mord, aber mit einem verängstigten, verkleideten Botschafter. Sie mußten ihm sogar das Händchen halten, während er versuchte, seiner Frau beizubringen, daß er noch lebte.

Ivanova fiel ein, daß auf diesem Planeten eine Familie lebte, der es gar nicht gefallen würde, daß G'Kar noch am Leben war. Außerdem war da noch die Liga der Attentäter, die Thenta Ma'Kur, die vertraglich gebunden war, G'Kar zu töten, und bisher versagt hatte. Und das lag nicht etwa daran, daß sie es nicht versucht hatte. Der Gedanke an diese Gruppen trieb die Russin an, schneller zu gehen und die Hängebrücke rasch hinter sich zu bringen. Na'Toth und G'Kar warteten schon am anderen Ende, und sie stolperte in ihre ausgestreckten Arme. »Das war doch nicht schwer, oder?« fragte G'Kar.

»Doch«, keuchte sie.

Garibaldi kroch schon fast auf allen vieren, als er ankam. Als man ihm von der Brücke half, lehnte er sich gegen eine Felsmauer und verschnaufte. »Verdammt«, brachte er schließlich raus, »gibt es eigentlich irgend etwas, vor dem ihr Narn Angst habt?«

»Ehefrauen«, sagte Na'Toth mit einem Seitenblick auf G'Kar.

»Ja«, gab dieser zu, »das ist wahr. Ich bin für Ihre Hilfe wirklich dankbar. Das Haus, das ich mit Da'Kal bewohne, befindet sich auf dieser Ebene. Es sind nur ein paar Schritte.«

G'Kar befand sich in so großen Schwierigkeiten und war so sehr auf sie angewiesen, daß Ivanova das Gefühl hatte, ihm näher als je zuvor zu sein. »Warum haben Sie Da'Kal nie mit auf die Station gebracht?«

G'Kar hob die breiten Schultern. »Ich weiß nicht, ob sie mitkommen würde. Sie haben ohne Zweifel schon bemerkt, daß ich sehr ehrgeizig bin. Die Heirat mit Da'Kal war mein ehrgeizigstes Unterfangen, sogar im Vergleich mit dem, was ich der Du'Rog-Familie angetan habe. Sie ist sehr einflußreich und hat Freunde im Inneren Kreis, Ra'Pak etwa. Ich war ein junger Soldat, ein mutiger Kriegsheld, als ich sie traf; Da'Kal war ein paar Jahre älter. Sie liebte mich sehr. Meine Karriere war durch die Heirat gesichert.«

»Lieben Sie sie?« fragte Ivanova.

G'Kar sah ihr in die Augen. »Ich liebe die Vorstellung von ihr.

Ich schulde ihr mehr als jeder anderen Person im Universum. Aber Liebe? Ich bezweifle, daß ich jemanden außer mir selbst lieben könnte. Folgen Sie mir.«

Mit G'Kar an der Spitze ging die seltsame Gruppe aus Narn und Menschen das Laufband entlang. Hier war deutlich weniger los als auf der anderen Seite des Canyons, anscheinend eine bessere Wohngegend. Die Fassaden der Häuser waren einheitlich in gedeckten Braun- und Rosttönen gestrichen.

Na'Toth blieb etwas zurück, um mit den Menschen zu sprechen. »Narn sind nicht strikt monogam. Es ist gut möglich, daß Da'Kal Liebhaber hatte und vielleicht noch hat. Eine Heirat ist wie die Fusion zweier Unternehmen, deren Ziel die Schaffung von Wohlstand und Nachwuchs ist. Beide behalten ihre Selbständigkeit. Drücke ich mich klar aus?«

»Absolut klar«, sagte Ivanova. »Was erwartet uns?«

Na'Toth zuckte mit den Achseln. »Keine Ahnung.«

G'Kar stoppte vor einem Gebäude, das sich durch seinen rosafarbenen Anstrich und eine schwere Metalltür von den anderen unterschied. »Das ist unser Zuhause«, sagte er zu den Menschen gewandt. »Sie haben mehr als genug Gründe, mit Da'Kal über meinen Tod zu sprechen. Fragen Sie sie: ›Wären Sie glücklich oder wütend, wenn G'Kar noch am Leben wäre?‹ Je nachdem, wie die Antwort ausfällt, können Sie herauskommen und mich holen.«

»Dafür schulden Sie uns eine Menge«, mahnte Garibaldi. Er drückte auf den Klingelknopf, die zwei Narn traten zurück.

Die Tür öffnete sich, und ein würdevoller alter Narn schaute heraus. »Wer sind Sie?« fragte er.

»Wir kommen von *Babylon 5*«, sagte Ivanova. »Wenn die Dame Da'Kal zu Hause ist, möchten wir gerne mit ihr sprechen. Es geht um ihren verstorbenen Ehemann.«

»Hm«, brummte der Diener. »Kommen Sie.«

Er führte sie in einen engen Gang, der im typisch maskulinen Narn-Stil dekoriert war, obwohl der Herr des Hauses schon seit

Jahren nicht mehr hier lebte. Die Wände bestanden aus kupferfarbenem Metall, behängt mit Wandteppichen. Antike Waffen und Familienwappen aus exotischen Stoffen waren zu sehen. Eine Bodenvase enthielt getrocknete Blumen und Zweige, und der Boden war orange und braun gefliest. Am Ende des Korridors konnte Ivanova einen geräumigen Wohnraum sehen, in dem schwere Metallmöbel standen. Sie hörte weibliche Stimmen. Das fensterlose Wohnhaus hatte eine ähnlich bedrückende Atmosphäre wie eine Höhle oder eine Weltraumstation.

»Warten Sie hier.« Der Diener schlurfte auf den Wohnraum zu.

Garibaldi atmete tief ein und flüsterte Ivanova zu: »Ich mußte schon einigen Frauen beibringen, daß ihre Männer tot sind, aber ich mußte noch nie einer Frau erklären, daß ihr toter Mann noch am Leben ist.«

»Ich hoffe, daß wir das nicht bereuen werden«, sagte Ivanova. »Ich würde mich wesentlich besser fühlen, wenn wir das von *Babylon 5* aus per Anruf erledigen könnten.«

»Das glaube ich Ihnen«, murmelte Garibaldi.

Ivanova nahm sich Zeit, um den Schweiß von ihrer Stirn zu wischen. Wenigstens war es in G'Kars Haus kühler als draußen.

Einen Augenblick später tauchten zwei Frauen auf. Eine von ihnen war Ra'Pak, die königlich gekleidete Frau aus dem Inneren Kreis. Sie sah die Menschen so geringschätzig an, als wären sie Flecken an der Wand. Die andere Frau war Da'Kal. Sie trug eine einfache beige Tunika, die mit einem Gürtel verschlossen war. Für eine Narn war sie klein und zierlich, fast schon zerbrechlich. Ivanova konnte das Alter von Narn nicht besonders gut einschätzen, aber Da'Kal sah so aus, als wäre sie in den letzten Tagen stark gealtert.

»Ich sehe dich dann beim Empfang«, sagte Ra'Pak, und es hörte sich wie ein Befehl an.

Da'Kal nickte. »Ich werde es versuchen. Vielen Dank für deinen Beistand.«

Ra'Pak hob den Kopf. »Es ist das mindeste, was ich tun kann, wenn dein Gatte schon nicht dazu fähig war.«

Da'Kal nahm die Hand ihrer Freundin. »Ich weiß, daß du an mich denkst.«

»Ich bin in der Villa, falls du mich brauchst«, verabschiedete sich Ra'Pak. Dann rauschte sie auf die Tür zu, die der Diener eilfertig aufriß.

Als die hochgestellte Dame gegangen war, trat Ivanova vor. »Ich bin Susan Ivanova, das ist Michael Garibaldi. Wir kommen von *Babylon 5*«

»Ja, ich habe Sie bei der Trauerfeier gesehen«, sagte Da'Kal und rieb sich nervös die Hände. »Mein Ehemann erwähnte Sie in seinen Nachrichten, und er war immer sehr von Ihnen eingenommen. Ich danke Ihnen, daß Sie so weit gereist sind, um ihn zu ehren.« Sie bewegte sich auf das Wohnzimmer zu. »Sollen wir es uns nicht bequem machen?«

Ivanova warf einen Blick auf den Diener. »Ich würde es bevorzugen, mit Ihnen allein zu sprechen, falls das möglich ist.«

»Natürlich. He'Lok, ich glaube, wir brauchen noch einige Dinge vom Markt.«

»Ja, Herrin.« Der Diener verbeugte sich und schlurfte aus der Tür.

»Kommen Sie«, sagte Da'Kal und führte sie in den Wohnraum des kleinen, aber eleganten Hauses. Die Einrichtung war für einen Narn-Haushalt erstaunlich farbenfroh und freundlich, mit elfenbeinfarbenen Vorhängen an den meisten Wänden und mehreren Vasen mit Trockenblumen. Die Möbel selber waren dunkel und wuchtig, aber einige bunte Kissen gaben ihnen eine weibliche Note. Die Witwe setzte sich auf die Kante eines kleinen Sofas und spielte immer noch nervös mit ihren Händen. Die Menschen nahmen in Stühlen mit hohen Rückenlehnen Platz.

Ivanova sah Garibaldi an, der aber nur hilflos zurückschaute. Also mußte sie das Reden übernehmen. Obwohl Ivanova nicht unbedingt das Taktgefühl in Person war, versuchte sie, ihr Bestes zu geben. »Entschuldigen Sie die Störung in einer so traurigen Zeit wie dieser«, begann sie.

»Es ist nicht zu ändern«, stellte Da'Kal fest. »Aber ich muß Sie warnen: Ich weiß nur sehr wenig von den Geschäften meines Mannes. Es ist kein Geheimnis, daß wir uns nicht oft gesehen haben.«

»Ja, das wissen wir«, sagte Ivanova und senkte peinlich berührt den Blick. »Kannten Sie einen Mann namens Du'Rog?«

Der gequälte Ausdruck, der über Da'Kals Gesicht glitt, war Antwort genug. »Natürlich kannte ich ihn. Er war auch im Rat – ein Geschäftspartner meines Mannes.«

»Ist Ihnen bewußt, daß Du'Rog Killer der Thenta Ma'Kur angeheuert hatte, um Ihren Mann beseitigen zu lassen?«

Der Kiefer der Frau klappte für einen Augenblick nach unten, aber dann nickte sie. »Deswegen also!«

»Nein«, sagte Ivanova schnell. »Die Mordversuche waren erfolglos.«

Da'Kal sprang auf. »Ich hatte keine Ahnung. Oh, dieser Idiot! Warum hat G'Kar mich nicht um Hilfe gebeten? Ich bin nicht ohne Einfluß, selbst bei den Thenta Ma'Kur. Aber G'Kar war schon immer so stur! Er dachte immer, er müßte sein Schicksal selber bestimmen, was er aber nie schaffte.«

Ivanova seufzte. Es wurde immer deutlicher, daß G'Kar seine Frau über ziemlich wichtige Belange nicht informiert hatte. Da'Kal mußte gewußt haben, was ihr Mann getan hatte, um in den Dritten Kreis aufzusteigen, aber darüber hinaus wußte sie gar nichts. Der Commander hatte noch zwei Fragen, bevor sie zu ihrem eigentlichen Anliegen kommen mußte.

»Kennen Sie Du'Rogs Familie? Ka'Het ist die Witwe, Mi'Ra und T'Kog sind seine Kinder.«

Da'Kal hielt inne und beugte sich über eine Vase, um die Blumen zu ordnen. »Ich habe Ihnen bereits gesagt, daß ich Du'Rog kenne. Natürlich kenne ich auch seine Familie. Wenn Sie mir Schwierigkeiten machen wollen ...«

»Nein«, versicherte Ivanova schnell. »Die Vergangenheit ist vorbei, mit Ausnahme des Zwischenfalls, der uns herbringt. Wußten Sie, daß man Shon'Kar gegen Ihren Ehemann ausgesprochen hat?«

Da'Kals Rücken streckte sich, und ihr Blick schweifte in die Ferne. »Das ist ihr Recht. Wenn Sie erwarten, daß ich mich rächen werde, versichere ich Ihnen, daß dies nicht der Fall sein wird. Ich werde Ihnen auch nicht dabei helfen, sie zu verfolgen. Die Du'Rog-Familie hat genug gelitten. Shon'Kar ist abgegolten.«

Ivanova atmete tief ein. Es gab nur noch eine Frage. »Wären Sie glücklich oder wütend, wenn G'Kar noch am Leben wäre?«

Die Frau wirbelte herum, ihre roten Augen funkelten.

G'Kar und Na'Toth standen etwa dreißig Meter von Da'Kals Hauseingang entfernt. Sie taten so, als bewunderten sie die Wandteppiche in einem Schaufenster, aber der Ladenbesitzer wurde bereits mißtrauisch. G'Kar senkte den Kopf und ging mit seinem Attaché zum Haus von Da'Kal zurück.

»Warum dauert das so lange?« zischte er.

»Es ist erst ein paar Minuten her, daß der Diener das Haus verlassen hat«, beruhigte Na'Toth ihn. »Wir haben Glück, daß er und Ra'Pak Sie nicht erkannt haben.«

»Diese Hexe«, murmelte G'Kar. »Sie hat mich immer gehaßt. Ich glaube nicht, daß die Jahre ihre Meinung geändert haben.«

Die Tür des rosafarbenen Hauses öffnete sich, und G'Kar blieb wie angewurzelt stehen. Er war überzeugt, daß seine Verkleidung einer oberflächlichen Betrachtung, besonders durch Menschen, standhielt, aber ihm war klar, daß seine Frau ihn erkennen würde. Er hielt den Atem an, bis er sah, daß es Garibaldi und Ivanova waren, die aus der Tür traten. Sie ließen die Tür offen und kamen auf ihn zu.

»Sie wartet auf Sie«, sagte Ivanova. »Wir bleiben mit Al in der Taverne.«

G'Kar schluckte und nickte ihnen kurz zu. »Danke.«

»Danken Sie uns noch nicht«, sagte Garibaldi. »Vielleicht wartet sie mit dem Nudelholz.«

G'Kar überhörte diese sehr irdische Bemerkung und ging auf die Tür zu. Er trat vorsichtig in den Gang und verbeugte sich respektvoll. Das erste, was ihm auffiel, waren die Blumenvasen, die bei seinem letzten Besuch noch nicht dort gewesen waren. Dann sah er sie im Wohnraum stehen, eine kleine, stolze Frau, ganz in die traditionelle Trauerfarbe Beige gekleidet. Ihr Gesicht war vom Schock überschattet, und ihre Stimme klang wie Eis. »G'Kar, bist du es wirklich?«

»Ja«, sagte er. Ein Dutzend zärtliche Floskeln kamen ihm in den Sinn, doch keine davon ging über seine Lippen. Er war sicher, daß sie ihm nichts davon glauben würde.

Er ließ den Kopf sinken, drückte gegen die Augenlider und entfernte die braunen Kontaktlinsen. Dann zog er sich die Schädelkappe ab, die seine Flecken verdeckt hatte.

»Bei allen Märtyrern!« keuchte sie. »Weswegen hast du das getan?«

»Furcht«, sagte er. »Verzweiflung. Und vor allem Scham.«

»Du hättest mich um Hilfe bitten können.«

Er schüttelte den Kopf. »Du hättest nichts tun können, ohne zu enthüllen, was ich Du'Rog und seiner Familie angetan habe. Als ich erfuhr, daß sie mir Shon'Kar geschworen hatten, bekam ich Angst. Mein erster Gedanke war, mich zu verstecken. Dann erwog ich, Mi'Ra zu ermorden. Mit meinem vorgetäuschten Tod wäre mir beides möglich. Die Erdlinge haben aber die Wahrheit herausgefunden, bevor ich hier war. Jetzt tut es mir leid. Dies ist der erste Schritt, mein Leben zurückzufordern.«

Da'Kal trat vor und streckte ihre zitternden Hände aus. G'Kar ergriff sie, und beide schwiegen.

Der Botschafter sah auf die Frau, die sein Bett und sein Leben so viele Jahre geteilt hatte, und es schien ihm, als wäre die Zeit, in der sie getrennt gewesen waren, nur eine lange dunkle Nacht gewesen. Er brauchte Da'Kal jetzt mehr denn je, doch er hatte keine Ahnung, ob sie ihn noch brauchte. Er wagte nicht zu fragen, ob sie ihn noch liebte.

Sie drängte: »Du mußt gegenüber Ka'Het und ihren Kindern Wiedergutmachung leisten. Ich weiß nicht, was du tun kannst, aber du mußt es versuchen.«

»Ich weiß«, antwortete er. »Glaube mir, ich sehe meine Fehler ein. Wenn ich es noch einmal machen könnte, würde ich bereitwillig tausend Jahre warten, bevor ich in den Dritten Kreis aufsteigen könnte. Ich würde so vieles anders machen.«

Da'Kal zog ihre Hände wieder zurück. »Es kann nicht warten – wir müssen sofort handeln.« Sie schritt ihm voraus in den Wohnraum, und G'Kar folgte ihr schnell. Dies war die dynamische Frau, die er gekannt hatte, bevor Gleichgültigkeit und Ehrgeiz ihre Ehe geschwächt hatten. Da'Kal ging zur Wand und zog an einer Kordel, woraufhin einer der Vorhänge zur Seite glitt und den Blick auf ein Computerterminal freigab. Als ihre Finger die Tastatur berührten, schaltete sich der Bildschirm automatisch ein.

»Ka'Het und ihre Kinder leben wie Tiere im Grenzgebiet«, sagte sie. »Ich war nicht weniger herzlos als du. Obwohl ich ihre Lebensumstände kannte, habe ich nichts unternommen, um ihnen zu helfen. Wie du hatte ich Angst, die Vergangenheit zu enthüllen. Es ist an der Zeit, mutig zu sein und ehrenhaft zu handeln. Du kommst nicht weit, wenn du vor dir selbst wegläufst.«

»Was tust du?« fragte G'Kar, der plötzlich trotz seiner guten Absichten wieder Angst bekam.

»Ich überweise der Du'Rog-Familie Geld. Ich weiß, daß Ka'Het immer noch ein Konto hat. Ich kann ihren sozialen Status nicht wiederherstellen, aber ich tue, was ich kann, um ihnen zu helfen. Was immer wir für sie tun, war schon lange überfällig.«

Während ihre Finger über die Tastatur huschten, lief G'Kar nervös auf und ab. »Werden sie wissen, woher das Geld kommt?«

»Was macht das für einen Unterschied? Wenn wir nicht die Macht haben, sie zu zerstören, müssen wir sie unterstützen. Schließ bitte die Vordertür ab.«

»Die Vordertür?« fragte G'Kar verwirrt.

»Ja, bevor mein Diener zurückkehrt. Es ist ein Zeichen, das wir schon früher benutzt haben. Wenn die Vordertür abgeschlossen ist, weiß er, daß ich mich amüsiere. Dann bleibt er weg, bis ich ihn rufe.« Da'Kal drehte sich zu ihrem Ehemann und lächelte. »Du warst lange fort.«

Er nickte und beeilte sich, die Vordertür zu verriegeln. Es war romantisch, wie im Traum. Er war in Verkleidung zurückgekehrt, nachdem er Da'Kal jahrelang ignoriert hatte. Und nun verriegelte er die Tür, um sich von der Außenwelt abzuschotten. Es war, als wären sie wieder jung und als hüteten sie wieder Geheimnisse vor ihren Eltern. Konnte man die Uhr doch zurückdrehen? Konnte man in Zeiten zurückkehren, bevor das Leben von Intrigen und Ehrgeiz so korrumpiert worden war? Er ging in den Wohnraum zurück und stellte fest, daß Da'Kal den Vorhang vor dem Terminal wieder zugezogen hatte.

»Fertig«, sagte sie mit einem Seufzer. »Das kann nicht wiedergutmachen, was du Du'Rog angetan hast, aber die Familie muß auch nicht mehr wie die Tiere leben.«

»Und wir?« fragte G'Kar drängend. »Was wird aus uns?«

Da'Kal kam auf ihn zu und öffnete ihre Tunika. »Ich bin nicht mehr in Trauer.« Sie ließ das Kleidungsstück von ihren Schultern gleiten. »Dies ist das zweite Mal heute, daß ich mich für dich entblöße, G'Kar. Keine andere Frau würde das für dich tun. Einst gehörte dir jedes Molekül meines Körpers. Willst du ihn immer noch?«

»Ja«, entgegnete er heiser, als er sie hochhob und sein Gesicht an ihre warme Haut preßte.

11

Mi'Ra wartete mit ernstem Gesicht in einer Schlange von Dienern und Händlern der niederen Kreise, die Hekba abends verließen. Die Schlange führte sie in einen Tunnel auf der dritten Ebene. Hier befand sich eine Reihe von Transportbändern, Außenbänder genannt, die es ermöglichten, in kurzer Zeit viele Kilometer zurückzulegen. Mit gebeugten Schultern und müden Gesichtszügen betrat das niedere Volk die Transportbänder und machte sich auf den langen Nachhauseweg. Die junge Frau bemühte sich um eine aufrechte Haltung, schließlich gehörte sie nicht zu diesen gewöhnlichen Leuten. Aber es fiel ihr schwer, denn sie wußte, daß auf die meisten von ihnen bessere Wohnungen warteten als die, die sie mit ihrer Mutter und ihrem Bruder teilte. Diese Leute hatten eine Arbeit und einen Platz im Leben, wenn auch einen niedrigen. Ihr blieben nur die Verbitterung und die Waffen in ihrem Gürtel. Mi'Ra hatte geglaubt, daß sie nach der Gedenkfeier für G'Kar eine Art von Befreiung oder Genugtuung spüren würde, aber die Endgültigkeit seines Todes bewirkte das Gegenteil. Ihr Vater war tot, sein Peiniger war tot, und auch sie fühlte sich wie tot. Ohne Shon'Kar und den Haß, der es genährt hatte, war ihr Leben sinnlos geworden.

Vielleicht, dachte sie, war die Zeit gekommen, um die Heimatwelt zu verlassen und die Galaxis zu erforschen. Der besorgte Mensch, der ihr in der Stadt gefolgt war, hatte ihr klargemacht, daß es da draußen noch andere Rassen gab und Orte, an denen Shon'Kar, Kha'Ri und die anderen Bräuche der Narn-Kultur keine Bedeutung hatten. Hier war sie eine Ausgestoßene, dort draußen würde sie nur eine Außerirdische sein, und das wäre weniger schlimm. Mi'Ra wußte, daß sie noch viele Jahre lang jung und attraktiv bleiben würde. Ihr Stolz verbot ihr, sich zur Prostitution zu erniedrigen, aber irgendwo in dieser großen Galaxis mußte es doch einen Ort geben, an dem sie sich ein neues Leben aufbauen konnte.

Wie sah es zum Beispiel mit dieser Raumstation *Babylon 5* aus? Nachdem sie ihr ganzes Leben bei den Narn verbracht hatte, konnte sie sich einen Platz, an dem Menschen, Narn, Centauri, Minbari und Angehörige von einem Dutzend anderer Rassen zusammenlebten, allerdings nur schwer vorstellen. An einem solchen Ort wären die angeblichen Vergehen ihres Vaters sicher ohne Bedeutung. Aber wieso hatte sie dieser Mensch gewarnt, nicht dort hinzugehen? Vorurteile? Es schien unwahrscheinlich, daß jemand, der von Vorurteilen geprägt war, an einem solchen Ort lebte und arbeitete. Vielleicht hatte sie ihm einfach Furcht eingeflößt – ein Gedanke, der sie zum Lächeln brachte.

Mi'Ra mußte an ihre Mutter und ihren Bruder denken. Wenn sie das tat, verschwanden ihre süßen Träume wie die Stadt in ihrem Rücken. Ohne sie waren sie hilflos. Sie konnte sie nicht mittellos und ausgestoßen im Grenzland zurücklassen, während sie ihr Glück bei fremden Rassen suchte. Und sie wären ihr bei einem solchen großartigen Abenteuer nur im Weg. Mi'Ra hatte damit gerechnet, Shon'Kar zu erfüllen und dabei jung und ehrenvoll zu sterben. Statt dessen würde sie alt werden, für ihre verarmte Familie sorgen und alle Hoffnung auf ein besseres Leben für immer zerschlagen.

Mi'Ra stand wie gelähmt auf dem abgewetzten Band und beobachtete die Arbeiter, die an ihr vorbeischlurften. Sie sah nach oben zu einer der nackten Glühbirnen, die den dunklen Tunnel nur schwach beleuchteten. Hekba so zu verlassen war irgendwie symbolisch – sie verließ ein Leben in Wohlstand mit einer gesicherten Position, und vor ihr lagen Armut und Verzweiflung, nichts als der rasche Abstieg in einen finsteren Tunnel.

Sie hatte allerdings noch eine Alternative. Seit sie von dem letzten Erfolg dieser Gruppe gehört hatte, dachte sie darüber nach.

Mi'Ra überlegte, ob sie den Thenta Ma'Kur beitreten sollte, der Vereinigung der Profikiller. Sie war qualifiziert: Ihr eigenes Leben hatte nicht die geringste Bedeutung für sie, sie war schön und hatte die nötige innere Ruhe und Ausgeglichenheit, die nötig war, um unter fremdem Namen zu reisen. Vor allem aber war sie abgestumpft genug zum Töten. Das machte sie zur perfekten Bewerberin. Vielleicht würde sie als Profikillerin ja genug Geld verdienen, um ihre Mutter und ihren Bruder nach *Babylon 5* zu schicken oder an irgendeinen anderen fernen Ort. Dann wären sie weit weg von all den schmerzlichen Erinnerungen, denen sie hier nicht einen Tag lang entfliehen konnten. Sie könnten ein Geschäft eröffnen und würden respektiert werden, vielleicht würden sie sogar zu den Privilegierten zählen.

Dieser Gedanke hob ihre Stimmung ein wenig, als sie gerade eine Kreuzung erreichte, an der drei Außenbänder abzweigten. Die meisten anderen betraten das rechte Band, das sie zu ihren Wohnungen in Jasba brachte. Einige wenige Glückliche nahmen das linke Band, das in eine Siedlung führte, die den Mitgliedern des äußeren Kreises vorbehalten war. Sie selbst wählte das am wenigsten benutzte Außenband in der Mitte. Es führte ins Grenzgebiet.

Mi'Ra hatte alles verloren – ihre natürlichen Rechte, ihren Posten, ihr Erbe und nun auch noch den Ruhm des Shon'Kar. Selbst diese erbarmungswürdigen Menschen schienen sie abzulehnen. Sie war enttäuscht, weil ihr der große, uniformierte Mensch in der Stadt keinen besseren Kampf geliefert hatte. Er hatte ihr nicht einmal eine Chance gegeben, im Kampf zu sterben. Aber wieso sollte er auch? Er wußte, daß sie nicht die Mörderin war – er hatte einfach nur mit ihr reden wollen, bevor er zu seinem Leben zwischen Sternen und Planeten zurückkehrte. Sie verstand das. Auch in ihrer Welt gehörte das Militär zu den privilegierten Klassen.

Der Tunnel wurde dunkler und schmaler, verwahrloster, und

die dunklen Nischen waren voller Augen. Sie gehörten Tieren und Narn, die so heruntergekommen waren, daß sie in den Gewölben lebten. Aus anderen Wohngebieten waren sie vertrieben worden, jedoch nicht von hier. Die Tunnelbewohner hasteten verstohlen ihrer Wege, während das Außenband weiter in Richtung Niemandsland rasselte.

Während ihres Lebens bei den Privilegierten hatte Mi'Ra kaum einen Gedanken an die Glücklosen verschwendet, die in Armut geboren waren und keiner Klasse angehörten. Die Sklaverei hatte die Narn hart gemacht. Sie bewunderten die Sieger jeglicher Auseinandersetzung, die Verlierer wurden verachtet. Die, die sich ihrer Stellung bewußt waren, mußten sich behaupten. Damit hatte das niedere Volk und die Angehörigen des äußeren Kreises genug zu kämpfen. Für die in Ungnade Gefallenen gab es ein eigenes Niemandsland.

Mi'Ra erinnerte sich daran, wie das Vermögen ihrer Mutter von der Regierung beschlagnahmt worden war. Angeblich hatte es sich um Schwarzgeld aus Waffengeschäften gehandelt. Was für eine lächerliche Anschuldigung. Wie die meisten Angehörigen seines Kreises hatte Du'Rog ab und zu dunkle Geschäfte getätigt – manchmal sogar mit G'Kar als Partner – und nicht gerade exakt Buch darüber geführt. Aber niemand hätte gedacht, daß er so enden würde. Das Militär hatte General Balashar beinahe zu Tode gefoltert und brauchte ihn als Zeugen vor Gericht. Die Herkunft der entsetzlich mächtigen biologischen Waffen, die er benutzt hatte, mußte bekannt werden. Die Waffen wirkten bei den Narn besonders verheerend, als hätte diese Rasse bei der Entwicklung im Vordergrund gestanden. Ungeachtet seines hohen Ranges im Kha'Ri und im Vierten Kreis, wurde Du'Rog als Sündenbock geopfert.

Das Militär ließ Balashar so schnell wie möglich hinrichten, und G'Kar richtete seiner Familie in einer abgelegenen Kolonie ein prachtvolles Leben ein. Währenddessen starb Mi'Ras Vater, überfordert von der Anstrengung, sich gegen die ungerechtfertigten Beschuldigungen zu wehren. Sofort erschienen die Aasfresser auf der Bildfläche, die damit rechneten, leichte Beute zu machen. Mi'Ra wurde unter diesem Druck sehr schnell erwachsen, aber sie konnte ihnen nichts entgegensetzen. Die Gläubiger und Opportunisten hatten den letzten Fetzen Fleisch vom Skelett ihres Vaters genagt, bevor sie stark genug war, um sie zu bekämpfen. Ein Teil der angeblich großzügigen Vereinbarungen war, daß sie, ihre Mutter und ihr Bruder ein Haus in dieser furchtbaren Gegend überschrieben bekamen, dem Grenzland.

Das Außenband setzte sie in einem Loch ab, einer sogenannten Haltestelle. Die Treppe, die zur Oberfläche führte, war mit Schmutz und Abfällen übersät. Man mußte regelrecht herausklettern, um das Elendsquartier zu erreichen.

Es gab einen Kiosk, aber der war schon lange mit Ziegelsteinen zugemauert und mit Stacheldraht verbarrikadiert worden. Das Laufband war nur noch in Betrieb, weil man von niemandem die Entschuldigung »Wie soll ich denn nach Hause kommen?« hören wollte. Es mußte eine Möglichkeit geben, die Leute, die nicht nach Hekba gehörten, abends aus der Stadt hinauszuschaffen – wohin auch immer.

Mi'Ra zog ihre PPG und trat fest auf, um aus der Müllgrube herauszukommen. Schließlich entdeckte sie ein paar freie Stufen, wo die ständigen Windhosen die Treppe geräumt hatten. Das machte den Aufstieg etwas einfacher, aber sie tauschte den Müll nur gegen die deprimierende Welt des Grenzlandes und seine tristen Reihenhäuser. Die Häuser hatten alle zwei Stockwerke, doch einige waren so schlecht gebaut, daß die Fundamente eingesunken waren und sie nun wie Flachbauten wirkten. Man hatte sie schnell gebaut, noch schneller vergessen und dann ihrem Verfall überlassen. Man konnte sicher sein, daß jeder, der in diesen Häusern wohnte, seinen Platz in der Gesellschaft der Narn verloren hatte. Für einen Narn, der seinen Platz nicht kannte, gab es keine Hoffnung mehr.

Mi'Ra stellte sich schaudernd dem Wind, der, wie es hieß, neun von zehn Stunden über die baumlose Ebene wehte. Niemand hatte jemals eine solche zehnte Stunde erlebt. Die imposanten Mauern und Bögen im Stil der präinvasorischen Architektur sollten vermutlich einen Ausgleich zu den heruntergekommenen Reihenhäusern schaffen. Statt dessen kam man sich vor wie in einem Labyrinth, in dem einen der Rest der Gesellschaft wie mißgebildete Tiere in einem Labor beobachtete. Außerdem erinnerten die Mauern an ein Gefängnis, und genau das war dieser Ort ja auch, dachte Mi'Ra.

Jede Nacht wurden hier Morde begangen, aber wegen der verdammten Mauern, oder aus Angst, meldeten sich nie irgendwelche Zeugen. Es war für die Narn der Kreise sehr bequem, daß das Grenzland nicht mehr zum Verwaltungsbereich der Stadt gehörte und nur von Rangern kontrolliert wurde, die sich bei der Aufklärung der meisten Verbrechen ausgesprochen gleichgültig verhielten. Wenn sie sich doch entschlossen, einen Fall zu untersuchen, fungierten sie als Ermittlungsbehörde, Richter, Jury und Henker in einem. Mi'Ra hatte hier gelernt, daß eine Rasse, die fähig war, andere grausam zu behandeln, mit den eigenen Leuten genauso umging.

Sie hielt sich nahe an einer vertrauten Mauer und versuchte, nicht ins Licht zu kommen. Die Regierung ließ an bestimmten Kreuzungen jeden Tag Kisten mit Kerzen und Nahrung aufstellen, und ein paar gewissenhafte Leute bemühten sich, das Grenzgebiet zu beleuchten. Die meisten beachteten die billigen Kerzen aber gar nicht, und der Boden war mit den verrußten Tonscherben zerbrochener Kerzenhalter übersät.

Die junge Narn-Frau ging einen Hügel hinunter und blieb vor einem der Durchgänge stehen. Man konnte nie wissen, was einem in einem dieser gräßlichen Bogengänge erwartete, besonders wenn man allein war. In diesem hier brannte zumindest eine der Lampen. Sie war jung und gutaussehend und fürchtete sich am meisten davor, von irgendeiner Straßenbande lebend gefangen zu werden. Mi'Ra steckte ihre PPG weg und nahm das Messer zur Hand. In einem Handgemenge würde sie damit mehr Schaden anrichten, ohne gleich einen Krieg auszulösen.

Mi'Ra war noch immer verärgert, weil es einem Menschen heute so ohne weiteres gelungen war, ihren Angriff abzuwehren. Freilich hätte sie ihn trotzdem töten können, was ihr eine gewisse Befriedigung verschaffte. Die junge Narn blickte nach oben zur Mauerkrone und fragte sich, ob sich dort vielleicht jemand versteckt hielt. Sie wußte aus eigener Erfahrung, daß man auf diesen bröckeligen Konstruktionen keinen sicheren Stand hatte. Kein vernünftiger Narn kletterte da oben herum, überall lagen Brocken, die von den mit Ornamenten verzierten Mauern abgebrochen waren.

Der Gestank von verbranntem Gummi, für einige elende Existenzen der einzig verfügbare Brennstoff, stieg ihr in die Nase, und sie wollte schon umkehren. Aber ihre Mutter und ihr Bruder erwarteten ihren Bericht über die Beisetzungsfeierlichkeiten. Wenn G'Kars Tod auch keine unmittelbare Erleichterung ihrer Situation mit sich brachte, war er doch immerhin eine Genugtuung für sie. Sie mußten sich nicht länger mit dem Gedanken quälen, daß G'Kar ein bequemes Leben auf dem Grab ihres Vaters führte.

Mi'Ra blieb erneut stehen, um zu lauschen, und hörte, wie sich etwas auf der anderen Seite der Mauer bewegte. Sie stürzte durch den Bogengang und schwang ihr Messer, aber ihr vermeintlicher Angreifer war nur eine Windhose, die vergeblich nach dem Durchgang suchte. Frustriert wirbelte sie im Kreis und griff wild um sich.

Mi'Ra entfernte sich rasch aus dem Lichtschein, um nicht aufzufallen. Es war noch immer genug Tageslicht vorhanden, so daß ihr Heimweg nicht zu schrecklich werden sollte. Sie konnte einige junge Narn sehen, die am Fuß des Hügels die Reifen eines Minenfahrzeugs verbrannten und kleine Nager über den Flammen rösteten. Aber die waren schon oft dagewesen und hatten nie versucht sie zu verfolgen. Trotzdem hielt sie sicheren Abstand, bereit, schnell wegzurennen, falls einer von ihnen auch nur unerwartet aufstehen sollte. Mi'Ra hatte keine Illusionen über die Gefahren des Grenzlandes. Einige der Leute hier unten hatten ihr seelisches Gleichgewicht verloren und konnten sich nicht mehr in die Gesellschaft der Narn, oder irgendeine andere Gesellschaft, eingliedern; manche waren von Drogen abhängig, die von den Centauri eingeführt worden waren. Viele, wie sie selbst, hatten einfach Pech gehabt. Es war grausam, die Versager mit den Glücklosen einfach in einen Topf zu werfen.

Die Narn brüsteten sich damit, nur wenige Gefängnisse zu haben, als ob dies ein Zeichen dafür war, daß das strenge Kastensystem von allen akzeptiert wurde. Für Mi'Ra bestand die Narn-Gesellschaft jedoch einfach aus einem System von Gefängnissen. Nicht einmal G'Kar hatte sich dem entziehen können.

Sie vernahm ein Geräusch, das sie aus ihren Gedanken aufschreckte, und entdeckte zwei Gestalten, die aus den Schatten auf sie zukamen. Sie hatte sie gesehen, jetzt wollte sie sich ihnen zeigen. Sie trat zurück in die Nähe des Bogens und ließ ihr Messer im Licht aufblitzen. Dann bewegte sie sich langsam in Richtung der ersten düsteren Häuserreihe. Damit versuchte sie, den beiden deutlich zu machen, daß sie ihnen aus dem Weg gehen würde, und hoffte, sie würden dasselbe tun. Die dunklen Gestalten beobachteten sie, sagten etwas und lachten.

Als Mi'Ra schon ein gutes Stück an ihnen vorbei war, steckte sie ihr Messer wieder in die Scheide und betrat rasch einen Durchgang zwischen zwei Häusern. Sie lief in der Mitte der Gasse, die ziemlich eben und nicht besonders verschmutzt war. Einige der Bewohner lugten aus ihren Türen hervor und sahen zu, wie sie vorbeilief. Obwohl die meisten sie kannten, grüßte sie keiner. Die Leute im Grenzgebiet waren gesichtslose Schatten und wollten es auch bleiben.

Mi'Ra konnte die Tonlampe sehen, die auf der Veranda ihrer Mutter im Wind baumelte. Wenigstens war T'Kog einer seiner Aufgaben nachgekommen. Als sie sich dem trostlosen Haus näherte, konnte sie die Leute, die im ersten Stock wohnten, miteinander streiten hören. Der eine war ein Dustsüchtiger, der andere ein Taschendieb, der in den Tunnels arbeitete. Mi'Ra vermietete den ersten Stock gar nicht gern, aber sie war auf dieses regelmäßige Einkommen angewiesen. Diese Bruchbude mit ihrem schrecklichen Umfeld war nie ein richtiges Zuhause für sie geworden. Es war nur eine Zelle, in die man die Familie von Du'Rog ungerechtfertigt verbannt hatte. Doch irgendwann würde ein Wunder geschehen und sie würden ihr gutes Leben zurückbekommen. So jedenfalls betrachteten Ka'Het und T'Kog die Lage, dachte Mi'Ra ärgerlich. Das einzige V'Tar, das in ihnen brannte, war das Minimum, das man zum Überleben brauchte, sowie die aussichtslose Hoffnung, daß der Name ihres Vaters eines Tages wieder reingewaschen würde.

Sie versuchte ihnen klarzumachen, daß man sie ins Grenzland verbannt hatte, damit sie aus dem Weg waren und irgendwann sterben würden, ohne viel Aufsehen zu erregen. Der einzige Ruhm, den sie noch erwarten konnten, war Shon'Kar zu vollenden – den letzten Wunsch ihres sterbenden Vaters zu erfüllen, G'Kar für immer verschwinden zu lassen. Wenigstens dieses Ziel war erreicht worden, wenn auch eine andere Hand die ruhmvolle Tat vollbracht hatte. Dies war wahrhaftig ein Grund zum Feiern. Also versuchte Mi'Ra, ein fröhliches Gesicht zu machen, als sie die brüchigen Stufen hinaufstieg. Aber sie fühlte sich leer, denn das Feuer der Rache in ihr war gelöscht worden, und sie hatte nichts, womit sie es ersetzen konnte.

Die Streitereien der Nachbarn waren vertraute Geräusche, aber das nächste Geräusch, das an ihre Ohren drang, war höchst ungewohnt. Ihre Mutter lachte! Das kann doch nicht sein, dachte Mi'Ra, das muß eine andere Frau sein, die da lacht. Aber welche

Frau im Grenzgebiet hätte schon Grund zu lachen? Selbst durch die dünne Blechtür hörte es sich wie ihre Mutter an. Sie hatte die Hand am Griff ihres Messers, als sie die Schlüsselkarte in ihren Schlitz steckte und die Tür aufstieß.

Es war tatsächlich ihre Mutter, das Opfer von G'Kars Ehrgeiz, und sie schüttelte sich vor Lachen – zum ersten Mal seit Jahren! Auch T'Kog, ihr kräftig gebauter, aber rückgratloser Bruder, lachte laut und hielt sich die Seiten.

Mi'Ra runzelte die Stirn. »Ich weiß, G'Kars Tod bedeutet eine Menge für uns, aber doch nicht so viel, daß ihr euch gleich so aufführen müßt.«

»Wir haben gute Gründe«, keuchte T'Kog. Er deutete mit dem Finger auf Ka'Het, die heute morgen noch zu niedergeschlagen gewesen war, um aufzustehen. »Erzähl's ihr, Mutter!«

Die alte Frau wirkte normalerweise hohlwangig und ausgepumpt, aber jetzt japste sie vor Freude. »Wir sind reich, mein liebes Kind! Wir werden wieder ein gutes Leben führen, wie früher. Und du hast gesagt, das würde nie geschehen.«

»Vater ist rehabilitiert worden?« fragte Mi'Ra und strahlte vor Freude bei dem Gedanken.

Da wurde Ka'Het wieder nüchtern. »Leider nicht«, gab sie zu. »Dies hat keinerlei offizielle Auswirkungen auf Du'Rogs Fall, aber vielleicht ändert sich das ja auch noch. Wir haben das zweitbeste bekommen, nämlich Geld! Es wurde auf unser altes Konto überwiesen. Die Bank hat einen bewaffneten Boten geschickt, um uns die Nachricht zu überbringen!«

»Wieviel Geld?«

»Vierhunderttausend!« sprudelte T'Kog heraus.

»Nicht so laut«, zischte Mi'Ra. »Und wer hat uns dieses Glück beschert?«

T'Kog hörte einen Moment lang auf zu lachen. »Was spielt das für eine Rolle? Dieselben Schurken, die es uns gestohlen haben.«

»Wer war es?« wandte sich Mi'Ra jetzt an ihre Mutter.

Die ältere Frau sah zur Seite und strich ihr fadenscheiniges Hauskleid glatt. »Es war G'Kars Witwe, Da'Kal. Ich habe mich schon lange gefragt, wann sie damit herausrücken würde. Sie war schließlich einmal eine meiner besten Freundinnen.«

»Mutter«, sagte die junge Narn-Frau und versuchte, ruhig zu bleiben, »es ist nur Geld. Früher wäre das für uns wahrscheinlich das Haushaltsgeld eines Jahres gewesen. Nichts wird sich dadurch ändern – wir sind immer noch Ausgestoßene, die keinen Platz im Leben haben. Vater wird weiterhin des Verrats beschuldigt.«

»Aber wir werden hier herauskommen!« rief Ka'Het. »Mit so viel Geld können wir uns wieder eine Existenz aufbauen. Was glaubst du, können wir damit kaufen?«

Mi'Ra dachte nach. Es war nicht genug, um damit ihr Schweigen zu erkaufen. Sie würden sich die Dienste von ein paar Söldnern erwerben können, vielleicht auch ein angenehmeres Leben, aber keinen Respekt. Und wie lange würde es reichen? Wie sie ihre Mutter kannte, nicht sehr lange. »Was willst du mit dem Geld anfangen?« fragte sie sachlich.

»Ein Haus auf den Inseln kaufen, oder eine Ferienwohnung an einem Ort, an dem alle Kreise vertreten sind. Ich glaube, an einem solchen Ort würde man uns akzeptieren, trotz unserer Vergangenheit.«

Unsere Vergangenheit, dachte Mi'Ra grimmig. Sie hatten nichts Verwerfliches getan, trotzdem litt ihre Mutter, als wäre sie tatsächlich schuldig! »Ein Haus auf den Inseln«, bemerkte sie trocken. »Damit wäre der größte Teil des Geldes bereits weg.«

T'Kog sprang auf und starrte seine ältere Schwester an. »Dir paßt es nie, wenn uns etwas Gutes passiert, weil du von der Rache besessen bist. Ob es dir gefällt oder nicht, es sind zwei gute Dinge passiert, und ich finde, wir sollten uns darüber freuen. Ich halte zu Mutter. Kehren wir endlich in die Zivilisation zurück.«

Mi'Ra wußte, wann sie besser auf die richtige Gelegenheit wartete. Also nickte sie respektvoll. »Du hast natürlich recht,

Mutter. Ich schlage vor, daß du mit meinem Bruder auf die Inseln fährst, um ein Haus zu suchen. Aber seid nicht zu voreilig.«

»Natürlich nicht!« beteuerte ihre Mutter. »Wenn ich etwas aus dieser Erfahrung gelernt habe, dann praktisch zu denken.« Sie zupfte an ihren Lumpen. »Natürlich werden wir uns ein paar neue Kleider kaufen müssen. Willst du uns etwa nicht begleiten?«

»Nein, fahrt nur alleine. Ich werde bleiben und mich um unseren Besitz hier kümmern.«

T'Kog lachte verächtlich. »Wir haben hier keinen Besitz, Mi'Ra. Das glaubst nur du. Aber ich bin froh, daß du uns zustimmst.«

»Ich wünsche mir genauso wie ihr, hier rauszukommen«, versicherte Mi'Ra ihrer Mutter. »Und jetzt werde ich mich hinlegen und etwas schlafen.«

»Wir waren verschwenderisch und haben Trockenfisch gekauft«, erklärte Ka'Het. »In der Vorratskammer ist noch etwas.«

T'Kog bewegte sich träge in Richtung Tür. »Wie war übrigens die Trauerfeier, Mi'Ra?«

»Geradezu rührend«, antwortete sie aufrichtig. »Man hätte glauben können, er wäre ein großartiger Mann gewesen. Ra'Pak war da und ein paar Erdlinge von da, wo er gestorben ist, der Babylon-Station. Sie können uns nicht verhaften, aber sie werden uns vielleicht ein paar Fragen stellen wollen.«

»Bei allen Märtyrern, wieso?« fragte Ka'Het aufgeregt. »Sollten wir besser verschwinden, bevor sie kommen?«

»Nein. Sie müssen den Datenkristall gefunden haben, den wir G'Kar geschickt haben, und wollen der Sache nachgehen.«

»Ich wußte, daß das keine gute Idee war«, bemerkte T'Kog rechthaberisch.

Mi'Ras rote Augen verengten sich. »Damals hast du zugestimmt, werter Bruder. Wir sind nie auch nur in die Nähe von *Babylon 5* gekommen, also können sie uns deswegen nicht anzeigen. Wir wissen nichts über G'Kars Tod, außer, daß weder wir noch die Thenta Ma'Kur ihn getötet haben. Sind wir uns darüber einig?«

»Natürlich, mein Kind«, erklärte Ka'Het und tätschelte die gefleckte Hand ihrer Tochter. »Du machst dir zu viele Gedanken. Wir wissen, was wir sagen müssen, und wir sind schließlich unschuldig. Meinst du, wir sollten versuchen, sie zu bestechen? Bei den Menschen weiß man ja nie.«

Mi'Ra berührte die Hand ihrer Mutter und lächelte. »Nein, Mutter. Reiß dich zusammen. Ich glaube, die Menschen sind fasziniert von den Narn. Einer soll sogar mit einer von uns verheiratet gewesen sein, habe ich gehört.«

T'Kog zuckte zusammen. »Das ist ja ekelhaft.«

»Das ist die Zukunft«, meinte Mi'Ra, »vielleicht auch unsere Zukunft. Auf einer Erdstation wie *Babylon 5* würde man uns als exotische Außerirdische ohne Vergangenheit betrachten und uns nur nach unseren Leistungen bewerten. Das Material, aus dem unsere Münzen bestehen, ist bei den Menschen vielleicht sehr selten. So würde unser Geld länger reichen. Darüber sollten wir einmal nachdenken.«

»Werden wir«, versprach Ka'Het, »aber ich weiß nicht, ob ich alle meine Freunde hier zurücklassen könnte.«

Freunde, die drei Jahre kein Wort mit dir gewechselt haben, dachte Mi'Ra ärgerlich. Aber sie hielt ihre Zunge im Zaum. Noch hatte ihre Mutter nichts von dem Geld ausgegeben, und als Erstgeborene hatte Mi'Ra rechtmäßigen Zugriff darauf. Sie konnte etwas von diesem plötzlich so fetten Konto abheben.

G'Kars Witwe hatte sich in der Tat nobel verhalten, aber es wäre dumm, wenn sie das Geld einfach verschwenden würden. Dann könnten sie sich sehr schnell erneut im Grenzgebiet wiederfinden, noch mehr der Gesellschaft entfremdet und verbitterter als jetzt. Der Begeisterung ihrer Mutter zum Trotz, war das Geld nicht die Lösung ihrer Probleme. Außerdem kam Mi'Ra dieser Geldsegen verdächtig vor. Warum diese plötzliche Großzügigkeit? Wieso gerade jetzt? Erwartete man im Austausch dafür von ihnen, über irgend etwas Schweigen zu bewahren? Wessen Schuldgefühle sollten damit gelindert werden? Die Narn waren nicht gerade dafür bekannt, von Schuldgefühlen geplagt zu werden. Mi'Ra beschloß, den Erdlingen ein paar Fragen zu stellen, wenn sie hier auftauchten.

Lautlos ging die große rote Sonne hinter dem Rand der Hekba-Schlucht unter und überließ ihren Platz den tiefschwarzen Schatten, die sich jetzt über alles legten. Mit der Sonne verschwand auch die Wärme. Susan Ivanova hatte heute bestimmt zehn Kilo ihres Gewichts ausgeschwitzt, aber jetzt zitterte sie und konnte, selbst in ihre Militär-Winterjacke gewickelt, nicht mehr damit aufhören. Sie hatte den Temperatursturz erwartet, da sie wußte, daß die dünne Atmosphäre, die niedrige Luftfeuchtigkeit und der schwache Luftdruck die Wärme nicht würden halten können. Trotzdem war sie nicht auf die Nacht der Narn-Heimatwelt vorbereitet gewesen. Commander Ivanova hätte schwören können, daß sich ihr Atem in Form von Eiskristallen auf den Gletschern niederschlug, die einmal ihre Wangen gewesen waren. Die Temperatur mußte bereits um mindestens sechzig Grad gefallen sein.

»Wer hatte bloß die glorreiche Idee, hier rauszukommen?« bibberte Garibaldi und versuchte vergeblich, sich warmzuhalten, indem er seine Arme fest an die Brust preßte. Wenigstens beschwerte er sich nicht mehr darüber, diesen Mantel mit sich herumschleppen zu müssen.

»Ich habe Ihnen ja gesagt, daß wir nicht hier oben bleiben können«, erklärte Al Vernon und spähte über die Felskante in die Tiefe. »Wir müssen tiefer in die Schlucht steigen. Bis ganz nach unten.«

Ivanova wollte ebenfalls einen Blick in die Schlucht werfen, schaffte es aber nicht, ihre steifgefrorenen Glieder zu bewegen. Sie konnte ihr Gesicht gerade lange genug heben, um zu fragen: »Ist es wirklich so viel wärmer d-d-da unten?«

Na'Toth runzelte die Stirn. »Ich verstehe nicht, worüber ihr dünnhäutigen Menschen euch beklagt. Es ist doch richtig angenehm hier oben. Ich schlage vor, wir gehen zurück in die Bar und warten dort auf Ha'Mok, wie geplant.«

»Es sind bereits Stunden vergangen!« protestierte Ivanova. »Was treibt er nur so lange?«

Al schüttelte den Kopf. »Ich kann nicht verstehen, wie man sich über ein einfaches Mannschaftsmitglied solche Sorgen machen kann. Soll Ha'Mok doch alleine zurückfinden. Wenn er nicht zum richtigen Kreis gehört, werden ihn die Ranger wahrscheinlich sowieso erwischen und verjagen. Wenn Sie hierbleiben und auf ihn warten wollen, Na'Toth, dann habe ich nichts dagegen einzuwenden, aber hier oben können wir nicht bleiben. Die Menschen sind wirklich dünnhäutig und haben nicht so viel Isoliermaterial.« Al kicherte und tätschelte seinen wohlgenährten Bauch. »Als ich hier gelebt habe, hatte ich meistens ein paar zusätzliche Schichten, aber das hat auch nicht viel genützt.«

Ivanova öffnete ihre gefrorenen Lippen. »Können wir noch etwas warten?« brachte sie heraus.

Al schielte zu seinen Mitmenschen hinüber. »Sie können ja hierbleiben und erfrieren – es wird noch kälter werden –, aber ohne mich. Ich werde statt dessen mit einem Aufzug in fünf Minuten nach unten fahren, es mir neben einer netten, sprudelnden heißen Quelle bequem machen und mir den Schweiß von der Stirn wischen. Sie können die *K'sha Na'vas* doch auch von dort unten aus rufen. Wieso müssen wir auf Ha'Mok warten – er ist doch nur ein Mannschaftsdienstgrad, oder?«

Na'Toth blickte zurück zu der Kneipe, als ob sie überlegen würde, dort zu warten. Aber Ivanova glaubte nicht, daß die Narn dort für unbestimmte Zeit allein warten wollte. In dem Lokal war es nicht nur seit Einbruch der Dunkelheit merklich kälter geworden, sondern die Stimmung war auch sehr viel rauher, seit ein paar junge Narn eines privilegierten Kreises eingetroffen waren, die offenbar glaubten, das gesamte Universum gehöre ihnen. Außerdem wirkte es langsam verdächtig, daß sie so viel Rücksicht auf jemanden aus der Mannschaft der *K'sha Na'vas* nahmen. Ivanova hätte mehr als einmal beinahe seinen richtigen Namen ausgesprochen. Wenn sie nicht vorsichtig waren, würde Al Vernon ihr Geheimnis bald erfahren.

Na'Toth ließ schließlich ihre starre Haltung fallen. »Ja, wir können auch von dort unten Kontakt zur *K'sha Na'vas* aufnehmen. Wir können unmöglich voraussehen, wie lange Ha'Mok brauchen wird, und ich kann ihn nicht zur Vernunft zwingen. Also, gehen Sie voraus, Mr. Vernon, ich vermute, Sie kennen diese Stadt besser als ich.«

»Mit Vergnügen«, erklärte Al. Er schwang seine plumpen Arme und machte sich auf den Weg nach unten. Garibaldi und Ivanova trotteten hinter ihm her, und Na'Toth übernahm die Nachhut. Die Bewegung tat gut, dachte Ivanova, ihre Glieder wurden wieder durchblutet. Seit ihrer Kindheit in Rußland hatte sie gedacht, daß sie an Kälte gewöhnt war. Aber die Temperaturen hier auf der Heimatwelt der Narn stellten alle Erinnerungen in den Schatten.

»Wir müssen doch nicht wieder über diese Brücke, oder?« fragte Garibaldi schaudernd.

»Ich glaube nicht«, meinte Al. »Die Aufzüge fangen erst sechs Ebenen weiter unten an. Wir sind im Geschäftsviertel – da soll man laufen, damit man sich in Ruhe einen Laden nach dem anderen ansehen kann.«

Ivanova stupste Garibaldi an. »Wir dürfen Captain Sheridan nicht vergessen. Um Kontakt mit ihm aufnehmen zu können, müssen wir irgendwann in nächster Zeit zur *K'sha Na'vas* zurückkehren.«

»Vielleicht nicht unbedingt«, meinte Al, der Ivanova gehört hatte, »man findet hier zwar nicht an jeder Ecke Bildschirme, die auf interstellare Gespräche ausgerichtet sind, aber das hier ist eine wohlhabende Gegend, und hinter verschlossenen Türen gibt's eine

Menge interessantes Zeug. Wir werden mal herumfragen, sobald wir ins Warme kommen.«

Ivanova hatte nicht die Absicht, über Als Prioritäten zu streiten, nicht solange ihr Rückgrat wie ein Eiszapfen war. Sie fragte sich, ob der Frost noch schlimmer gewesen wäre, wenn sie in der Schänke nicht so viel von der heißen Brühe getrunken hätte. Nach Alkohol hatte sie kaum geschmeckt. Wenn sie überhaupt berauschende Stoffe enthalten hatte, dann war Ivanova mit einem Schlag wieder nüchtern geworden, als sie in die eisige Luft hinausgetreten war. Sie spürte nur noch die Kälte, die nach und nach ihren ganzen Körper betäubte. Daran, daß sie sich in derselben Luft nur wenige Stunden zuvor wie in einem Hochofen gefühlt hatte, konnte sie sich kaum noch erinnern. Im Moment schien die Narn-Heimatwelt für alle Ewigkeit in einer Eiszeit versunken zu sein.

In dem trüben Licht ging Al Vernon eine Ebene weiter nach unten, um die Markierungen an den Gebäuden eines neuen Wohngebietes zu überprüfen. Als hätten irgendwelche wohlgesonnenen Sensoren bemerkt, daß er mehr Licht brauchte, leuchteten plötzlich entlang der Geländer und der abfallenden Brücken, die sich über den Abgrund spannten, grüne Glühfäden auf. Ivanova drehte ihren Kopf und schaute beeindruckt auf die riesige Spirale aus Licht, die sie umgab. Sie fühlte sich, als stünde sie im Zentrum eines fluoreszierenden, röhrenförmigen Spinnennetzes. Ivanova war fasziniert, bis ihr klar wurde, daß die Glühfäden in den Geländern weder helles Licht noch Wärme ausstrahlten. Sie fror nur noch mehr, wenn sie diese kühlen, unpersönlichen Lichter anschaute.

»Ausgezeichnet«, freute sich Al, »jetzt müßten wir den Aufzug ohne Schwierigkeiten finden.«

Er setzte sich erneut in Marsch und polterte voller Zuversicht ein Laufband nach dem anderen entlang. Als er sich endlich duckte und eine kleine, von blauem Licht erleuchtete Höhle betrat, hätte ihn Ivanova beinahe geküßt, aber sie konnte ihre Lippen nicht mehr bewegen. Auch in der Höhle herrschte eisige Kälte. Susan rannte, um mit Al Schritt zu halten, vor allem aber, um sich aufzuwärmen. Sie konnte sein Ziel am Ende des Gangs erkennen – ein gekachelter Alkoven mit einer ovalen Nische aus Kupfer und schwarzem Metall.

Garibaldi war unmittelbar hinter ihr, murmelte vor sich hin und schlug mit den Armen um sich, als ob er sich so warmhalten könnte. Er wollte etwas sagen, aber seine gefrorenen Lippen brachten nichts Verständliches hervor. Sie stellten sich hinter Al, der eine Karte betrachtete – ein prachtvolles Mosaik, das in die Wände der Kammer eingelassen war. Es wurde von den rötlichen Kontrollichtern, die in der linken Nische schimmerten, nur spärlich erleuchtet.

»Erinnert mich daran, eine Taschenlampe mitzubringen, wenn ich noch einmal herkomme«, stellte Garibaldi mit klappernden Zähnen fest. »Diese ganze Tour erinnert mich langsam an ein Ferienlager, in dem ich als Kind war. Camp Windigo, im Norden des Staates New York. Das ist der einzige Ort, an dem es noch kälter ist als hier.«

Ivanova lächelte vorsichtig, aus Angst ihr Gesicht könnte aufspringen. Sie wandte sich um und sah, wie Na'Toth hinter ihnen eintrudelte. Sie war in ihr übliches Outfit und einen leichten Umhang gekleidet, hatte aber die Kälte noch gar nicht wahrgenommen. Jetzt stand sie hinter ihnen und studierte ebenfalls die Mosaik-Karte.

»Da unten ist ein Gasthaus«, sagte sie, »wahrscheinlich gibt es dort auch für dünnhäutige Erdlinge etwas zu essen.«

»Vielleicht sollten wir einfach zum Schiff zurückkehren«, schlug Garibaldi vor. »Da hätten wir Betten und könnten Kontakt zu *B5* aufnehmen.«

Al Vernon schüttelte den Kopf und zitterte dabei vor Kälte. »Ich fürchte, dazu ist es jetzt zu spät. Das Shuttle kann nur oben auf dem Plateau landen, und da gibt es nichts als Wüste. Wenn Sie glauben, daß es hier kalt ist, sollten Sie sich mal dort oben in den Wind stellen! Da würden wir bestimmt keine zwei Minuten überstehen. Ich fürchte, zur *K'sha Na'vas* können wir nicht vor Tagesanbruch zurückkehren.«

»Warum haben Sie uns das nicht vorher gesagt?« schnauzte ihn Garibaldi an.

Al blitzte ihn an. »He, ihr Idioten wolltet schließlich unbedingt warten, bis dieser Ha'Mok zurückkommt! Ich hatte keine Ahnung, was das sollte. Wer ist dieser Ha'Mok überhaupt? Warum ist der Kerl so wichtig?«

Ivanova, Garibaldi und Na'Toth warfen sich schuldbewußte Blicke zu. Ihnen war klar, daß einer von ihnen früher oder später wahrscheinlich G'Kars Geheimnis ausplaudern würde. Aber jetzt noch nicht, beschloß Ivanova. »Er ist ein Spezialermittler«, log sie, »einer von unserem Team.«

Der Händler schüttelte den Kopf. »Ich weiß nicht, was er treibt, aber heute nacht hat er uns um unsere Chance gebracht, diesen Planeten zu verlassen. Mir ist das allerdings völlig egal, ich bin schließlich genau da, wo ich hinwollte.«

Al berührte einen Teil des Mosaiks, wodurch die gesamte Karte wie ein buntes Glasfenster aufleuchtete und ihnen den Weg von ihrem momentanen Standpunkt auf der sechsten Ebene bis ganz nach unten, dreihundert Ebenen tiefer, zeigte. Sie hörten ein Rumpeln, als sich aus den Tiefen der Schlucht eine Kabine auf den Weg nach oben machte, um sie abzuholen.

»Da unten wird es euch gefallen«, versicherte Al, »ich hoffe allerdings, eure Creditchips taugen was. Wer kein Narn ist, muß hier für Unterkunft und Verpflegung mehr auf den Tisch legen.«

»Na, toll«, murmelte Garibaldi, »und der Captain hat die Spesenabrechnung von meiner letzten Dienstreise noch nicht genehmigt.«

Na'Toth runzelte die Stirn. »Ich halte das noch immer für eine schlechte Idee. Wir sollten am vereinbarten Treffpunkt bleiben.«

Ivanova umklammerte zitternd ihre eigenen Schultern. »Na'Toth, bitte. Keiner von uns will hier erfrieren.«

Zur allgemeinen Erleichterung erreichte die Aufzugkabine in diesem Moment ihre Ebene. Die automatischen Türen schoben sich zur Seite, und die Menschen zwängten sich sofort hinein. Na'Toth folgte widerwillig. Dann schlossen sich die Türen wieder mit einem dumpfen Schlag. »Diese Aufzüge sind verdammt schnell«, warnte Al. »Paßt auf, der Druck ändert sich schlagartig.«

Eine Sekunde später hätte Ivanova beinahe losgekreischt, als die Kabine scheinbar haltlos in die Tiefe stürzte. Ihr Magen revoltierte, und ihre Ohren schmerzten immer stärker, bis es in ihnen krachte. Na'Toth stand gelangweilt daneben. Schließlich verlangsamte der Aufzug seine Fahrt und entließ sie am Boden der Schlucht. Ivanova taumelte hinter Al Vernon her, von der Plattform herunter. Als erstes bemerkte sie die hohe Luftfeuchtigkeit, wie Dampf, der von einer heißen Dusche aufsteigt. Dann stieg ihr der Geruch von Schwefel, Magnesium und anderen scharfen Mineralien in die Nase. Während sich ihre Augen noch an die Dunkelheit gewöhnten, ging Ivanova um einen kleinen Geysir herum, der aus dem Schieferboden blubberte und heißen Dampf gegen ihre Knöchel entließ. Die Hitze und der Dampf in der Höhle hatten eine beruhigende Wirkung. Ivanova lockerte ihren Kragen, während sie Al durch die dunkle Felsspalte folgte.

Noch bevor sie in die Grotte trat, hörte sie Stimmen und das Klirren von Glas. Dicke Ranken streiften ihr Haar, als sie unter einem natürlichen Rundbogen hindurchschlüpfte. Plötzlich war sie von feuchten Lianen umgeben. Pflanzen und Dampf schienen gleichermaßen die moosbewachsenen Wände der Grotte hinabzufließen. In großzügigen Abständen waren Eßtische aufgestellt, an denen elegant gekleidete Narn saßen. Sie warfen den Menschen zwar mißtrauische Blicke zu, wandten ihre Aufmerksamkeit aber schnell wieder ihren Mahlzeiten und Gesprächen zu. Al Vernon stürzte vorwärts, ohne die Gäste eines Blickes zu würdigen. Er schien ein bestimmtes Ziel zu haben.

In der zivilisierten, feuchtwarmen Umgebung entspannte sich

Ivanova langsam. Ihre Wachsamkeit ließ nach, als sie aus der Grotte in einen Steingarten mit heißen Quellen kam. Sie japste, als sie plötzlich von einem eiskalten Luftzug erfaßt wurde und ihr ein Schauer über den Rücken lief. Ohne sich weiter Gedanken zu machen, stolperte sie weiter, bis sie wieder eine wärmere Stelle erreicht hatte. Dort blieb sie bewegungslos in den Dämpfen stehen, die aus einem heißen Wasserloch aufstiegen. Die schweren Schwefel- und Methan-Gase störten sie kaum. Der Geruch von Methan war ihr vertraut. Während ihr Körper sich in dem heißen Nebel langsam wieder erwärmte, sah sie sich die urzeitliche Landschaft am Boden der Hekba-Schlucht genau an. Genau wie oben, stellten auch hier die in die Laufbänder eingelassenen grünen Leuchtfäden die einzige Beleuchtung dar. Pfade wanden sich durch das unebene Gelände, gezackte Felsen ragten aus dem Boden, und diverse Geysire, Teiche und Quellen blubberten vor sich hin. Man hatte den Boden der Schlucht wohl in seinem natürlichen Zustand belassen, dachte Ivanova, mit Ausnahme einiger vereinzelter Getreidefelder und der eleganten Restaurants und Gasthäuser. Dezentes Gelächter vermischte sich mit dem Gurgeln und Blubbern der heißen Quellen. Sie dankte Gott für die Erdwärme, selbst wenn sie, wie hier, ungebändigt auftrat.

Garibaldi und Na'Toth waren stehengeblieben, um die Grotte zu besichtigen, und Al Vernon war außer Sichtweite. Sie hoffte, daß er nicht auf Nimmerwiedersehen verschwunden war, aber sie konnte sich nicht vorstellen, daß ein Mensch sich mitten in der Nacht auf dem Heimatplaneten der Narn weit entfernen würde.

»Vorsicht, hier gibt es kalte Luftströmungen«, warnte sie Garibaldi, als dieser mit Na'Toth aus der Grotte kam. In seinen Haaren hingen Fasern, die an Seetang erinnerten. Der Sicherheitschef schaute sich vorsichtig um, als wäre er in der Lage, die kalten Strömungen zu sehen.

»Sie werden es schon merken, wenn Sie eine erwischt«, versicherte sie ihm.

Na'Toths Augen wurden schmal. »Wohin ist Mr. Vernon gegangen?«

»Keine Ahnung«, erklärte Ivanova, »aber ich habe hier ein ausgesprochen warmes Plätzchen gefunden und würde es nur sehr ungern verlassen.«

Garibaldi rümpfte die Nase. »Das riecht hier wie im Umkleideraum meiner alten Schule.«

»Mich erinnert der Geruch eher an den Chemieunterricht«, meinte Ivanova. »Hören Sie, auch wenn es Als letzte Tat war, uns hier herunterzubringen, bin ich ihm für seine Hilfe dankbar. Allerdings brauchen wir einen Plan. Wo sollen wir die Nacht verbringen? Das sieht hier alles ziemlich teuer aus.«

Na'Toth zückte ein kleines Funkgerät. »Captain Vin'Tok hat mir vor unserem Aufbruch ein Com-Link gegeben. Er hat gesagt, wir könnten damit das Schiff rufen und ein Shuttle anfordern. Egal, was Mr. Vernon behauptet, vielleicht gibt es ja doch eine Möglichkeit, den Planeten heute nacht zu verlassen. Ich wette, wir könnten die Nacht auf der *K'sha Na'vas* bequemer verbringen.«

»Klar«, stimmte Garibaldi zu, »dann könnten wir auch Kontakt zu Captain Sheridan aufnehmen. Versuchen wir's doch. Sollen Al und der gute alte Ha'Mok doch sehen, wo sie bleiben.«

»Nur zu«, sagte Ivanova zu Na'Toth.

Die Narn schaltete das Gerät ein und wartete, bis es mit einem Piepsen seine Bereitschaft anzeigte. »Attaché Na'Toth an *K'sha Na'vas*«, meldete sie sich, »Captain Vin'Tok, bitte.« Als sich niemand meldete, wiederholte sie: »Attaché Na'Toth an *K'sha Na'vas.* Captain Vin'Tok, bitte. Dringlichkeitsstufe eins – melden Sie sich!« Sie klopfte mit dem Finger auf das Gerät. »So wie es aussieht, funktioniert es einwandfrei. Ich habe schon früher mit diesen Kompaktgeräten gearbeitet. Sie sind so verschlüsselt, daß sie auf nur einer Frequenz senden und empfangen können. Deshalb sind sie normalerweise sehr zuverlässig.«

»Vielleicht sitzen wir zu tief in dieser Schlucht«, vermutete Garibaldi.

»Das dürfte nichts ausmachen.« Enttäuscht unternahm Na'Toth einen weiteren Versuch. Sie wiederholte denselben Text, mit demselben Ergebnis. Allerdings las sie diesmal die Anzeige auf dem kleinen Bildschirm des Gerätes ab. »Außer Reichweite«, erklärte sie verwirrt. »Diesem Gerät zufolge ist die *K'sha Na'vas* außer Reichweite. Dafür gibt es nur eine Erklärung. Sie muß die Umlaufbahn verlassen haben.«

»Wieso sollte sie die Umlaufbahn verlassen?« fragte Garibaldi ungläubig.

Na'Toth richtete sich auf. »Ich weiß es nicht.«

12

G'Kar schmiegte sich an Da'Kals Brust und versuchte sich einzureden, daß er nicht aufstehen und gehen müßte. Aber er wußte, daß das nicht stimmte. So sicher, wie er wußte, daß sein Name nicht Ha'Mok war, wußte er, daß er wichtige Aufgaben vernachlässigte und Freunde, die einiges für ihn riskierten. Er war auf seine Heimatwelt gekommen, um seine Feinde zum Schweigen zu bringen, nicht um sie zu bedauern und ihnen größere Summen zu vererben! Trotzdem war genau das geschehen, nur weil er leicht beeinflußbar war und seiner Frau nicht widerstehen konnte.

Zugegeben, sie war eine besondere Frau. Viele Männer hätten eine solche wunderbare Partnerin wie Da'Kal nicht für alle Beförderungen und Ehrungen des Universums im Stich gelassen, aber G'Kar war nicht einer von ihnen. Andernfalls hätte ihn Da'Kal wohl auch nicht geheiratet, vermutete er. Er war nicht der ideale Mann für sie – ein junger Narn, der einem niederen Kreis angehörte und außer Orden nicht viel zu bieten hatte –, aber sie war die ideale Frau für ihn. Unter ihrem Schutz hatte er gelernt, wie man sich einschmeichelt und in den Kreisen aufsteigt. Schon bald hatte er sie an Ehrgeiz und Skrupellosigkeit übertroffen. Sie war stolz auf seine Leistungen, hielt aber auch einen gewissen Abstand zu ihm, als wäre er ein Experiment, das schiefgegangen war. Er hatte Da'Kal nie überraschen können, nicht einmal mit seiner jüngsten List. Trotz all der anderen Frauen, die er gehabt hatte, war sie doch die einzige für ihn. Das reichte jedoch nicht aus, um ihn von seinem Weg abzulenken. Er hatte auf *Babylon 5* eine Aufgabe zu erfüllen, die weit wichtiger war als die banalen Sorgen der Narn-Gesellschaft; jeder Tag auf der Station überzeugte ihn mehr davon. Trotzdem, im Augenblick schien alles andere wichtiger zu sein als seine Karriere.

G'Kar drückte sich an Da'Kals festen Körper. Sie stöhnte bei seiner Berührung leise auf, schlief aber weiter. Trotz der Notwendigkeit zu gehen, spürte er wenig Neigung, seinen Entschluß in die Tat umzusetzen. Er mußte zugeben, daß selbst G'Kar, Angehöriger des Dritten Kreises, Botschafter auf *Babylon 5*, der bedeutendste Diplomat des Regimes, Trost und Verzeihung brauchte. G'Kar brauchte das glückselige Vergessen der körperlichen Liebe, die mit Da'Kal immer besonders befriedigend gewesen war. Einst hatte jedes Molekül ihres Körpers ihm gehört, und er wußte, wie er sie zufriedenstellen konnte. Diese Nacht erinnerte ihn an die ersten Nächte, die sie miteinander verbracht hatten, als sie ihn angenommen hatte und er der dankbare Teil gewesen war. Einen Moment lang fragte er sich, ob Da'Kal und er nicht einfach miteinander fortgehen und die strenge Gesellschaft und die übertriebenen Bindungen der Narn weit hinter sich lassen sollten. Wären sie nur ein einfacher Mann und eine einfache Frau gewesen, die einander liebten, dann hätten sich Da'Kal und er vielleicht tatsächlich ein gemeinsames Leben aufbauen können. Aber er befürchtete, daß ihm Egoismus und Ehrgeiz schon zu sehr in Fleisch und Blut übergegangen waren. Er schmiedete bereits einen Plan für seine Flucht.

Sie rollte im Schlaf von ihm weg, und er benutzte diese Gelegenheit, um seinen Arm zu befreien und aufzustehen. Es war ein seltsames Gefühl, sich aus seinem eigenen Schlafzimmer fortstehlen zu müssen, aber G'Kar hatte es nicht verdient, länger hierzubleiben. Er sammelte seine Kleider auf und schlich ins Wohnzimmer. Als er in seine Hose schlüpfte, fiel ihm wieder ein, daß er offiziell als tot galt; wenn er jemals die Gelegenheit gehabt hatte, ein neues Leben anzufangen, war sie jetzt da. Dann schüttelte er den Kopf. G'Kar hatte zuviel, wofür es sich zu leben lohnte, und je früher er mit der Familie von Du'Rog ins reine kam, desto besser.

Er hegte die verzweifelte Hoffnung, Da'Kals Blutgeld möge Du'Rogs Familie besänftigen, rechnete aber nicht wirklich damit. Sollten sie herausfinden, daß er noch am Leben war, würden sie mehr Geld verlangen, oder seinen Kopf, vielleicht auch beides. Er mußte Du'Rogs wütender Tochter von Angesicht zu Angesicht gegenübertreten und ihr eine Abfindung anbieten, die sie nicht ausschlagen konnte, oder ihr genug Angst einjagen. Wenn er nicht den Mut aufbrachte, sie zu töten, würde er mit ihr leben müssen. So verlockend der Gedanke auch sein mochte, er konnte nicht in Da'Kals Armen liegenbleiben und die Vergangenheit leugnen.

»Vergiß deine Verkleidung nicht«, sagte plötzlich eine Stimme. Er drehte sich um und entdeckte Da'Kal, die mit offenem Morgenmantel in der Tür stand. Sie warf die gefleckte falsche Glatze auf den Boden.

»Ich will dich nicht wirklich verlassen«, entschuldigte er sich.

Sie brachte ein müdes Lächeln zustande. »Du willst mich nie verlassen – immer sind deine Geschäfte schuld, deine Verpflichtungen oder es ist einfach unumgänglich.«

»Diesmal trifft jeder dieser Gründe zu«, erklärte G'Kar und zog sich einen seiner Stiefel an. »Aber sobald es vorüber ist, komme ich zurück.«

»Vermutlich. Die Frage ist, ob ich dann noch hier sein werde.«

Da'Kal schloß sanft die Schlafzimmertür. Sie schlug sie nicht hinter sich zu, sondern schloß sie einfach.

Ohne den zweiten Stiefel anzuziehen, humpelte G'Kar zu ihrer Tür und setzte zum Klopfen an. Dann erst wurde ihm klar, daß er seiner Ehefrau nichts mehr zu sagen hatte. Sie kannte alle seine Ausreden und Erklärungen auswendig. Sie wirkten bei ihr nicht mehr. Da'Kal kannte ihn wirklich besser als irgend jemand sonst. Sie wußte, daß er ebenso mutig wie pompös war, kannte seine Neigung zu Unabhängigkeit und Egoismus. Sie hatten eines gemeinsam – sie waren beide tatkräftig. Die unbeirrbare Art und Weise, in der sie darangegangen war, die Familie von Du'Rog zu besänftigen, hatte ihn erstaunt. Er dagegen hatte sich jahrelang nicht um die Sache gekümmert und so alles noch schlimmer gemacht. Sie paßten zusammen, körperlich, emotional und ihrer sozialen Stellung nach. Trotzdem rannte er jedesmal weg, wenn sie gerade dabei waren, sich näherzukommen. Immer, wenn er Da'Kal verließ, ging er dasselbe Risiko ein. Würde sie auf ihn warten, bis er zurückkehrte?

G'Kar setzte sich und schlüpfte in seinen zweiten Stiefel. Dann hob er die falsche Glatze vom Boden auf und überdeckte damit vorsichtig seine eigene Kopfzeichnung. Zuletzt setzte er die braunen Kontaktlinsen wieder ein, die sein Gesicht so freundlich aussehen ließen. Nun war er wieder Ha'Mok, ein einfaches Besatzungsmitglied der *K'sha Na'vas*.

Er ging noch einmal zu Da'Kals Tür und überlegte, ob er sich von ihr verabschieden sollte. Aber er hatte ihr immer noch nichts zu sagen. Da'Kal zu vernachlässigen mochte letzten Endes der größte Fehler seines Lebens sein, viel schwerer, als Du'Rog zu verleumden. Er wußte, daß er sich eines Tages dafür verantworten müßte, seiner Ehe so wenig Zeit gewidmet zu haben, genauso wie für alles andere.

Er kontrollierte im Spiegel ein letztes Mal seine Verkleidung und war zufrieden. Das einfache Mannschaftsmitglied schob den

Riegel zur Seite, öffnete die Tür und ging hinaus in die stürmische Nacht. Er streckte seine Nase in den Wind und schritt das Laufband zur Brücke hinab. Er hatte Na'Toth und die Menschen gebeten, in der Bar auf ihn zu warten, aber er wollte sich möglichst nicht zu lange in der Öffentlichkeit aufhalten. Er war schon genug Risiken eingegangen. Die schwächlichen Erdlinge waren inzwischen vermutlich steifgefroren, also würden sie wohl damit einverstanden sein, so bald wie möglich zur *K'sha Na'vas* zurückzukehren.

Er dachte, daß er ebensogut gleich das Shuttle anfordern konnte, und zog ein kleines Funkgerät aus seinem Gürtel. Er drückte einen Knopf und wartete auf das Piepsen, mit dem das Gerät seine Einsatzbereitschaft signalisierte. Dann begann er zu sprechen. »Ha'Mok an Captain Vin'Tok von der *K'sha Na'vas.* Melden Sie sich, Captain Vin'Tok. *K'sha Na'vas* bitte kommen. Antworten Sie, bitte.«

Als keine Antwort kam, untersuchte er das Gerät und schüttelte es an seinem Ohr. »Pah«, murmelte er, »die Erdlinge machen bessere Com-Links als das hier.« Er versuchte erneut, das Schiff zu erreichen, und las diesmal die Anzeige auf dem Gerät. Außer Reichweite? Wie, im Namen der Märtyrer, war das möglich? G'Kar versuchte ruhig zu bleiben. Er hatte sich mit Vin'Tok darüber unterhalten, daß die *K'sha Na'vas* vielleicht wegbeordert werden könnte oder sich um einen Notruf kümmern müßte. Die Wahrscheinlichkeit, daß so etwas passierte, war jedoch sehr gering. Die *K'sha Na'vas* gehörte schließlich zu den besten Schiffen der Flotte. Trotzdem hatte sie offenbar die Umlaufbahn verlassen. Es gab keine andere logische Erklärung dafür, daß sie außer Reichweite war. Unter normalen Umständen hätte G'Kar ein Dutzend Möglichkeiten gehabt, um auf diese Situation zu reagieren, vom Anfordern eines anderen Shuttles bis zum Beschlagnahmen eines Zimmers im nächstgelegenen Gasthaus. Leider waren die Möglichkeiten eines toten Mannes bestenfalls begrenzt zu nennen.

Beunruhigt steckte G'Kar das Funkgerät wieder ein und überquerte die schwankende Brücke. Er redete sich ein, daß es sich hier nur um vorübergehende Schwierigkeiten handelte. Vielleicht hatte die *K'sha Na'vas* die Umlaufbahn nur zum Auftanken verlassen, um ihre Vorräte zu ergänzen, Besatzungsmitglieder auszuwechseln oder aus welchem Grund auch immer. Das bedeutete noch lange nicht, daß er hier festsaß.

Die beruhigende Dunkelheit auf der Brücke half G'Kar, seiner Ängste Herr zu werden, und er versuchte sich davon zu überzeugen, daß seine Verkleidung beinahe idiotensicher war. Ganz besonders nachts. Selbst Narn, die ihn persönlich kannten, würden ihm wahrscheinlich nicht viel Beachtung schenken. Er mußte lediglich seine Freunde finden, dann könnten sie sich gemeinsam überlegen, was zu tun war. Der Botschafter bog entschlossen von der Brücke ab in Richtung der Kneipe, in der er seine Kameraden zurückgelassen hatte.

Lachen und heisere Stimmen drangen durch die Tür. G'Kar zögerte einen Moment, dann erinnerte er sich daran, daß Hekba eine zivilisierte Stadt ohne den üblichen Pöbel war. Er holte tief Luft und betrat die spärlich beleuchtete Schänke. Hier drei Menschen zu finden, dürfte nicht allzu schwierig sein, dachte er. Doch obwohl er in jeder Ecke des Lokals nachsah, konnte er nur junge Narn finden, die privilegierten Söhne und Töchter der machthabenden Kreise. In seiner Jugend hatte auch er zu einer solchen Clique gehören wollen, war aber nicht unreif genug dazu gewesen. Er konnte seine Abende nicht so vertrödeln wie die anderen.

»Hast du dich etwa verlaufen?« fragte ihn ein junger Adliger mit gespieltem Mitleid. »Das ist doch kein Raumhafen hier.«

G'Kar sah ihn finster an, doch bevor es zu mehr kam, erinnerte er sich wieder daran, daß er nicht als G'Kar, Angehöriger des Dritten Kreises, vor ihnen stand, sondern als gewöhnlicher Mannschaftsdienstgrad, als Arbeiter. Er verbeugte sich höflich und streckte die Hände aus. »Man hat mir gesagt, daß einige Passagiere von der Erde hier warten. Hat irgend jemand meine Passagiere von der Erde gesehen?«

»Die Menschen sind schon seit Stunden weg!« rief der Wirt.

»Und du verschwindest jetzt besser auch«, fügte einer der Gäste hinzu, »wenn du schlau bist!«

Nun ging das heisere Lachen auf seine Kosten, aber G'Kar lächelte und verneigte sich wieder. Er hatte so lange auf *Babylon 5* gelebt, daß er vergessen hatte, wie wenig willkommen Angehörige der niederen Stände in manchen Gegenden nach Einbruch der Dunkelheit waren. Während er sich wiederholt verbeugte, ging er rückwärts zur Tür und stieß so gegen einen hünenhaften Narn in schwarzer Uniform. »He, paß gefälligst auf!« schimpfte der Ranger und schubste G'Kar zur Seite. »Verschwinde auf dein Schiff.«

»Schon unterwegs«, versicherte G'Kar dem Ranger und berührte bei seiner nächsten Verbeugung beinahe mit der Stirn den Boden. Zum Beweis für seine Eile stürzte er das Laufband entlang, das zum Rand der Schlucht führte. Der Ranger nickte zufrieden und verschwand in der Bar. G'Kar wandte sich sofort wieder um, schlüpfte an dem Lokal vorbei und tiefer in die Hekba-Schlucht hinab. Nun war er besorgt. Es war kein gutes Zeichen, daß sowohl die *K'sha Na'vas* als auch seine Kameraden verschwunden waren. Zugegeben, er hatte sich zu lange nicht von Da'Kals Bett losreißen können, und er konnte es den Menschen nicht verübeln, daß sie nicht stundenlang an der kühlen Luft auf ihn gewartet hatten. Und in der Kneipe hielten sich äußerst unangenehme Gäste auf. Vermutlich waren die Menschen auf das Schiff zurückgekehrt, sagte G'Kar zu sich selbst. Ja, das war eine logische Antwort auf das eine Rätsel, es erklärte jedoch nicht, wieso auch Na'Toth verschwunden war. Na'Toth hätte sich seiner gefährlichen Lage bewußt sein und auf ihn warten müssen. G'Kar hielt inne. Und wenn sie nicht auf das Schiff zurückgekehrt waren? Wohin würden die Menschen gehen? Tiefer in die Schlucht hinunter, wo es wärmer war, konnte er sich vorstellen. An einen Ort, an den er sich nicht wagen konnte.

Sie konnten es sich erlauben, dort hinabzusteigen, sie kamen von einem anderen Planeten. Er dagegen würde in der Uniform eines Mannschaftsdienstgrades aus der Menge herausragen wie die Haartracht eines Centauri. Außerdem hatte er kein Geld. Seinen Notgroschen hatte er Al Vernon gegeben. Er konnte sich seine Freunde und Bekannten bei einem späten Abendessen in der Grotte vorstellen, von dem Dampf gewärmt, der aus den zischenden heißen Quellen aufstieg. Womöglich brachten sie einen Trinkspruch auf seine dahingegangene Seele aus.

Er sah nach oben zu den Sternen, die über der riesigen Spalte im Boden funkelten, und fragte sich, wieso er so verrückt gewesen war, an diesen Ort zu kommen. Alleine, ohne Geld und als Unbekannter in seiner Heimatstadt, noch dazu als einfacher Mannschaftsdienstgrad verkleidet – dies mußte die Sühne für ein paar fürchterliche Sünden sein. Der Gedanke, sich zu erkennen zu geben, sein Geheimnis zu verraten, erschien G'Kar verlockend. Was konnten ihm die Narn Schlimmeres antun als er sich selbst? Er war in der Hölle, weder lebendig noch tot, gefangen zwischen Himmel und Erde. G'Kar versuchte, sich in den Schatten entlang der Felswand zu verbergen, in der Hoffnung, der Obrigkeit nicht aufzufallen. Er vertraute darauf, daß Na'Toth irgendwann zur Bar zurückkehren würde, weil sie der vereinbarte Treffpunkt war. Außerdem sah er keinen Grund, sich allzuweit von Da'Kals Haus zu entfernen, für den Fall, daß er eine sichere Zuflucht brauchte. Er dachte darüber nach, gleich dorthin zurückzukehren, aber sein Stolz erlaubte es ihm nicht. Für alle Fälle hatte er noch seine gefälschte Identicard und die Ausrede, nach Passagieren von der Erde zu suchen.

G'Kar ließ sich in einer Felsspalte nieder und hoffte, die Erdlinge würden den Abend auf angenehmere Weise verbringen als er.

Ivanova, Garibaldi und Na'Toth standen vor der Grotte und starrten einander mürrisch an. Sie hatten keine Lust mehr, darüber zu diskutieren, was sie tun sollten. Na'Toth wollte zur Bar zurückkehren, um nach G'Kar zu suchen, und Ivanova wollte Kontakt zu Captain Sheridan aufnehmen. Al war noch nicht wieder aufgetaucht, also konnten sie ihn nicht nach seiner Meinung fragen. Garibaldi war damit zufrieden, neben einem kleinen blubbernden Wasserloch zu stehen, das wie die Pest stank, aber seine Füße in warmen Dampf hüllte. Alle drei wollten Kontakt zur *K'sha Na'vas* aufnehmen, aber diese Möglichkeit hatten sie offenbar nicht. Und selbst wenn sie eine Verbindung zur *K'sha Na'vas* bekommen hätten, keiner der Menschen wollte den stetig fallenden Temperaturen oben an der Schlucht trotzen.

»Wir können G'Kar nicht im Stich lassen«, flüsterte Na'Toth und brachte damit ihr Lieblingsargument vor.

Ivanova seufzte. »Wir haben eine Menge für G'Kar geopfert. Vielleicht sollten wir uns jetzt zur Abwechslung um unseren eigenen Kram kümmern, anstatt um den von G'Kar. Wir hatten seit Tagen keinen Kontakt zu unserem Vorgesetzten mehr, und wir können die *K'sha Na'vas* nicht erreichen. Wir haben jemanden unterstützt und sogar ermutigt, der in betrügerischer Absicht seinen eigenen Tod vorgetäuscht hat. Die Heimatwelt der Narn ist nachts zu kalt für uns Menschen, und wir sind jetzt offenbar in der Gegend mit den superfeinen Nachtclubs gelandet.«

Garibaldi unterbrach sie. »Außerdem haben wir Al verloren, und für den bin ich verantwortlich. Wohin, haben Sie gesagt, ist er gegangen?«

Ivanova seufzte. »Er ist nach rechts aus der Grotte gegangen. Ich habe ihn aus den Augen verloren, als die kalte Strömung mich erwischte.«

»In Ordnung.« Garibaldis Blick wanderte zu zwei Narn, die zwischen den blubbernden Wasserlöchern spazierengingen. Er sah ihnen nach, als sie in der Grotte verschwanden. Nun wurde ihm klar, woher G'Kars übertrieben affektierte Art kam. In seiner Bevölkerungsschicht war das so üblich. Etwas weiter in dieser extravaganten Grotte bewegte sich ein farbenfroher Punkt zwischen den adligen Narn. Er wirkte völlig fremd, wie eine bunte Papierflagge in einem Meer von Bronzestatuen.

»Entschuldigen Sie mich«, sagte Garibaldi zu den beiden Damen und löste sich von ihnen. »Al! Wir sind hier drüben!«

»Garibaldi«, rief der Händler und ruderte mit seinen kräftigen Armen. Die Narn beobachteten die linkischen Menschen aus den Winkeln ihrer Reptilienaugen, aber die beiden Männer trafen nur aufeinander und unterhielten sich mit gedämpften Stimmen. Also wandten sich die Einheimischen wieder ihren höflichen Diskussionen zu.

»Wo sind Sie gewesen?« wollte Garibaldi wissen, der vermutete, daß sich Al etwas Zeit für seine eigenen Geschäfte genommen hatte.

»Ich habe versucht, eine Übernachtungsmöglichkeit für uns zu finden.« Garibaldis vorwurfsvoller Tonfall schien den Händler verletzt zu haben. »Und ich war erfolgreich, auch wenn es nicht billig wird.«

»Warum überrascht mich das nicht?« stöhnte Garibaldi und drehte sich um. Dabei sah er Na'Toth und Ivanova, die zu ihnen stießen. Keine der beiden schien über Als Rückkehr sonderlich erfreut zu sein. Sie blickten ihn mürrisch an.

»Sie sind unser Fremdenführer, und wir haben Führung nötig«, erklärte Ivanova.

Na'Toth verschränkte die Arme. »Ich werde nach oben gehen und auf unseren vermißten Kameraden warten.«

»Einen Augenblick, bitte«, bat Al. »Hören Sie sich erst an, was ich für Sie arrangiert habe. Hier gibt es mehrere Gasthäuser, aber jetzt in der Saison sind alle ausgebucht. Aber ich habe einen alten Geschäftspartner von mir, den Direktor des *Hekbanar Hotels,* dazu überreden können, uns seine zweitbeste Suite zu überlassen. Soviel ich weiß, hat sie zwei Zimmer, also können wir in derselben Aufteilung schlafen wie auf der *K'sha Na'vas.*«

Garibaldi räusperte sich. »Und wieviel Prozent der Hotelkosten stecken Sie dabei ein?«

»Lieber Freund«, protestierte Al, »Sie beleidigen mich. Wenn Sie etwas Besseres finden können, lassen Sie sich nicht aufhalten. Wir werden heute nacht nicht mehr nach oben zurückkehren. Also gebietet uns die Logik, hier zu übernachten. Je eher Sie das akzeptieren, desto früher können wir es uns bequem machen.« Er blinzelte Na'Toth zu. »Im übrigen ist das jetzt die romantischste Jahreszeit in Hekba.«

»Ich werde nicht bleiben«, erklärte Na'Toth, »ich will nach Ha'Mok suchen und Kontakt zur *K'sha Na'vas* aufnehmen, wie ursprünglich geplant.«

»Ach ja.« Al zog eine druckfrische Zeitung hervor und starrte angestrengt auf die Titelseite. »Ich kann nicht mehr so gut Narn lesen wie früher, aber soweit ich es verstehe, wurde eine der Kolonien in Alarmbereitschaft versetzt. Alle Schiffe der Gruppe Gold wurden dorthin beordert, die *K'sha Na'vas* eingeschlossen.«

»Wie ungewöhnlich«, meinte Na'Toth und riß ihm die Zeitung aus der Hand. »Die Gruppe Gold ist die persönliche Flotte des Inneren Kreises. Sozusagen unser letztes Aufgebot im Verteidigungsfall. Was für ein Pech für B . . .« Sie wollte gerade »Botschafter« sagen, ertappte sich aber bei der ersten Silbe. »Beinahe jeden«, beendete sie ihren Satz.

»Ist die *K'sha Na'vas* wirklich fort?« fragte Ivanova.

Na'Toth schlug eine andere Seite der Zeitung auf und nickte langsam. »Sie ist fort. Allerdings scheint es hier eher darum zu gehen, Stärke zu demonstrieren, als tatsächlich zu kämpfen. Ich schätze, wenn man jemandem zeigen wollte, wie eine Narn-Flotte aussieht, gäbe die Gruppe Gold ein eindrucksvolles Beispiel ab.«

Al klatschte in die Hände. »Wer wird denn gleich so verdrießlich sein? Ich kann Ihnen aus eigener Erfahrung versichern, daß es auf diesem Planeten schlimmere Orte gibt, um die Nacht zu verbringen, als auf dem Grund der Hekba-Schlucht. Und sehr viel schlechtere Gasthäuser als das *Hekbanar*. Wenn Sie dann morgen immer noch ins Grenzgebiet wollen, werde ich Sie hinführen. Früh morgens ist die Temperatur genau richtig, und um diese Zeit kann man auch sicher dort hingelangen. Wir brauchen kein Shuttle – man kann die öffentlichen Verkehrsmittel benutzen.«

»Stimmt das?« fragte Garibaldi Na'Toth.

Diese nickte abwesend. »Wir haben hervorragende öffentliche Verkehrsmittel auf unserer Heimatwelt. Nachdem ich diese Neuigkeiten gehört habe, bin ich entschlossener denn je, Ha'Mok zu finden. Lassen Sie das Zimmer für uns reservieren – wir treffen uns im Hotel.«

Al räusperte sich. »Wollen Sie wirklich ein einfaches Mannschaftsmitglied hier herunterbringen? Sie wissen besser als ich . . .«

Na'Toth runzelte die Stirn. »Wir werden vorsichtig sein.« Damit machte sie sich entschlossen auf den Weg in Richtung Grotte. Garibaldi sah ihr nach, bis sie unter ein paar triefenden Ranken hindurchschlüpfte und in der Höhle verschwand.

»Gehen Sie voran«, seufzte Ivanova resigniert.

Ein vor Enthusiasmus sprühender Al Vernon führte sie das Laufband hinunter, an einer Reihe edler Boutiquen, Spielsalons und Straßencafés vorbei, zwischen denen immer wieder zischende Geysire und übelriechende Wasserlöcher zu sehen waren. Die luxuriösen Vergnügungsbetriebe waren mit Narn überfüllt, die so steif und wohlerzogen wie Schaufensterpuppen wirkten. Garibaldi mußte sich ins Gedächtnis rufen, daß diese erschöpft aussehenden Snobs gnadenlose Eroberer waren, die Dutzende von Sonnensystemen unterworfen hatten und große Teile des Weltalls für sich beanspruchten. Ihre Urgroßeltern waren noch Sklaven gewesen. Die Narn registrierten ihre Besucher, als diese an ihnen vorbeimarschierten, der Anblick von hochgestellten Außerweltlichen schien sie jedoch kaum zu interessieren.

Garibaldi gewöhnte sich langsam an den Gedanken, die Nacht in einem luxuriösen Hotel zu verbringen. Schließlich kam er nicht oft in den Genuß von Luxus, also sollte er sich vielleicht nicht gegen diese Gelegenheit wehren. Captain Sheridan würde sich schon mit der hohen Spesenrechnung abfinden.

»Ihr da!« hörte er plötzlich eine tiefe Stimme rufen.

Alle drei Menschen blieben stehen und drehten sich um. Garibaldi entdeckte drei Narn auf einem Balkon im ersten Stock über einem Café. Die Narn in dem Café sahen zu dem Balkon hoch und nickten beifällig. Zwei der Narn auf dem Balkon waren breitschultrige Männer, die dritte jedoch eine elegant gekleidete Frau in einem dunklen Kleid und Goldschmuck.

»Können wir euch sprechen, Erdlinge?« fragte der Mann mit der tiefen Stimme etwas höflicher.

Garibaldi zuckte mit den Schultern. »Wieso nicht.« Er ging mit seiner kleinen Gruppe durch das Café in den Innenhof unterhalb des Balkons.

Die beiden Männer wichen zurück, als wollten sie der Frau Platz machen, die sich nun über die Brüstung beugte, um sie näher zu begutachten. Jetzt erkannte Garibaldi sie – es war die Adlige, die an G'Kars Trauerfeier teilgenommen und Da'Kal besucht hatte, als sie ebenfalls dort aufgetaucht waren.

»Ich bin Ra'Pak«, sagte sie liebenswürdig. »Und Sie sind die Delegation von *Babylon 5*. Wir sind uns heute schon zweimal begegnet, hatten aber keine Gelegenheit, uns zu unterhalten.«

Beide Male hatte sie nicht den Eindruck erweckt, an einer Unterhaltung interessiert zu sein, soweit sich Garibaldi erinnern konnte, aber jetzt hatten sie ihre Aufmerksamkeit. Bevor er etwas sagen konnte, vollführte Al eine übertriebene Verbeugung. »Hoheit, ich bin Al Vernon, ein ehemaliger Einwohner dieses lieblichen Planeten. Dies sind Commander Susan Ivanova und Sicherheitschef Michael Garibaldi. Es ist uns eine Ehre, mit einer Angehörigen des Inneren Kreises zu sprechen.«

Ra'Pak nahm das Kompliment mit einem Nicken auf. »Ich hatte keine Ahnung, daß Sie in Hekba übernachten wollten. Ich möchte lediglich sichergehen, daß Sie haben, was Sie brauchen. Benötigen Sie irgend etwas?«

Ivanova antwortete rasch. »Wir müßten Kontakt zu unserem Vorgesetzten auf *Babylon 5* aufnehmen. Das Schiff, das uns hierhergebracht hat, wurde abberufen, und jetzt wissen wir nicht, wohin wir uns wenden sollen.«

Die elegante Frau richtete sich auf und redete kurz mit dem Mann, der links neben ihr stand. Dieser nickte ernst und ging ins Haus. »Mein Cousin, dem diese Villa gehört, wird Ihnen seinen Netzanschluß zur Verfügung stellen. Er kommt nach unten, um Sie einzulassen. Ich wünsche Ihnen einen angenehmen Aufenthalt bei uns.« Damit kehrte Ra'Pak in den Festsaal zurück.

Garibaldi wartete mit den anderen vor der Tür unterhalb des Balkons; sie wirkte wie ein Kirchenfenster, das gespenstisch schimmerte. Schließlich wurde klar, was das eigenartige Schimmern verursacht hatte: Der hochgewachsene Narn, der ihnen die Tür öffnete, trug einen Leuchter mit brennenden weißen Kerzen.

Er verbeugte sich höflich. »Wollen Sie nicht eintreten?«

Al Vernon wollte sich an Garibaldi vorbei durch die Tür drängeln, aber der Sicherheitschef hielt ihn zurück. »Verstehen Sie das nicht falsch, Al, aber wir wollen alleine mit unserem Captain sprechen.«

»Kein Problem«, erklärte Al und deutete zur Treppe, »ich werde oben warten. Wenn man die Gelegenheit bekommt, mit diesen Leuten ein Schwätzchen zu halten, läßt man sie nicht einfach sausen.« Er eilte ins Haus.

Garibaldi zuckte mit den Schultern, warf Ivanova einen unschuldigen Blick zu und folgte ihm. Die Eingangshalle erinnerte den Chief an ein Spiegelkabinett auf dem Rummelplatz. Die Wände vervielfältigten das Kerzenlicht, so daß der Eindruck entstand, daß sie vor einer unendlichen Reihe von flackernden Kerzenleuchtern standen. Außerdem gab es sanft pulsierende Lichter, die in Boden und Decke eingelassen waren, was sowohl verwirrend als auch auf seltsame Weise beruhigend wirkte. Garibaldi mußte seinen Blick mit einer Willensanstrengung von den hypnotisierenden Lichtern abwenden, um sich auf das Gesicht ihres Gastgebers konzentrieren zu können.

»Ich bin R'Mon vom Dritten Kreis«, stellte sich der Mann mit einer feierlichen Verbeugung vor.

»Schlimm, die Sache mit Botschafter G'Kar, nicht wahr?« meinte Al. »Er war in seinen besten Jahren.«

»Er war ein echter Haudegen«, bemerkte R'Mon.

»Ja, er war ein echter Haudegen«, stimmte Al zu, als wäre er eng mit ihm befreundet gewesen.

»Entschuldigen Sie, Sir«, warf Garibaldi ein, »die Dame hat gesagt, Sie hätten einen Netzanschluß?«

»Ja«, nickte R'Mon. »Ich unterhalte jetzt ausgedehnte Geschäftsbeziehungen mit irdischen Firmen, also bin ich an Ihr zentrales Netz angeschlossen. Ich bin sicher, daß Ihre Codes funktionieren werden. Bitte hier entlang.« Er führte sie durch ein abgedunkeltes Boudoir. An der Decke konnte man Lichter sehen, die wie Sternschnuppen über den Himmel jagten. In einem Spiegel, an dem sie vorbeikamen, sah Garibaldi so pummelig wie Al Vernon aus. Dann stieß R'Mon eine Tür auf und bat sie in ein gut ausgestattetes Büro.

Al blieb an der Tür stehen. »Entschuldigen Sie, Sir, aber der Tagro-Geruch ist unwiderstehlich. Denken Sie, ich könnte einen kleinen Schluck von diesem göttlichen Getränk bekommen, bevor wir Ihre prachtvolle Villa wieder verlassen?«

Der Narn lächelte. »Natürlich, Mr. Vernon. Bitte, folgen Sie mir nach oben.« Er machte eine ausholende Geste zu den anderen. »Lassen Sie sich Zeit und kommen Sie bitte nach oben, wenn Sie fertig sind. Wir wollen zusammen auf G'Kar anstoßen.«

Garibaldi bedankte sich und warf einen skeptischen Blick in das spärlich beleuchtete Büro. »Entschuldigen Sie, aber werden wir hier wirklich ungestört sein?«

»Dies ist mein privates Büro«, versicherte ihm der Narn. »Für meine Geschäfte ist es von großer Wichtigkeit, daß ich ungestört arbeiten kann.«

R'Mon gab Al ein Zeichen, durch das Schlafzimmer voranzugehen, und der Mann beeilte sich, auf die Party zu kommen. Garibaldi folgte Ivanova in das Büro, das im Vergleich zu der ansonsten ausgefallenen Einrichtung des Hauses geradezu spartanisch wirkte. Ivanova konnte das Einheitsterminal problemlos bedienen. Garibaldi bewachte zuerst die Tür, schloß sie aber dann einfach. Ihm war klar, daß er ohnehin nichts ausrichten konnte, falls es hier doch Abhörvorrichtungen gab. Sie mußten R'Mon, Mitglied des Dritten Kreises, vertrauen. Trotzdem war er auf der Hut.

»Es wird ein paar Minuten dauern, bis die Verbindung steht«, erklärte Ivanova und beobachtete die Anzeigentafel, »aber das Gerät hat unsere Codes akzeptiert.«

Garibaldi steckte die Hände in die Hosentaschen. »Wie wollen Sie weiter vorgehen?«

Sie rieb sich die Augen. »Vorausgesetzt, wir bekommen heute nacht noch etwas Schlaf, würde ich sagen, wir folgen Als Vorschlag und brechen gleich morgen früh in Richtung Grenzgebiet auf. Ich bin fast dafür, der Familie von Du'Rog die Wahrheit zu sagen. Dann wissen sie wenigstens, wieso sie sich von *B5* fernhalten sollen.«

»Das geht klar«, stimmte Garibaldi zu, »aber was unternehmen wir in Sachen Ha'Mok?«

»Keine Ahnung«, meinte Ivanova gähnend und lächelte ihn an. »Tut mir leid.«

»Ich verstehe schon. Es ist warm hier drin. Das macht mich auch schläfrig.«

Sie gähnte immer noch, als Captain Sheridans kantiges Gesicht auf dem Bildschirm auftauchte. »Da sind Sie ja endlich!« sagte er erleichtert. »G'Kar ist vielleicht doch nicht tot.«

»Wir sind voll informiert«, erklärte Garibaldi und beugte sich über Ivanovas Schulter. »Unsere Verbindung ist nicht abhörsicher. Wir sollten also nicht ins Detail gehen.«

Der Captain nickte. »In Ordnung, aber in dieser Sache hat sich so viel Unerwartetes ergeben, daß ich Sie beide hier brauche. Lassen Sie sich sofort von der *K'sha Na'vas* zurückbringen.«

»Die *K'sha Na'vas* ist zu einem Einsatz beordert worden«, berichtete Ivanova, »und wir haben immer noch nicht mit dem Kha'Ri gesprochen. Wir sitzen heute nacht hier fest, aber ich denke, es wird alles gutgehen.«

Garibaldi zuckte mit den Schultern. »Vorausgesetzt, Sie genehmigen uns die Spesen.«

»Ja, ja, wenn Sie nur so bald wie möglich zurückkommen. Ich schicke Ihnen ein Earthforce-Schiff. Das wird allerdings ein paar Tage dauern. Falls Sie die Chance haben, früher zurückzukommen, nutzen Sie sie. Machen Sie sich keine Gedanken über die Kosten – die ziehe ich einfach von Ihren Zuschlägen ab.« Der Captain rang sich ein Lächeln ab und sagte, daß er sich um sie sorgte und froh wäre, wenn sie wieder zu Hause wären.

»Wir sind so bald wie möglich wieder bei Ihnen«, versprach Ivanova. »In Anbetracht dieser neuen Informationen halten wir es für angebracht, der Familie von Du'Rog einen Besuch abzustatten. Wir müssen ihnen klarmachen, daß sie nicht nach *B5* kommen dürfen. Sie können uns glauben, wir sind nicht scharf darauf, noch eine Nacht auf der Heimatwelt der Narn zu verbringen. Laut Garibaldi ist es hier kälter als im Norden des Staates New York.«

»Dann muß es wirklich ganz schön kalt sein. Seien Sie vorsichtig.«

»Wir werden uns Mühe geben.«

13

G'Kar trat von einem Fuß auf den anderen. Er fühlte sich nicht gerade wohl. Wenn er sich wenigstens hinsetzen könnte, aber auf den engen Gehsteigen der Hekba-Schlucht gab es keine Bänke, nur Wind, Dunkelheit und hin und wieder einen Passanten, vor dem er sich verstecken mußte. Er versuchte immer wieder, Kontakt zur *K'sha Na'vas* aufzunehmen, hatte aber keinen Erfolg. Seine einsame Nachtwache kam ihm um so beschwerlicher vor, weil ihm Dutzende von Orten einfielen, an denen er heute nacht ein willkommener Gast gewesen wäre, wenn er nur wieder G'Kar sein könnte. Tot zu sein hatte den Reiz des Neuen verloren. Er war erstaunt, wie beliebt die schäbige Kneipe nebenan war, besonders bei jungen Narn aus besseren Kreisen. G'Kar beobachtete ihr Kommen und Gehen und fragte sich, ob er jemals so oberflächlich und arrogant gewesen war. Wahrscheinlich, aber der Gedanke war niederdrückend. Da er bisher die oberen Kreise nie wie einer gesehen hatte, der nicht dazugehörte, war ihm nie klargeworden, daß die Unzufriedenen nicht ganz unrecht hatten. Wie konnte man einfach beschließen, daß allein der Zufall der Geburt über die Zukunft eines Narn zu bestimmen hatte?

Bestimmt waren manche aus dem einfachen Volk für die Aufgaben, für die man diese verwöhnten Kinder ausbildete, besser geeignet. Trotzdem würden sie nie eine Chance bekommen. Bestenfalls durften sie an Bord eines Raumschiffes wie der *K'sha Na'vas* Dienst tun, wo sie etwas von der Welt außerhalb des Narn-Reiches zu sehen bekamen, bis sie starben und ohne viel Aufwand irgendwo verscharrt wurden.

G'Kar hörte Stimmen und drehte sich um. Er sah zwei große Gestalten, die sich ihm von unten her näherten. Als sie die oberste Stufe der Treppe erreichten und seine Ebene betraten, zog er sich wieder in einen Spalt zwischen den Felsen zurück, um sich unsichtbar zu machen. Es schien für einen Narn der Unterschicht furchtbar einfach zu sein, unsichtbar zu werden. Aber nicht dieses Mal.

Einer der Männer leuchtete ihm direkt ins Gesicht. Er hob die Hände, um seine Augen vor dem blendenden Licht zu schützen, aber der andere trat vor und drückte seine Hände wieder nach unten. G'Kar spannte seine Muskeln, bereit zu kämpfen. Dann wurde ihm bewußt, daß diese Männer zu den Rangern gehörten und er in den falschen Kleidern am falschen Ort war.

»Bei uns sind Beschwerden eingegangen, daß auf dieser Ebene jemand herumlungert«, erklärte der, der seine Hände heruntergedrückt hatte. »Zeig uns dein Gesicht.«

»Ja, Sir«, antwortete G'Kar, drehte sein Gesicht von einer Seite zur anderen und kniff die Augen zusammen. »Kann ich sonst noch etwas für Sie tun?«

»Allerdings. Was hast du hier verloren? Das ist nicht der richtige Ort, um deinen Heimaturlaub zu verbringen.«

»Mein Name ist Ha'Mok, und ich gehöre zur Mannschaft der *K'sha Na'vas*«, rapportierte G'Kar, mit möglichst viel Stolz auf diesen niedrigen Posten in der Stimme. »Ich warte hier auf meine Passagiere.«

»Gehört die *K'sha Na'vas* nicht zur Gruppe Gold?« wollte der andere Offizier wissen.

»Ja«, erklärte G'Kar zögernd und fragte sich, ob das irgendeine Bedeutung hatte.

»Dann ist hier irgendwas faul. Deine Flotte ist in einer Mission unterwegs. Hast du eine Identicard?«

»Ja«, antwortete G'Kar und schluckte nervös. Er tastete hastig in seiner Weste nach dem verlangten Ausweis und überlegte sich, wie groß die Schwierigkeiten wohl waren, in denen er steckte. Wenn sie ihn mit auf die Wache nahmen, würde er durchsucht und entlarvt werden, und er wußte nicht, ob er den Rangern trauen konnte.

Er lächelte seine Peiniger freundlich an und händigte ihnen seine Identicard aus. Einer der beiden riß sie ihm aus der Hand und steckte sie in ein kleines tragbares Terminal. Sie starrten ihn bedrohlich an, während sie auf die Ergebnisse der Überprüfung warteten.

»Ich bin Ha'Mok von der *K'sha Na'vas*«, versicherte er nochmals.

»Ein seltsamer Ort, um auf Passagiere zu warten«, meinte der mit der Lampe. »Besonders, wenn dein Schiff Lichtjahre von hier entfernt ist.«

G'Kar zuckte mit den Schultern und versuchte, weiterhin zu lächeln, aber seine Zuversicht schwand dahin. Er konnte sich an eine Zeit erinnern, in der er selbst Verdächtige gemeldet hatte, die sich in Hekba herumtrieben, und er fragte sich, ob man diese Leute auch mit solcher Verachtung behandelt hatte. Vermutlich ja, denn das soziale Leben der Narn war streng reglementiert.

»Seine Identicard ist in Ordnung«, berichtete der eine Ranger. Er klang enttäuscht. »Ich finde, wir sollten ihn trotzdem mitnehmen. Sowohl sein Verhalten als auch seine Geschichte sind verdächtig.«

»Ich sage die Wahrheit!« protestierte er. Trotzdem packten ihn die beiden Ranger an den Armen und zerrten ihn grob bis an das Geländer. Einen Moment lang befürchtete G'Kar, sie würden ihn hinunterwerfen.

»Also hier treibt sich mein Diener herum!« rief plötzlich eine Stimme. Die drei Männer wirbelten herum und sahen eine hochgewachsene Narn-Frau auf sich zukommen. Als der eine Ranger ihr ins Gesicht leuchtete, war G'Kar so erleichtert wie nie zuvor in seinem Leben, einen anderen Narn zu sehen. Es war Na'Toth!

Er verbeugte sich vor ihr. »Guten Abend, Herrin. Ich habe ihnen erklärt, daß ich auf Sie gewartet habe.«

Die Ranger blickten Na'Toth mißtrauisch an, und einer von ihnen knurrte: »Wer sind Sie?«

Sie packte seine Hand und lenkte den Strahl seiner Lampe auf das Abzeichen an ihrer Brust. Attaché Na'Toth von der Botschaft auf *Babylon 5* und rechte Hand von Botschafter G'Kar.«

»Oh«, rief der Ranger aus und nahm Haltung an. »Man hat uns von einer verdächtigen Person berichtet ...«

»Ich wurde aufgehalten«, erklärte Na'Toth, »er hat meine Befehle vorbildlich befolgt, indem er auf mich gewartet hat.«

»Aber sein Schiff ist abgeflogen ...«

»Vorübergehend und sehr plötzlich«, beschied ihm Na'Toth. »Sie wissen, daß die Gruppe Gold den Heimatplaneten nie für lange Zeit verläßt. Ha'Mok ist der Pilot meines Shuttles. Komm!« Sie schubste G'Kar vor sich her, und er schlurfte dankbar das Laufband entlang.

Die Ranger sahen ihnen noch eine Zeitlang nach, folgten ihnen aber nicht. Trotzdem blieben G'Kar und Na'Toth erst stehen, um zu reden, als sie von den uniformierten Vertretern der Obrigkeit weit entfernt waren.

»Das war knapp!« stöhnte G'Kar erleichtert. »Wo sind Sie gewesen?«

Na'Toth zog eine ihrer haarlosen Augenbrauen hoch. »Dieselbe Frage könnte ich Ihnen stellen.«

»In Ordnung«, murmelte G'Kar, »jetzt sind wir quitt. Was ist aus den Menschen geworden? Haben sie es geschafft, rechtzeitig zur *K'sha Na'vas* zurückzukehren?«

»Die *K'sha Na'vas* ist abgeflogen, und keiner von uns hat etwas davon mitbekommen«, erklärte Na'Toth. »Wir sind jetzt auf uns selbst gestellt, die Menschen eingeschlossen. Sie finden wenigstens, daß man es unten in der Schlucht aushalten kann.«

G'Kar schüttelte unglücklich den Kopf. »Ich habe mich auf Vin'Tok verlassen. Ist Ihnen auch schon aufgefallen, daß alle, die mir helfen wollen, nach kürzester Zeit verschwinden? Ich war schon drauf und dran, mich der Familie von Du'Rog zu stellen und ihnen die Wahrheit zu sagen.«

»Bevor wir so große Dummheiten machen, sollten wir hier verschwinden. Ich glaube, wir haben ein Zimmer im *Hekbanar Hotel.*«

»Dieser Saftladen?«

Auf der Party hatte Ivanova wieder angefangen zu zittern. Die Temperatur war erträglich, aber verglichen mit der Wärme zwischen den Geysiren war es im ersten Stock der Villa ziemlich kühl. Und nicht nur die Temperaturen. Die Narn zeigten wenig Interesse, sich mit ihnen zu unterhalten, obwohl sie sie von weitem neugierig beobachteten. Zugegeben, sie war eigentlich auch nicht in Partystimmung. Sie war damit zufrieden, das Kommen und Gehen der eleganten Gäste zu beobachten. Seit sie nach oben gekommen waren, hatte sie R'Mon nur kurz und Ra'Pak überhaupt nicht gesehen. Dafür war Al Vernon unübersehbar. Er ging von einer Gruppe Narn zur anderen und begrüßte alte Bekannte, die ihm größtenteils höflich, aber reserviert begegneten. Al machte das nichts aus; er war zufrieden damit, sich bei allen Anwesenden vorzustellen. Vielleicht suchte er nach seiner Frau oder nach jemandem, der sie kannte, kam es Ivanova in den Sinn; jedenfalls schien er sich zu amüsieren.

Jetzt ging Garibaldi auf Al zu, um ihn von der Party loszueisen. Vernon gab noch einmal jedem die Hand und ließ sich dann von Garibaldi widerstrebend zur Treppe schieben. Ivanova folgte den beiden auf dem Fuß.

»Sie versäumen eine einmalige Gelegenheit«, hielt ihnen Al vor. »Solche Persönlichkeiten treffen Sie vielleicht nirgendwo sonst.«

»Ich habe täglich mit Narn zu tun«, brummte Garibaldi. »Und zwei davon will ich in diesem Hotel treffen, von dem Sie andauernd reden. Also, zeigen Sie uns den Weg!«

Sie marschierten die Treppe hinunter und zurück in die exotisch anmutende Höhle voller Geysire, in der elegante Narn über sanft beleuchtete Wege flanierten. Al schien es plötzlich eilig zu haben, so daß Ivanova und Garibaldi kaum mit ihm Schritt halten konnten. Offenbar kannte sich Al hier sehr gut aus. Er führte sie an vier sehr ähnlich aussehenden Gasthäusern vorbei, die direkt in die Felswand gehauen waren, und blieb schließlich bei dem fünften stehen, dem *Hekbanar Hotel.*

Die Lobby des Hotels erinnerte mit Sofas, der leichten Musik und den funkelnden Lichtern an ein Etablissement von eher zweifelhaftem Ruf. Die Männer wollten anscheinend gerne mit dem Inhaber verhandeln, also beschloß Ivanova, ihnen den Spaß zu gönnen. So würde Garibaldi seinen Creditchip als erster benutzen müssen.

Ivanova setzte sich auf eines der bequemen Sofas und streckte die Beine aus. Die hypnotisch wirkenden blinkenden Lichter an der Decke und den Wänden bildeten anscheinend ein Muster. Sie legte sich zurück und beobachtete in aller Ruhe die sich ständig ändernden Leuchtpfeile an der Decke. Als die Männer zurückkehrten, war sie friedlich eingeschlafen.

»Die haben noch billigere Zimmer frei als unsere«, murrte Garibaldi.

»Das Beste an der Suite ist, daß sie im Erdgeschoß liegt«, verteidigte Al Vernon seine Wahl. »Da gibt es natürliche Quellen, in die man sich hineinlegen kann. Warm und gemütlich. Und die Lasershow ist einfach Spitze!«

»Also, dann nehmen wir sie eben«, meinte Ivanova und stand mühsam auf.

Die Windhosen jagten sich gegenseitig auf der V'Tar-Straße, also schloß Mi'Ra die Vordertür des Hauses ihrer Mutter. Sie mußte das Schloß zweimal überprüfen, weil der hartnäckige Wind die Tonlampe so heftig an die Veranda geschleudert hatte, daß sie zerschellt war. Ihre Mutter und ihr Bruder feierten immer noch den plötzlichen Geldsegen von Da'Kal und studierten alte Artikel, die Ka'Het aufgehoben hatte. Sie hat nur die aufgehoben, in denen etwas über Vaters Sturz stand, dachte Mi'Ra verärgert, und über seine mitleiderregenden Versuche, seinen Namen reinzuwaschen. Eine Sammlung über seine Triumphe hatte Ka'Het nicht, nur seine Fehlschläge waren hier dokumentiert, als wäre Du'Rog ein Versager gewesen. Die Schicksalsgläubigkeit ihrer Mutter und ihr ewiges Vertrauen darauf, daß alles von alleine besser würde, machten Mi'Ra ganz verrückt. Nachts mußte sie oft raus, bevor ihr die Decke auf den Kopf fiel.

Die junge Narn haßte ihren eigenen Zynismus, konnte ihn aber nicht abstellen. Sie konnte einfach nicht glauben, daß es bei Da'Kals Geldgeschenk keinen Haken gab. Wenn sie in ihrem jungen Leben etwas gelernt hatte, dann, daß einem für alles früher oder später die Rechnung präsentiert wurde. Ihr Vater hatte sie bezahlen müssen, sie selbst und sogar G'Kar. Letztlich würden sie erfahren, was Da'Kal im Austausch für ihr Blutgeld von Du'Rogs Familie verlangte. Bis dahin wollte sie sich mit ihrem Urteil über Da'Kals Großzügigkeit zurückhalten.

Mi'Ra trat auf die Straße hinaus und fühlte instinktiv, daß sie in dieser stürmischen Nacht nicht alleine draußen war. Es war zwar niemand in Sicht, aber hier im Grenzgebiet gab es Leute, die sich prinzipiell nur im Verborgenen bewegten. Sie blieb in Bewegung, ohne ein konkretes Ziel vor Augen, abgesehen von den unlizensierten Schänken in der Jasgon-Straße. Da gab es Löcher, in denen man alles von illegalen Drogen, Hehlerware, den Diensten einer Prostituierten bis zu Gesprächspartnern kaufen konnte, wenn man nicht allzu wählerisch war. Sie hätte sich davor fürchten müssen, in die Jasgon-Straße zu gehen, tat es aber nicht. Das Böse, das sie kannte, ängstigte Mi'Ra nicht, aber das Rascheln im Dunkeln, das sie jetzt begleitete, der Schatten, der sich bewegte, wenn sie sich bewegte.

Sie wirbelte herum, duckte sich rasch und richtete ihre PPG auf eine verstaubte, gesprungene Wassertonne. »Wer ist da? Ich schieße!«

»Bitte nicht!« antwortete ein dünnes Stimmchen. »Nicht schießen! Ich befolge doch nur meine Befehle!« Hinter der Wassertonne schossen zwei dünne Arme in die Luft.

»Bist du das, Pa'Ko?« fragte sie.

»Ja, ja!« rief der Junge. Er kam hinter der Wassertonne hervor, schlug in der Mitte der Straße ein Rad und landete sicher auf seinen mageren, nackten Beinen. Mi'Ra war es nie gelungen, Pa'Kos Alter richtig einzuschätzen – er war klein für einen Narn und sah nicht älter als zehn Umlaufbahnen aus. Aber er benahm sich oft viel erwachsener, und nachts war er immer auf der Straße. Sie vermutete, daß alle Bewohner des Grenzgebiets vorzeitig alterten. Sie steckte ihre Waffe zurück ins Holster. »Was soll das heißen, du befolgst Befehle?«

»Das soll heißen, ein Mann hat mir Geld gegeben, damit ich dich suche.« Voller Ehrfurcht holte er zwei schwarze Münzen aus seiner abgegriffenen Hosentasche und hielt sie ihr hin.

»Um mich zu suchen?« fragte sie beunruhigt. Sie sah sich auf der windgepeitschten Straße um und fragte sich, wer sich wohl noch in den Schatten verborgen hielt.

Der Junge schlug ein weiteres Rad und landete diesmal genau neben ihr. Er reichte ihr kaum bis zu den Schultern. »Der Mann hat mich gefragt, ob ich wüßte, wo du wohnst. Ich habe ja gesagt, wollte ihm aber dein Haus nicht zeigen – das könnte ja gefährlich sein. Ich habe mich bloß bereit erklärt, nach dir Ausschau zu halten und dir eine Nachricht zu übermitteln.«

»Wie lautet die Nachricht?« fragte sie wachsam.

»Am nördlichen Ende der Jasgon-Straße wartet ein Shuttle. Da sollst du hingehen und ihn treffen.« Pa'Ko grinste, streckte seine Hand aus und legte den Kopf schief, abwechselnd auf die linke und die rechte Seite. »Jetzt gibst du mir auch eine Belohnung.«

»Träum weiter!« spottete sie und schlug spielerisch in seine Richtung, aber der Junge wich ihr geschickt aus. »Wer ist dieser Mann?«

Pa'Ko zuckte mit den Schultern. »Seh ich so aus wie jemand, der Leute kennt, die in tollen Shuttles herumfliegen? Es wartet dort. Ich an deiner Stelle würd' hingehen, mir den Kerl ansehen.«

»Es war doch kein Mensch, oder?« fragte Mi'Ra.

Der Junge lachte, und zwar erstaunlich fröhlich. »Ein Mensch von der Erde? Die sind ja noch seltener als Shuttles!«

»Morgen werden uns ein paar Menschen suchen«, erzählte Mi'Ra nachdenklich. »Wenn du sie zuerst entdeckst, könntest du dir vielleicht etwas Geld verdienen.«

»Spitze!« rief der junge Narn. Pa'Ko starrte auf die neuerworbenen Reichtümer in seiner Hand und rannte dann davon, die Straße hinab, bis seine schlaksige Gestalt plötzlich zwischen zwei Häusern verschwand.

Mi'Ra holte tief Luft und überlegte, ob sie ihren Bruder als Verstärkung von zu Hause holen sollte. Aber jetzt, da er wieder Geld hatte, würde T'Kog keinen Finger mehr rühren, nicht einmal für eine Sekunde. Er wäre vermutlich höchstens bereit, sich auf eine Luxusreise zu begeben oder auf Haussuche. Mehr denn je fühlte sie sich allein und von allem ausgeschlossen – von ihrer Familie, ihren angeborenen Rechten, sogar von ihrem Rachefeldzug. Andererseits, dieser mysteriöse Fremde hatte den Jungen nicht beauftragt, ihre ganze Familie zu suchen, sondern nur sie.

Sie hielt sich so lange wie möglich in der Mitte der V'Tar-Straße, dann zückte sie ihr Messer und schlich in ein schmales Gäßchen. Dort konnte sie Leute sehen, die Müll verbrannten, aber sie waren ein paar hundert Meter von ihr entfernt. Sie ging an der Wand entlang, bis sie den ersten Bogengang erreichte, dann huschte sie hindurch und schlug mit dem Messer um sich. Nur die Windhosen nahmen Notiz von ihren Heldentaten und umkreisten sie voller Bewunderung.

Mi'Ra beschloß, nicht einfach die Jasgon-Straße entlangzugehen, weil ihr bewußt war, daß sie dort auf alte Bekannte treffen könnte. Um diese Zeit konnte beinahe jeder auf den Straßen des Grenzlandes unterwegs sein. Selbst in den oberen Kreisen waren die Anziehungspunkte der Jasgon-Straße nicht unbekannt. Mi'Ra hoffte, daß es sich bei dem Fremden nicht um einen Playboy handelte, der bei einer Frau landen wollte, die in Ungnade gefallen war. So verzweifelt war sie nicht darauf aus, wieder Macht zu erlangen. Mi'Ra hatte unzählige Angebote dieser Art über sich ergehen lassen müssen, seit sie in diese Bruchbude gezogen waren, aber sie hatte keines davon in Betracht gezogen. Die Tochter von Du'Rog wollte wieder zu den oberen Kreisen gehören, aber erreichen wollte sie dieses Ziel auf ihre Weise. Dazu mußte der gute Ruf ihres Vaters wiederhergestellt werden. Sie dachte nicht gerne darüber nach, wie unwahrscheinlich das war.

Die junge Narn schlich weiter an Mauern entlang und huschte durch schmale Gäßchen. Sie kam an ein paar Leuten vorbei, ging aber zu schnell, um jemandem aufzufallen. Wenn sie wollte, konnte sie sich wie eine Eidechse vorwärtsbewegen, sich blitzartig von Gefahrenherden entfernen, abwechselnd völlig stillhalten und einen Spurt einlegen, ohne viel Energie dabei zu verschwenden. Sie rannte kurze Strecken, von Wand zu Wand, von Gebäude zu Gebäude, und erreichte schließlich das Ende der Jasgon-Straße, ohne überhaupt einen Fuß darauf gesetzt zu haben. Es war so, wie Pa'Ko gesagt hatte. Da stand ein graues, nicht gekennzeichnetes Shuttle auf einem vom Wind zerzausten Feld, auf dem es einige dürre Getreidehalme niedergedrückt hatte.

Langsam näherte sich Mi'Ra dem glatten Luftgefährt, die Hand an ihrer PPG. Es war wirklich ein tolles Shuttle, besser als die der Soldaten oder Ranger. Mi'Ra registrierte eine Bewegung in dem kleinen Cockpit, und eine Sekunde lang leuchtete ein Licht auf. Sie fragte sich, ob jemand ein Bild von ihr gemacht hatte. Und wenn dem so war? Sie war nicht auf der Flucht. Ihre Erscheinung und ihre Geschichte waren wohlbekannt, auch wenn ihre Existenz in gewissen Kreisen geleugnet wurde. Sie wollte zeigen, daß sie sich nicht fürchtete und auch nicht schämte, ihnen gegenüberzutreten.

Als sie näher kam, ging die Einstiegsluke nach oben auf. Sie verharrte regungslos, mit der Hand an der Waffe. Ein Mann in Abendgarderobe kam heraus, als wäre er auf dem Weg zu einem Abendessen in der Grotte. Er sah sich in der Gegend um, um sicherzugehen, daß ihr niemand folgte oder sie belästigte. Dann nickte er ihr zu. Als sie sich näherte, winkte er sie ins Innere des teuren Shuttles.

»Eine Dame möchte Sie sprechen«, erklärte er.

»Eine Dame?« fragte sie vorsichtig. »Die Witwe Da'Kal?«

Der Mann lächelte belustigt. »Nein.«

»Kommen Sie herein«, rief eine stählerne Frauenstimme. Sie klang, als würde sie keine Albernheiten dulden. Mi'Ra stieg ohne zu zögern in das Shuttle ein. Dies war ein königlicher Befehl, und sie war noch Narn genug, um zu gehorchen.

An der Navigationskonsole saß eine Frau in einem langen, schwarzen Abendkleid, die ihre Beine verführerisch übereinandergeschlagen hatte. Mi'Ra erkannte sie sofort. Es war Ra'Pak, Angehörige des Inneren Kreises. Die junge Narn hatte ein beklemmendes Gefühl, als würde ihr jetzt die Rechnung für Da'Kals großzügige Zuwendung präsentiert, noch bevor sie eine einzige Münze ausgegeben hatte. Falls sie jetzt bedroht und aufgefordert werden sollte, zu bleiben, wo sie hingehörte, und ihren Mund zu halten, würde sie dieser Frau etwas erzählen.

»Sie sind immer wütend, nicht wahr?« fiel Ra'Pak auf.

»Ja«, antwortete die jüngere Frau, »ich habe keinen Grund, zufrieden zu sein.«

»Ich fürchte, daran kann ich auch nichts ändern.« Ra'Pak unterdrückte ein Lächeln. »Aber da Sie schon wütend sind, fällt es mir nicht allzu schwer, Ihnen etwas mitzuteilen, das Sie noch wütender machen wird.«

»Das stelle ich mir schwierig vor.«

»Da bin ich anderer Meinung. Was wäre, wenn ich Ihnen erzählen würde, daß G'Kar seinen Tod nur vorgetäuscht hat und noch am Leben ist?«

»Was?« Mi'Ra zitterte.

»Sie haben mich gehört. Es ist wahr. Ich hatte bereits den Verdacht, daß mit G'Kars Tod etwas nicht in Ordnung war, und die Erdlinge haben es mir heute nacht bestätigt.«

»Die haben ihm geholfen, seinen Tod vorzutäuschen?« fragte Mi'Ra und dachte bei sich, daß der Mensch, den sie getroffen hatte, nicht so ausgesehen hatte, als ob er für solche dunklen Machenschaften zu haben wäre.

»Nein, sie haben selbst erst vor kurzem entdeckt, was er getan hat. Ich habe sie belauscht, als sie mit ihrem Vorgesetzten auf *Babylon 5* gesprochen haben. Es besteht kein Zweifel – G'Kar lebt. Wenn Sie mir nicht glauben, können Sie ein paar Tage warten, und die Sache wird von ganz alleine an die Öffentlichkeit kommen.«

Tief erschüttert fuhr sich Mi'Ra über den Kopf. Sie konnte die Narbe an der Stelle fühlen, an der sie Shon'Kar besiegelt hatte. »Wenn er lebt, wird man mich nicht aufhalten können.«

»Oh, er lebt«, versicherte ihr Ra'Pak abermals. »Und man wird Sie nicht aufhalten, wenn Sie rasch handeln. Meine Spione glauben, daß er sich zur Zeit hier auf der Heimatwelt aufhält – vielleicht ist er sogar in einer Verkleidung mit den Menschen unterwegs. Das ist der geeignete Zeitpunkt, um zuzuschlagen, jetzt, da er totgeglaubt und leicht zu erwischen ist.«

Mi'Ra knurrte und ballte ihre Fäuste. »Diese verdammten Thenta Ma'Kur – die haben mich belogen!«

Ra'Pak zuckte mit den Schultern. »Das wäre nicht das erste Mal, daß die sich mit etwas brüsten, das sie gar nicht getan haben, dieses hinterhältige Pack.«

»Aber wieso sollte G'Kar so etwas tun?«

»Aus Angst vor Ihnen.«

Die junge Narn-Frau lächelte. Sie fühlte, wie das Blut in ihrer

Brust in Wallung kam und in ihr Gehirn und ihre Muskeln strömte. Ihre Botschaft an G'Kar war angekommen, sie würde ihn nicht nur töten, sondern ihn auch für seinen Verrat leiden lassen. Es gefiel ihr, daß er schon so sehr unter der Sache litt, daß er seinen eigenen Tod vortäuschte. Dann wurde ihr klar, daß Da'Kals Geld womöglich von G'Kar kam und mit seinem Einverständnis bezahlt worden war! Er konnte sich damit nicht freikaufen, aber sie würde ihn nicht davon abhalten, es zu versuchen. Vielleicht konnten sie sein Geld und sein Blut bekommen.

Ra'Pak nickte zufrieden. »Offensichtlich habe ich die richtige Person über diese unverfrorene Tat informiert.«

»Und wieso haben Sie es gerade mir gesagt?«

Das Gesicht der Adligen verzog sich zu einer haßerfüllten Grimasse. »Er hat nicht nur Ihnen und Ihrer Familie weh getan. Er hat jemanden verletzt, der mir sehr nahesteht, und ich will erleben, daß er dafür bezahlen muß. Leider hat er nie ein Verbrechen gegen die Regierung begangen, also bin ich machtlos. Aber niemand könnte die Ehrenhaftigkeit Ihres Shon'Kar leugnen.«

»Bestimmt nicht«, versprach Mi'Ra feierlich. »Können Sie mir helfen?«

»Das habe ich bereits getan. Seine Komplizen, die ihn begleitet haben, sind fort, und er kann sich nirgendwo sonst Hilfe verschaffen. Seine Assistentin Na'Toth hält vielleicht immer noch zu ihm und könnte uns Schwierigkeiten machen. Was die Menschen betrifft, ich denke, wir können sie außer acht lassen.«

»Da bin ich mir nicht so sicher«, meinte Mi'Ra, »wenn sie G'Kar helfen, sind sie wie seine Arme und Beine und müssen gebrochen werden. Jeder, der sich meinem Shon'Kar in den Weg stellt, gehört zum Feind.«

»Sie könnten die Menschen dazu benutzen, an G'Kar heranzukommen«, schlug Ra'Pak mit einem Funkeln in ihren rubinroten Augen vor, »aber die Einzelheiten überlasse ich Ihnen.«

»Vielen Dank, Herrin.« Mi'Ra salutierte, indem sie sich mit

ihrer Faust auf die Brust schlug. »Sie haben diese Neuigkeit der richtigen Narn anvertraut. Das werde ich Ihnen nie vergessen.«

»Erfüllen Sie nur Ihre Aufgabe«, erklärte Ra'Pak würdevoll.

Mi'Ra nickte und ging rückwärts zur Tür. Der Mann, der auf dem Feld gewartet hatte, nickte ihr zu, als wollte er ihr sagen, daß keine Gefahr bestand und sie ruhig weitergehen konnte. Dann stieg er wieder in das Shuttle. Mi'Ra lief davon. Als sie hörte, wie der Motor des Shuttles in Gang gesetzt wurde, rannte sie noch schneller. Sie erreichte das vorderste Haus der Jasgon-Straße gerade, als die Raketen zündeten. Mi'Ra drehte sich um und beobachtete, wie sich das Shuttle elegant in den nächtlichen Himmel erhob und schließlich zu den Sternen hochschoß. Während es in ihren Augen zu einer der vielen Sternschnuppen wurde, fragte sie sich, ob sie von diesem Leben nun endgültig Abschied nehmen würde. Hatte ihre Mutter recht? Gab es einen Weg zurück in die Kreise der Privilegierten?

Nein, dachte Mi'Ra, es blieben nur Erniedrigung oder Ruhm. Sie hatte genug Erniedrigungen ertragen müssen. Jetzt war die Zeit für den Ruhm gekommen.

Als Mi'Ra die Jasgon-Straße entlangging, kamen ihr unzählige Einzelheiten in den Sinn, um die sie sich kümmern mußte. Sie würde auf jedes Detail achten, denn ein gewissenhafter Attentäter brauchte einen guten Plan.

»Pa'Ko!« rief sie, »Pa'Ko, wenn du in der Nähe bist, komm heraus und zeig dich!«

Der Junge kam hinter einem Mauervorsprung hervor und schlug einen Purzelbaum. »Immer zu Ihren Diensten!« erklärte er und sprang auf die Füße.

Mi'Ra dämpfte ihre Stimme, so daß der Wind sie übertönte. »Ich bezahle dir fünf Münzen, wenn du einfach dafür sorgst, daß die Menschen – und die Narn, die sie begleiten – morgen den Weg zum Haus meiner Mutter finden. Ich bin sicher, daß sie morgen ins Grenzgebiet kommen werden.«

»Spitze!« erwiderte der Junge. »Zur Zeit muß ich eine Glückssträhne haben!«

»Ich auch, hoffe ich«, meinte Mi'Ra. Ohne ein weiteres Wort mit dem Jungen zu wechseln, lenkte sie ihre Schritte zu der berüchtigsten unter den unlizensierten Kneipen, die schlicht Bunker genannt wurde, weil sie sich in einem alten Bunker befand, den die Centauri für den Wachdienst gebaut hatten. Schon damals waren in dieser Gegend die Unerwünschten und Störenfriede untergebracht gewesen. Der Eingang des Bunkers wurde von einem stämmigen Türsteher bewacht, aber er kannte sie. Es war nie sicher, ob er sie hineinlassen würde oder nicht, denn er wußte, daß sich ihre Anwesenheit oft negativ auf den Betrieb auswirkte. Zumindest bot sie nie die Sorte Dienste an, die sich jeder von ihr wünschte. Heute eilte sie an dem Türsteher vorbei und stieß ihn dabei so heftig mit der Schulter an, daß er in seinen Sessel zurückfiel.

Als sie das dämmrige Hinterzimmer des Bunkers erreichte, sah sie eine Reihe von Taugenichtsen und Halsabschneidern – genau die Sorte, nach der sie Ausschau hielt. Sie blieb, die Hände in ihre schmale Taille gestemmt, in der Eingangstür stehen, bis sie Notiz von ihr nahmen. Natürlich folgten die üblichen derben Bemerkungen und das Gelächter, aber heute nacht konnte sie es ihnen heimzahlen.

»Sind hier drin irgendwelche von den wehleidigen Feiglingen, die der Thenta Ma'Kur dienen?« schrie Mi'Ra. Darauf verstummten die Männer sofort, und alle hörten ihr aufmerksam zu. »Wenn Diener der Thenta Ma'Kur hier sind und sich hinter den Schürzen ihrer Mütter verstecken, dann laßt sie auf die Straße hinaus, damit ich mich mit ihnen beschäftigen kann. Und was euch andere angeht, ich heuere gute Kämpfer an und zahle einen Hunderter pro Tag!«

Das hob die Stimmung im Raum beträchtlich. Von allen Seiten rief man ihr zu: »Ich bin der richtige Mann für dich!« oder »Dafür würde ich sogar meine eigenen Kinder erwürgen!«

»Ich komme wieder«, versprach sie. Sie ging am Türsteher vorbei, der ihr einen sonderbaren Blick zuwarf, sie aber nicht behinderte. Für einen Hunderter, dachte Mi'Ra, überlegte er vermutlich, ob er sich ihr anschließen sollte.

Mi'Ra betrat die Gasse und drückte sich gegen die Wand, um dem Wind zu entkommen. Sie verschränkte die Arme, wobei sie ihre PPG in der Armbeuge versteckte, und wartete ab. Sie rechnete nicht damit, lange warten zu müssen, denn die Thenta Ma'Kur hatten schließlich ein gut funktionierendes Nachrichtennetz. Sie hatte recht, denn sie spürte schon bald, wie er auf sie zukam, wie eine Eidechse auf der Suche nach einem warmen Plätzchen. Da er nichts bei sich trug, um sein Gesicht zu verhüllen, blieb er im Schatten.

»Machst du uns wieder Schwierigkeiten?« wollte er wissen.

»Ich fange erst an, euch Schwierigkeiten zu machen«, kündigte sie an. »Zuerst habt ihr den Auftrag meines Vaters verpfuscht, und dann habt ihr mir die Lüge aufgetischt, ihr hättet G'Kar getötet!«

»Haben wir?« verspottete sie der Profikiller. »Wer hat G'Kar denn umgebracht?«

»Niemand! Er lebt noch!«

Die düstere Figur richtete sich ruckartig auf, so daß sein markantes Kinn ins Licht ragte. »Machst du Witze, Mädchen? Wenn du versuchst, dir mit den Thenta Ma'Kur einen dummen Scherz zu erlauben . . .«

»Zum Teufel mit den Thenta Ma'Kur! Die Windhosen sind eine größere Gefahr für mich als ihr faulen Clowns. Ihr seid es, die sich dumme Scherze mit *mir* erlauben! Ich wollte euch nur klarmachen, daß ich mit euch fertig bin. Jetzt werde ich euch mal zeigen, wie man so was macht.«

Sie wollte sich davonmachen, aber der Mann packte sie am Arm. Er hielt sie so fest, daß es schmerzte und die Adern abgequetscht wurden. »Wenn das wahr ist, werden wir den Vertrag erfüllen«, versprach er. »Wir werden bereit sein, wenn du versagt hast.«

Mi'Ra befreite ihren Arm mit einem Ruck und brüllte vor Lachen. Es war ihr einerlei, wie verrückt das klang, denn was nützte es einem schon in dieser schrecklichen Welt, normal zu sein. Sie schlenderte davon und lachte in den Wind. Die Thenta Ma'Kur waren nur eine Versicherung, für den Fall, daß sie keinen Erfolg hatte; sie waren so zornig, daß sie es diesmal unbedingt richtig machen wollten. Trotzdem wollte sie G'Kar selbst töten und, falls nötig, auch seine Bewacher.

Al Vernons Loblied auf die teure Suite im *Hekbanar* war nicht übertrieben gewesen. Sogar die natürliche Quelle war da, die sich in ein aus dem Felsen herausgehauenes Becken ergoß. Sie befand sich in einem der Schlafzimmer. Ivanova warf die Männer hinaus, zog sich aus und tauchte darin unter. Das übelriechende Wasser war fast zu heiß, aber sie entdeckte eine kühlere Strömung, die aus einer kleinen Spalte kam, und ließ sich dort nieder. Die zwei Strömungen umspülten wohltuend ihren Körper. Ivanova lehnte sich zurück und strich mit einer Hand über die Schalttafel am Rand der Wanne. Plötzlich leuchteten an der Decke blinkende Muster auf, die mit einem Samtschwarz kontrastierten, das an die Tiefen des Weltalls erinnerte.

Ihr Gepäck war auf dem Weg zu irgendeiner entlegenen Narn-Kolonie, aber sie hatte ihre Uniform, eine dicke Jacke und jetzt sogar ein Bad. Damit konnte sie jede Reise überstehen, dachte Ivanova, obwohl sie den Kaffee vermissen würde, den man ihnen auf der *K'sha Na'vas* serviert hatte.

Auf der anderen Seite der Tür warf sich Al Vernon auf ein Plüschsofa mit einem Dutzend gestreifter Kissen. Auch Garibaldi befand sich in dem Wohnzimmer der Suite, das die beiden Schlafzimmer verband. Als Al das Licht dämpfte und so die eigenartigen Muster an der Decke zum Vorschein brachte, brach Garibaldi sein Schweigen. »Bevor Sie es sich hier allzu bequem machen, müssen wir die beiden anderen aus unserer Gruppe finden.«

»Das sind Narn«, meinte Al. »Hier kennt man alle, die ein- und ausgehen, besonders hier unten. Die werden Na'Toth erkennen, sobald sie auftaucht, und sie gleich herschicken. Um den anderen mache ich mir schon eher Sorgen, diesen Ha'Mok, aber wenn ihr sagt, daß ihr ihn braucht ... Was mich betrifft, ich ruhe mich jetzt erst mal aus.« Er verschränkte die Hände hinter dem Kopf und schloß die Augen. »Glauben Sie mir, Garibaldi, auf diesem Planeten gibt es weitaus üblere Orte als den hier.«

Der Sicherheitschef marschierte auf und ab und versuchte, sich selbst davon zu überzeugen, daß er sich wenigstens in die Lobby setzen mußte, um nach den beiden Narn Ausschau zu halten. Da klopfte es an der Tür. Er eilte zu der Kontrolltafel, mit der man sie öffnen konnte, und war über alle Maßen erleichtert, als er Na'Toth und den Botschafter erkannte, natürlich noch immer verkleidet. Garibaldis anfängliche Erleichterung schlug aber in Wut um, als ihm einfiel, wie viele Tage ihn G'Kars verrückte Aktion schon gekostet hatte. Er war drauf und dran, G'Kar anzuschreien, doch dann erinnerte er sich gerade noch rechtzeitig an Al Vernon, der unschuldig grinsend dasaß.

»Es tut mir leid«, entschuldigte sich G'Kar, sobald sich die Tür hinter ihm geschlossen hatte. »Ich entschuldige mich dafür, daß ich zu spät komme und daß ich Sie hierher und in diese Lage gebracht habe. Wo ist Commander Ivanova?«

Al deutete mit seinem fetten Daumen auf die hintere Tür. »Die muß Ihnen nicht leid tun. Sie nimmt gerade ein Bad. Aber um Sie haben wir uns Sorgen gemacht, Ha'Mok. Die sind hier nicht gerade freundlich zu den Angehörigen niederer Stände – Sie sollten besser vorsichtig sein.«

G'Kar rieb sich die Augen. »Können wir diese Unterhaltung morgen früh fortsetzen? Ich denke, wir alle benötigen etwas Schlaf.«

»Ich fühle mich hier wohl«, verkündete Al. »Ihr könnt den Jungenschlafsaal haben, Freunde.«

Na'Toth ging unvermittelt auf den pummeligen Händler zu und starrte ihn an. Al wich zurück, als ob er Prügel erwartete. Aber Na'Toth machte eine respektvolle Verbeugung. »Es war eine Leistung, uns diese Unterkunft zu besorgen. Ich jedenfalls bin froh, daß wir Sie bei uns haben.« Sie warf Garibaldi einen Blick zu. »Wenn es nach mir ginge, würde ich Sie ins Vertrauen ziehen.«

Al sprang auf die Füße und nahm ihre Hand. »Vielen Dank, meine Liebe. Aus Ihrem Mund ist das ein schönes Kompliment. Sie können mich beruhigt ins Vertrauen ziehen. Ich habe die Erfahrung gemacht, daß Leute, die einem ihre Geheimnisse offenbaren, etwas von einem wollen. Wir haben ein freundschaftliches Verhältnis zueinander, und laut Mr. Garibaldi müssen wir morgen nur noch ein Ziel ansteuern, bevor ich meine Dienste erfüllt habe.«

»Die Familie von Du'Rog?« fragte G'Kar.

Garibaldi nickte.

»Gut. Ich habe ihnen etwas zu sagen.« Damit ging er ins Schlafzimmer und schlug die Tür hinter sich zu.

Al schielte Na'Toth lüstern an. »Übermorgen werde ich ein freier Mann sein und kann mich wieder meiner Liebe zu Ihrem Heimatplaneten widmen. Das ist jetzt die schönste Zeit in Hekba – Sie können es nicht zufällig einrichten, noch ein paar Tage zu bleiben?«

Na'Toth schüttelte den Kopf. »Zuerst müssen wir abwarten, was morgen geschieht.«

»Genau«, stimmte Al zu. »Bevor wir Pläne schmieden, müssen wir abwarten, was morgen geschieht.«

14

Garibaldi mußte zugeben, daß die eingelegten Eier sehr delikat waren, aber er wollte lieber nicht fragen, von welchem Tier sie stammten. Auf jeden Fall schienen das Brot, die Brühe und die Eier den Zuspruch aller zu finden. Nur Ivanova beschwerte sich, weil es keinen Kaffee gab. Vor einer halben Stunde war die Sonne aufgegangen, und Garibaldi bestand auf einem frühen Aufbruch.

»Wie ist es überhaupt in diesem Grenzgebiet?« erkundigte er sich, ohne seine Frage an jemand im besonderen zu richten. Na'Toth und G'Kar sahen einander an, als ob sie keine Lust hätten, die Frage zu beantworten. G'Kar, der weiterhin als Ha'Mok verkleidet war, senkte den Kopf.

Al legte los. »Dort sind die Slums, das Ghetto, das untere Ende der Leiter. Tiefer kann man nicht sinken. Man kann sich nicht vorstellen, daß eine zivilisierte Gesellschaft nichts gegen die Existenz eines solchen Ortes unternimmt.«

G'Kar verzog den Mund. »Es ist ungefähr so wie in der Unterwelt auf *B5*.«

»Dann muß es gefährlich sein«, meinte Garibaldi und warf den Narn einen Blick zu. »Blöde VIPs, die wir sind, haben wir keine Waffen mitgebracht. Was haben wir also?«

Na'Toth zog ihre PPG aus dem Holster an ihrer Weste. »Die Standardausführung.«

G'Kar sah einen Moment lang nachdenklich aus, als ob er eine wichtige Entscheidung treffen müßte. Schließlich runzelte er die Stirn und zog einen Gürtel hervor, der unter seiner Tunika verborgen gewesen war. Darin steckten zwei PPGs und zwei kleine Brandgranaten.

Garibaldi nickte anerkennend. »Gut. Warum behalten Sie nicht die eine Handfeuerwaffe und geben die andere Commander Ivanova. Die Handgranaten nehme ich.«

G'Kar überreichte die eine Pistole widerwillig Ivanova und gab dann den Gürtel mit den beiden Granaten an Garibaldi weiter. Der Sicherheitschef überprüfte sie und überzeugte sich, daß er sie im Notfall benutzen konnte – im äußersten Notfall.

Dann warf er einen Blick auf Al. »Es macht Ihnen doch nichts aus, unbewaffnet zu sein, oder?«

Al zuckte mit den Schultern. »Wenn ich mich aus einer Situation nicht herausreden kann, kann ich mich wahrscheinlich auch nicht freischießen. Wir machen doch nur einen Freundschaftsbesuch, oder? Was soll dabei schon gefährlich sein?«

Alle Augen, ob die der Menschen oder Narn, richteten sich auf G'Kar. Der machte ein finsteres Gesicht und stand auf. »Mr. Vernon, Sie müssen nicht mitkommen, wenn Sie nicht wollen. Ich bin sicher, daß Na'Toth und ich uns im Grenzland zurechtfinden werden. Ich war bereits ein-, zweimal dort.«

»Oh, nein«, wehrte Al ab und sprang hoch, »ich bestehe darauf. Ihr seid alle so freundlich zu mir gewesen, Leute. Ihr habt mir den Aufenthalt in der Grotte bezahlt, mir zu essen gegeben – ich will auch meinen Beitrag leisten. Wenn Sie mich erst einmal näher kennenlernen, werden Sie feststellen, daß ich mich stets an Vereinbarungen halte.«

»Sehr lobenswert«, meinte Na'Toth. »Wir haben nicht die Absicht, uns in Gefahr zu begeben, aber Mr. Garibaldi hat recht. Das ist eine gefährliche Gegend – dort treiben sich Diebe und Halsabschneider herum –, wir wollen keine unnötigen Risiken eingehen.«

»Ich war nicht oft im Grenzland«, erwiderte Al. »Das ist vielleicht meine letzte Chance, mit anderen Menschen dorthin zu gehen. Ich kann uns zu den Außenbändern führen. Die wollen wir doch nehmen?«

G'Kar runzelte die Stirn. »Da wir kein Shuttle haben, wird uns wohl nichts anderes übrigbleiben.«

Al öffnete die Tür und trat auf den Flur, die anderen folgten ihm. Garibaldi übernahm die Nachhut. Mit den Handgranaten an seinem Gürtel fühlte er sich wie eine menschliche Zeitbombe. Unter normalen Umständen hätte er eine Routinebefragung nicht gefürchtet, auch nicht auf einem fremden Planeten. Trotzdem, es herrschte stillschweigend Einigkeit darüber, daß es an der Zeit war, G'Kars Versteckspiel zu beenden. Es war logisch, zuerst einmal der Familie von Du'Rog zu eröffnen, daß G'Kar nicht tot war.

G'Kar hatte Garibaldi von dem Geld erzählt, das er der gedemütigten Familie hatte zukommen lassen. Er hoffte, daß es ihren Haß etwas dämpfen würde. Aber Garibaldi hatte seine Zweifel, ob das bei dieser hitzköpfigen Mi'Ra funktionieren würde. Die hätte ihn gestern auf dem Laufband beinahe zerlegt. Er wurde das Gefühl nicht los, daß sie Schwierigkeiten machen würde.

Sie bahnten sich ihren Weg durch die schwach beleuchtete Lobby und traten hinaus in das strahlende Sonnenlicht, das in die Schlucht fiel und Eingänge und Höhlen erhellte. Garibaldi blinzelte und sog die erfrischende Morgenluft tief ein. Es war beißend kalt, aber nicht frostig, und die riesige rote Sonne verhieß einen baldigen Temperaturanstieg. Es würde wohl mindestens noch fünf bis sechs Stunden dauern, bis die Hitze unerträglich würde, dachte Garibaldi.

»Das sieht schon besser aus«, seufzte Ivanova genießerisch und lächelte in die Morgensonne. Sie zog ihre Jacke aus und wickelte sie mit den Ärmeln um ihre schlanke Taille. Al deutete auf die Reihe von Boutiquen und Cafés, die um diese Tageszeit größtenteils leer waren. »Wir müssen den Aufzug zur dritten Ebene nehmen. Soweit ich mich erinnern kann, beginnen dort die Außenbänder.«

»Richtig«, bestätigte G'Kar. Einen Moment lang sah es so aus, als hätte er seine Verkleidung vergessen und wollte die Führung übernehmen. Aber dann senkte er den Kopf und folgte Na'Toth, wie es sich für ihn in seiner augenblicklichen Stellung geziemte.

Sie gingen an den Quellen und Geysiren vorbei, die jetzt im Tageslicht mehr nach blubbernden Schlammlöchern aussahen als nach einem romantischen Spielplatz für wohlhabende Narn. Wortlos durchquerten sie die Grotte und schlüpften unter den funkelnden Ranken hindurch. Sie marschierten schnell hintereinander durch den Korridor zu der inneren Kammer, in der sich der Aufzug befand. Al Vernon bückte sich und berührte die Karte. Sie leuchtete auf und wies ihnen diesmal den Weg zur dritten Ebene und den Außenbändern. Die Türen öffneten sich sofort, und sie stiegen in die Kabine ein. Bei der schnellen Fahrt nach oben hatte Garibaldi das Gefühl, sein Magen wäre auf seine Knöchel gerutscht. Trotzdem schaffte er es, Al zu fragen: »Müssen wir die Brücke überqueren?«

»Ich fürchte schon«, antwortete dieser, »aber heute morgen ist es wenigstens nicht so windig.«

Es gab nichts zu sehen, während sie durch die Felswand nach oben transportiert wurden. Die Kammer, in die sie der Aufzug oben entließ, sah genauso aus wie die am unteren Ende. Erst als sie sahen, daß es gleich nebenan einen Kilometer nach unten ging, wurde ihnen der Unterschied bewußt. Garibaldi holte tief Luft und dachte, daß er auf Dauer an Höhenangst leiden würde, wenn er noch länger in Hekba bleiben mußte. Er hielt sich in der Nähe der Wand, als die kleine Gruppe ein schmales Laufband entlangging. Al und die beiden Narn betraten die erste Brücke, auf die sie stießen, und Garibaldi zwang sich, ihnen zu folgen. Also mußte Ivanova das Schlußlicht bilden. Garibaldi raste nicht gerade über die schwankende Brücke, wie Al und die Narn, aber er redete sich ein, daß keine Gefahr bestand. Er riskierte sogar einen Blick in die Tiefe, zwischen den metallenen Planken hindurch, auf den grünlichen Sumpf weit unter ihm. Es schien unglaublich, daß sie eben selbst noch dort unten gewesen waren. Von hier oben sah der Grund der Schlucht so unberührt aus, als wäre die Zivilisation nie bis dorthin vorgedrungen.

Obwohl es ihm gelang, ruhig zu bleiben, war der Chief froh, die Brücke verlassen zu können und wieder festen Boden unter den Füßen zu spüren, auch wenn dieser nur ein schmales Sims am Felshang war. Sie waren noch ungefähr sechs Ebenen unter dem Rand der Schlucht, schätzte Garibaldi. Al, Na'Toth und G'Kar stiegen schon zur nächsten Ebene hoch, während er auf Ivanova wartete, um ihr von der Brücke zu helfen.

Sie sah blaß aus. »Diese Brücken werde ich auf jeden Fall

nicht vermissen. Ich kann nicht verstehen, wie man hier leben kann.«

Garibaldi zuckte mit den Schultern. »Es gibt Leute, die glauben, daß wir verrückt sind, weil wir auf einer Raumstation leben.«

»Schon«, meinte Ivanova, »aber man kann auf einer Raumstation nicht so tief fallen.«

Sie schlossen zu den anderen auf, als sie den zerklüfteten Eingang zu der Höhle auf der dritten Ebene erreichten. Arbeiter, die auf dem Weg zur Tagesschicht waren, kamen bereits aus der Höhle, aber niemand ging hinein. Die Narn warfen ihnen apathische Blicke aus ihren halb geschlossenen, schläfrigen Augen zu. Sie erinnerten Garibaldi an die Minen- und Fabrikarbeiter auf dem Mars.

»Sieht so aus, als würden wir gegen den Strom schwimmen«, witzelte Al. Wieder ging der untersetzte Mann in die Dunkelheit voraus, dicht gefolgt von Na'Toth und G'Kar. Aus dem strahlenden Sonnenlicht kommend, hatte die feuchtkalte Dunkelheit der Höhle eine beunruhigende und niederdrückende Wirkung auf sie. Außerdem hatte sich in der Höhle die Nachtkälte gehalten, weshalb Ivanova gezwungen war, ihre Jacke wieder anzuziehen. Garibaldi bewegte sich nur langsam vorwärts, bis sich seine Augen an das Dämmerlicht gewöhnt hatten und er die Außenbänder endlich sehen konnte. Sie waren schmucklos und entsprachen eindeutig nicht dem neuesten Stand der Technik. Wenigstens wirkten sie funktionstüchtig. Von dem ankommenden Laufband ergossen sich weiter Arbeiter in die Stadt, während das andere leer vor sich hinrasselte.

Nachdem sie sich vergewissert hatten, daß ihre Begleiter von der Earthforce nicht verlorengegangen waren, betraten Al, Na'Toth und G'Kar das Außenband und wurden in Windeseile abtransportiert. Ivanova und Garibaldi mußten sich beeilen, um sie nicht aus den Augen zu verlieren. Allerdings konnten sie in der Dunkelheit auch nicht gut sehen. Sie standen auf dem Förderband, noch ehe sie wußten, wie ihnen geschah. Garibaldi wurde durch den plötzlichen Ruck beinahe umgeworfen. Ivanova hielt sich mit beiden Händen am Geländer fest und ließ sich forttragen.

»Verdammt«, grummelte Garibaldi, »wenn die einen aus Hekba herausschaffen wollen, dann aber schnell!« Er konnte die anderen vor ihm kaum erkennen, aber sie schienen auf dem Förderband zu gehen, bewegten sich also mit doppelter Geschwindigkeit voran. Er selbst begnügte sich damit, still auf dem Band zu stehen.

»Wir müssen uns erkundigen, ob wir auf einem Frachtschiff eine Passage zurück nach *B5* buchen können«, schlug Ivanova vor. »Ich will sofort abreisen, wenn wir morgen mit dem Rat gesprochen haben. Aber zuerst erzählen wir der Familie von Du'Rog, daß G'Kar noch lebt.«

»Aber immer noch auf *B5* ist«, warf Garibaldi ein.

»Ja, wir werden ihnen ganz klar sagen, daß sie sich von der Station fernhalten sollen. G'Kar hat ihnen vor kurzem eine nette Summe Kleingeld zukommen lassen, also sind sie vielleicht vernünftig.«

Garibaldi verzog das Gesicht. »Bisher hat noch niemand hier Vernunft bewiesen. Warum sollten die jetzt damit anfangen?«

Ivanova schwieg dazu. Um seine Nervosität zu verbergen, ging der Sicherheitschef jetzt munter das Förderband entlang. Einmal in Schwung, kam er bald zügig voran. Die Glühbirnen an der Decke flogen nur so über ihn hinweg. Bevor er seine langen Beine richtig auf Trab gebracht hatte, war das Förderband plötzlich zu Ende, und er wurde nach vorne geschleudert. Zum Glück hielten ihn die anderen fest, und er verletzte sich nicht.

»Mr. Garibaldi«, warnte Na'Toth, »Sie müssen lernen, sich vorsichtig fortzubewegen. Wir sind hier nicht auf einer Raumstation. Hier können Sie nicht einfach so herumrennen.«

»Oh, Entschuldigung.« Garibaldi sah sich verwirrt um.

»Wir müssen hier die Abzweigung nehmen«, erklärte Al Vernon. »An dem linken Weg liegt eine nette Mittelklasse-Siedlung, rechts wohnt die Unterschicht. Wir wollen zu dem Ghetto dazwischen – dem Grenzland.«

»Gehen Sie mit Na'Toth voraus«, schlug Garibaldi vor. »Ich möchte mit Ha'Mok sprechen, während wir auf Commander Ivanova warten.«

»Wir werden am anderen Ende auf Sie warten.« Al nahm Na'Toth am Arm und führte sie zu dem Förderband in der Mitte. »Kommen Sie, meine Liebe. Ich zeige Ihnen die Sehenswürdigkeiten.«

G'Kar warf dem Chief einen finsteren, ungeduldigen Blick zu. »Was wollen Sie, Garibaldi?«

»Ich weiß nicht, was in Ihrem gefleckten Schädel vorgeht, aber ich will, daß Sie Ihr Kostüm anbehalten. Überlassen Sie uns das Reden. Wir werden ihnen sagen, daß Sie am Leben sind – keine Sorge –, aber wir werden behaupten, Sie hätten *B5* nie verlassen. Und wir werden ihnen klarmachen, daß besser keiner von ihrem Clan auf die Station kommt, um nach Ihnen zu suchen. Sie halten sich einfach im Hintergrund. Alles klar, Ha'Mok?«

»Sagen Sie mir nicht, was ich zu tun habe«, murrte G'Kar.

Garibaldi sah ihm fest in die Augen. »Wir sind für Sie sehr weit gegangen, obwohl es gegen jede Vernunft war, vorausgesetzt wir hatten jemals so was. Diesmal werden Sie meine Anweisungen befolgen! Stellen Sie unsere Freundschaft nicht zu sehr auf die Probe.«

»Freundschaft?« wiederholte G'Kar erstaunt.

»Aus reinem Pflichtgefühl würde ich bestimmt keine solchen Dummheiten machen«, murmelte Garibaldi, »das muß schon Freundschaft sein.«

Ivanova verließ hinter ihnen das Laufband. »Ärger?« fragte sie.

»Wir haben uns nur unterhalten«, antwortete Garibaldi. »Ich habe Ha'Mok erklärt, daß er sich raushalten soll und nicht vergessen darf, wer er ist und wer nicht.«

»Aber ich kenne das Grenzgebiet viel besser als Sie«, wandte G'Kar ein. »Ich habe jahrelang in Hekba gelebt.«

»Und Sie haben oft Ausflüge ins Grenzgebiet gemacht«, setzte Ivanova seine Rede fort. »Ich werde daran denken, und Sie denken bitte daran, wer die Leitung dieser Gruppe hat, nämlich ich!«

Der Narn nickte mit düsterer Miene. »In Ordnung, ich bin einverstanden. Aber nur unserer Freundschaft zuliebe werde ich Ihre Anweisungen befolgen. Nicht vergessen, wir müssen das Laufband in der Mitte nehmen.« Damit betrat der Narn das Förderband und ließ sich davontragen.

Garibaldi hielt sich den Magen und sah Ivanova an. »Langsam bekomme ich ein ungutes Gefühl bei dieser Sache.«

»Vielleicht liegt das ja an den eingelegten Eiern«, beruhigte sie ihn. »Überbringen wir unsere Botschaft und fahren dann nach Hause.«

Sie betrat als erste das Förderband, und Garibaldi folgte ihr. Diesmal ließ er sich einfach tragen, ohne zu versuchen, gleichzeitig auf dem Band zu gehen. In der Gegenrichtung benutzte hier niemand mehr das Band. Er vermutete, daß die Leute aus dem Grenzgebiet nicht in Hekba arbeiteten. Das Förderband lief durch einen düsteren Korridor, in dem jede zweite Glühbirne an der Decke ausgebrannt war. Man hatte offenbar nicht mal den Versuch unternommen, diesem Teil des Tunnels ein angenehmes Aussehen zu verleihen – er wirkte einfach nur endlos und niederdrückend.

Schließlich entdeckte er die anderen, die in einer baufälligen Nische am Ende des Bandes warteten. Diesmal sprang er wesentlich geschickter von dem Förderband herunter und sah sich erstaunt in dem Loch um, in dem sie sich jetzt befanden. Eine Art vernagelter Kiosk sowie eine Treppe, die nach oben führte und mit Schmutz und Müll bedeckt war. Oben am Treppenabsatz waren die Windhosen damit beschäftigt, noch mehr Dreck herunterzuwirbeln.

»Willkommen im Grenzgebiet«, witzelte Al. »Ich schlage vor,

wir versuchen alle, uns die Lage dieser Haltestelle einzuprägen. Die Gegend hier ist nicht gerade gut ausgeschildert.«

»Wie sollen wir da die Familie von Du'Rog finden?« wollte Ivanova wissen.

»Wir können uns durchfragen«, sagte Na'Toth. »Selbst hier müßten sie bekannt sein.«

»Haben die wirklich G'Kar umgebracht?« fragte Al zweifelnd. »Ich kann mir nicht vorstellen, daß jemand, der hier lebt, die erforderlichen Mittel hat, um nach *Babylon 5* zu reisen und dort jemanden umzubringen.«

»Unterschätzen Sie niemals die Macht von Shon'Kar«, erwiderte G'Kar.

»Also los«, forderte Garibaldi die anderen auf und kletterte als erster über den Schuttberg nach draußen.

Oben bot sich ihnen ein noch schlimmerer Anblick als in der Haltestelle. Die Bezeichnung Slum war für diese Gegend wirklich zutreffend – ein trostloses, scheinbar unendliches Gewirr von heruntergekommenen Reihenhäusern. Im Vergleich zu diesem Elendsviertel wirkte selbst der schlimmste Teil von Brooklyn noch einladend. Im Unterschied zu Hekba hatte man hier nicht versucht, die Architektur der natürlichen Schönheit der Landschaft anzupassen. Zugegeben, von natürlicher Schönheit konnte auch nicht die Rede sein – statt dessen nichts als eine ausgedehnte, unfruchtbare Ebene mit im Verfall begriffenen Gebäuden und bröckelndem Mauerwerk, das kaum dem Wind trotzte.

Auf Garibaldi wirkte die Siedlung zunächst verlassen, aber dann drangen Stimmen an sein Ohr. Das klang nach einem Familienstreit. Dann folgte ein Schrei. Sein Instinkt als Polizist gebot ihm, der Sache nachzugehen. Aber er sagte sich, daß er hier einen Auftrag zu erfüllen hatte, und dazu gehörte nicht, das Grenzgebiet vor Verwahrlosung und Teilnahmslosigkeit zu retten. Er wünschte, G'Kar hätte diesen üblen Ort nicht in einem Atemzug mit der Unterwelt auf der Station genannt, aber ihm war klar, daß jede Gesellschaft ihre Tonne hatte, in die sie die Ausgestoßenen warf.

G'Kar stand neben ihm und reckte seinen ungewohnt gezeichneten Kopf in den Wind. Er kniff die Augen zusammen, um seine braunen Kontaktlinsen zu schützen. »Kein schöner Ort für eine Verbannung. Besonders dann nicht, wenn man gar nichts verbrochen hat.«

Ivanova erkundete mit der Hand auf ihrer PPG die Umgebung. Al und Na'Toth waren damit beschäftigt, die Straßenschilder zu entziffern. Nebenbei diskutierten sie über den besten Weg. Deshalb dämpfte Garibaldi seine Stimme, als er zu G'Kar sagte: »Langsam sollten Sie ein bißchen Reue zeigen.«

»Oh, ich bereue vieles, Mr. Garibaldi. Reue zu empfinden fällt mir nicht schwer, etwas dagegen zu unternehmen jedoch schon.«

Aus dem Augenwinkel bemerkte Garibaldi eine plötzliche Bewegung. Sie erschien ihm nicht bedrohlich genug, um gleich eine seiner Handgranaten zu werfen. Trotzdem war kein Zweifel möglich: Da huschte jemand um Ecken, verbarg sich unter Stufen und näherte sich ihnen so Schritt für Schritt. Ivanova arbeitete sich langsam in Richtung Garibaldi vor. Sie nickte genau in die Richtung, der seine Aufmerksamkeit galt. »Jemand beobachtet uns.«

»Schon gesehen«, antwortete Garibaldi, »er ist allein.«

Plötzlich rannte ihr Verfolger auf die Straße, machte eine akrobatische Rolle und landete auf seinen dürren, krummen Beinen. Es folgte eine übertriebene Verbeugung, die in einem Purzelbaum endete, und zum Schluß stand er wieder auf seinen Füßen.

»Sind wir etwa auf die Eingeborenen gestoßen?« fragte Al amüsiert.

»Er könnte uns nützlich sein«, meinte Na'Toth.

Garibaldi winkte den Jungen heran. Sein Alter entsprach wohl ungefähr dem eines Zehnjährigen auf der Erde. »Komm her. Wir würden uns gerne mit dir unterhalten.«

Der Junge lief auf sie zu, wobei er auf einmal schlaksig und unbeholfen wirkte. Dann schlug er ein elegantes Rad, landete neben Na'Toth und blickte in ihre roten Augen. »Hallo, schöne Dame. Ich heiße Pa'Ko und bin der beste Fremdenführer des Grenzgebiets! Sagen Sie mir einfach, wohin Sie wollen, und die Straßen werden sich vor Ihnen wie ein magisches Laufband öffnen.«

Na'Toth legte den Kopf schief und lächelte den kecken Burschen an. »Kennst du die Familie von Du'Rog? Ka'Het, Mi'Ra und T'Kog?«

»Das sind gute Freunde von mir«, behauptete der Junge. »Die sind früher reich gewesen, weißt du. Ich glaube, ein furchtbar böser Mann hat ihnen ihr Geld gestohlen.«

G'Kar unterbrach ihn. »Kannst du uns zu ihnen bringen?«

»Seid ihr nett?« fragte Pa'Ko voller Unschuld.

»Ja«, versicherte ihm Na'Toth, »wir werden ihnen nichts zuleide tun.« Sie warf Garibaldi einen Blick zu, als erwarte sie von ihm eine Bestätigung ihrer Aussage.

»Und wieviel zahlt ihr?« Pa'Ko lächelte sie erwartungsvoll an.

»Das habe ich erwartet«, erklärte G'Kar. »Mr. Vernon, haben Sie noch ein paar von den Münzen übrig, die ich Ihnen gegeben habe?«

»Na ja«, murmelte Al, »ich schätze, eine oder zwei sind noch da.«

»Geben Sie sie ihm!«

Al durchwühlte seine Taschen und förderte zwei schwarze Münzen ans Tageslicht, die er in die Luft warf. Der Junge schnappte sich mit jeder Hand eine und grinste. Pa'Kos dürrer Hals und kahler Kopf gaben ihm ein leicht verhungertes Aussehen, dachte Garibaldi, aber er hätte viel gegeben, um über solche Reflexe und diese Körperbeherrschung zu verfügen. Pa'Ko hüpfte übermütig die Mitte der Straße hinab, achtete aber die ganze Zeit darauf, daß ihm Na'Toth dicht auf den Fersen blieb. Es war beinahe komisch zu beobachten, wie Pa'Ko und Al Vernon um ihre Aufmerksamkeit wetteiferten. Garibaldi hatte Na'Toth nie für ausgesprochen attraktiv gehalten, aber anscheinend hatte er etwas übersehen. Bei Mi'Ra konnte er sich schon eher vorstellen, daß man um sie kämpfte. Allerdings hätte er eine Todesangst davor gehabt, zu gewinnen.

G'Kar folgte Na'Toth in respektvollem Abstand. Er hielt seinen Kopf gesenkt, aber sein Blick schweifte hin und her, um sich nichts entgehen zu lassen. Ivanova ging ein paar Meter links von G'Kar und behielt ihn im Auge, als ob er ein Kind wäre, das drauf und dran war wegzulaufen. Garibaldi tat sein Bestes, um alle im Auge zu behalten, aber im warmen Sonnenlicht auf der Straße, auf der sich außer ihnen nichts regte, ließ seine Wachsamkeit langsam nach. Er hielt sich vor, daß dies nicht die Geisterstadt war, die sie zu sein schien, und daß die Sonne bald wieder zu einer Tortur werden würde. Dann bemerkte er, wie ein Fensterladen bewegt wurde und jemand die vorbeiziehende Gruppe beobachtete. Der Chief versuchte, sich ihren Weg einzuprägen, während sie zwischen Häusern hindurchgingen, Bogengänge durchquerten und Gäßchen entlangmarschierten. Aber er bezweifelte, daß er den Weg zurück zum Außenband ohne Hilfe finden könnte. Das war ein bedrückender Gedanke, der ihn dazu veranlaßte, nach den Granaten in seinem Gürtel zu tasten. Nur um sicherzugehen, daß sie noch da waren.

Schließlich erreichte die Gruppe aus drei Menschen, zwei Narn und ihrem jugendlichen Fremdenführer die Kuppe eines kleinen Hügels. Dort baumelte ein altes Straßenschild, das im Wind quietschte, mit der Aufschrift »V'Tar-Straße«. Vor Garibaldis geistigem Auge tauchte plötzlich wieder der Datenkristall mit der Aufzeichnung von Mi'Ras berüchtigtem Shon'Kar auf. Auch sie hatte dieses Wort gebraucht – V'Tar –, und Garibaldi glaubte nicht, daß das ein Zufall war. Jetzt hätte er auch ohne Führer gewußt, daß sie in dieser verlassenen Straße wohnte.

Er versuchte, sich vorzustellen, wie es war, wenn man von

Hekba für immer hierher übersiedeln mußte. Obwohl die beiden Orte nur ein paar Kilometer voneinander entfernt waren, lagen Welten zwischen ihnen. Die Leute hier und dort waren nicht vom gleichen Schlag. Ob Mi'Ra wohl eher ein Produkt dieses Slums war oder des snobistischen Spielplatzes der Reichen? Die Antwort auf diese Frage entschied unter Umständen darüber, ob ihre Mission Erfolg haben würde.

»Da unten«, rief Pa'Ko und deutete auf eine Mulde in der V'Tar-Straße. »An der Stelle, an der die Straße von dem ablaufenden Wasser rot gefärbt ist. Die braune Tür auf der rechten Seite.«

»Begleitest du uns nicht?« fragte Na'Toth überrascht.

Pa'Ko winkte ab. »Ich treffe sie oft genug. Ich werde nach Ihnen Ausschau halten, schöne Dame.« Er küßte ihre Hand, schlug nochmals ein Rad, landete in einem ausgetrockneten Bachbett und lief weiter. Mit einem kindischen Kichern verschwand er aus ihrem Blickfeld.

»Undankbarer Bursche«, brummte Al, »hat nicht mal Dankeschön gesagt für die Münzen. Ich wette, den sehen wir nie wieder.«

»Nicht bevor wir ihn brauchen, um uns den Rückweg zu zeigen«, meinte Ivanova. Sie machte sich auf den Weg den Hügel hinab und winkte den anderen. »Gehen wir.«

»Nicht vergessen«, erinnerte Garibaldi G'Kar, »überlassen Sie uns das Reden.«

»Schon gut«, nörgelte der Botschafter, »sagen Sie ihnen, wenn sie sich kooperativ verhalten, gibt es mehr Geld.«

»Sie wollen die Sache wirklich in Ordnung bringen, nicht wahr?« fragte Garibaldi.

Der Narn nickte. »Der Tod ist keine Antwort. Soviel habe ich gelernt. Wir müssen uns für das Leben entscheiden.«

Ivanova stieg über die zerbrochenen Tonlichter auf der Veranda und erreichte als erste die braune Tür. Garibaldi war hinter ihr und lächelte sie aufmunternd an. Er blickte sich um und sah, daß Na'Toth, Al und G'Kar auf der Straße stehengeblieben waren.

G'Kar hielt mit gesenktem Kopf respektvollen Abstand zu den anderen. Ivanova drückte auf den Klingelknopf, und als kein Ton kam, klopfte sie sanft an die verbeulte Metalltür.

Sie hörten, wie ein Riegel zurückgeschoben wurde. Beide holten tief Luft. Die Tür öffnete sich, und Mi'Ra stand vor ihnen. Sie war in ein fließendes violettes Gewand gekleidet, das sich an ihre jugendliche Figur schmiegte. Was machte es schon, daß der Stoff an den Ärmeln und am Saum abgewetzt war? Garibaldi war es jedenfalls egal. Er hob widerwillig seinen Blick und sah ihr betörendes Lächeln und ihre rubinroten Augen. Sie strahlte und freute sich offenbar, sie zu sehen.

»Jetzt wird man mich für eine Wahrsagerin halten«, erklärte Mi'Ra vergnügt. »Ich habe meiner Familie gesagt, daß Sie heute kommen würden. Treten Sie bitte ein.«

»Wir sind nicht allein«, sagte Ivanova und warf einen Blick auf die drei hinter ihnen.

»Sie sind auch willkommen«, lud die junge Narn sie ein.

Al schob sich wichtigtuerisch nach vorne. »Mein Name ist Al Vernon«, stellte er sich vor, »ich bin jetzt nur ein Besucher auf Ihrem Planeten, habe aber früher hier gelebt.«

»Es ist mir ein Vergnügen.« Mi'Ra machte eine höfliche Verbeugung. Na'Toth ging hinter Al die Stufen hinauf, aber G'Kar rührte sich nicht vom Fleck. »Mein Diener wird draußen warten«, erklärte sie.

»Wie Sie wünschen.« Mi'Ra lächelte verbissen. Garibaldi sah darin den ersten Hinweis darauf, daß sie innerlich um ihre höfliche Haltung ringen mußte. Er beschloß, sie während ihres Gespräches genau im Auge zu behalten, was ihm nicht schwerfallen würde.

Sie kamen in ein einfaches Wohnzimmer, das bis unter die Decke mit wuchtigen Möbeln vollgestellt war. Sie wirkten eher, als gehörten sie in einen Palast. Noch besser, in ein Museum, so abgeschabt und zerschlissen waren sie. Auf einer Couch thronte eine ältere Frau. Das weibliche Familienoberhaupt versuchte mit aller Macht, sich majestätisch zu geben, aber Garibaldi bemerkte, daß sie, im Gegensatz zu den Narn in der Grotte, aus der Übung war. Die schnarchten vermutlich sogar majestätisch. Im Hintergrund ging ein junger Narn auf und ab, der Überraschung heuchelte, aber seine Nervosität nicht verbergen konnte.

»Das ist meine Mutter, Ka'Het«, sagte Mi'Ra mit sanfter Stimme, »und das mein Bruder, T'Kog.«

Ivanova übernahm es, ihre Leute vorzustellen – sich selbst, Garibaldi, Na'Toth und Al Vernon. Sie machte sich nicht die Mühe, das einfache Mannschaftsmitglied vorzustellen, das sie von der Veranda aus belauschte. So höflich sich die Familie von Du'Rog ihnen gegenüber verhielt, niemand bot ihnen etwas zu essen, zu trinken oder auch nur einen Platz an.

»Wir müssen zuallererst klären«, begann Ivanova, »haben Sie alle Shon'Kar gegen G'Kar geschworen?«

»Nur ich habe das getan«, brüstete sich Mi'Ra. »Diese niedere Kreatur hat es verdient.«

Der wütende Blick, den Na'Toth und die jüngere Narn-Frau miteinander wechselten, entging Garibaldi nicht. Er hoffte, daß sie sich beherrschen würden.

Ka'Het lachte nervös. »Das war nur eine Art symbolische Geste. Sie müssen verstehen, daß uns G'Kar ruiniert hat. Wenn ich Ihnen erzählen würde, was er uns angetan hat, würden Sie uns sicher verstehen.«

»Sie sind voll informiert«, schnaubte Mi'Ra, »trotzdem halten sie zu ihm.«

Ivanova beugte sich vor. »Versetzen Sie sich bitte in unsere Lage. Es ist unsere Aufgabe, die Botschafter auf *Babylon 5* zu beschützen. Die Station ist als neutraler Treffpunkt gebaut worden. Shon'Kar mag für die Narn tragbar sein, aber für uns ist es schlicht eine Morddrohung gegen einen unserer wichtigsten Würdenträger.«

»Was macht das schon für einen Unterschied?« mischte sich

T'Kog jetzt ein. »G'Kar ist tot. Und wir haben erwiesenermaßen nicht das geringste damit zu tun! Wir waren nicht einmal in der Nähe von *Babylon 5*, als es passiert ist.«

»Das wissen wir«, antwortete Garibaldi. Er warf einen auffälligen Blick zu Ivanova und Na'Toth hinüber, um klarzumachen, daß sie sich darüber einig waren. »Unsere Warnung gilt für die Zukunft. Es hat sich nämlich herausgestellt, daß G'Kar nicht wirklich tot ist.«

Ka'Het stieß einen Schrei aus und fiel in Ohnmacht. T'Kog eilte ihr zu Hilfe, und Garibaldi drehte sich schnell um und sah, daß Mi'Ra ihn beobachtete. Sie wandte ihren Blick ab, aber es war zu spät. Garibaldi konnte sich des Eindrucks nicht erwehren, daß sie bereits gewußt hatte, daß G'Kar noch lebte. In seinem Kopf ging eine rote Warnlampe an.

T'Kog fächelte seiner Mutter Luft zu und rief verärgert: »Wenn das irgendein blöder Witz sein soll . . .«

Garibaldi wollte die Wogen glätten. Er hörte sich sagen: »Es ist kein Witz. Wir wissen nichts Genaues. Wir glauben, daß man ihn lebendig aus einer Rettungskapsel geborgen hat. Jedenfalls ist uns bekannt, daß Sie Geld aus seinem Vermögen erhalten haben, und wir wissen, daß Sie noch mehr bekommen werden, wenn Sie Shon'Kar vergessen.«

Mi'Ra ließ ein schrilles Lachen hören. Sie baute sich vor Garibaldi auf und fixierte ihn mit ihren roten Augen. »Meine Mutter und mein Bruder sind dumm genug, zu glauben, daß Geld etwas bedeutet. Aber solange der Ruf meines Vaters nicht wiederhergestellt ist, bedeutet es gar nichts. Was kann die Earthforce dazu beitragen?«

»Gar nichts«, gab Garibaldi zu, »aber ich werde Ihnen sagen, was die Earthforce tun kann. Wenn Sie sich auf *Babylon 5* blicken lassen und versuchen, einen unserer Botschafter zu ermorden, können wir Sie festnehmen lassen und im Adamskostüm aus der nächsten Luftschleuse werfen. Stellen Sie sich vor, was wir Ihnen schlimmstenfalls antun könnten. Genau das werden wir mit Ihnen machen. Und das meine ich ernst, junge Dame.«

Mi'Ra musterte ihn von Kopf bis Fuß. »Ich glaube, daß Sie das ernst meinen, Mr. Garibaldi. Sie würden mich wirklich gerne im Adamskostüm irgendwo hinwerfen.«

»Mi'Ra!« kam es von ihrer entsetzten Mutter, die auf wundersame Weise wieder zu sich gekommen war. »Hör auf, ihnen zu drohen. Sie haben uns beunruhigende Neuigkeiten überbracht. Wir werden das Beste daraus machen müssen. Attaché Na'Toth, Sie sind die Assistentin von Botschafter G'Kar?«

»Richtig«, antwortete die Angesprochene.

»Die Erdlinge haben etwas von mehr Geld gesagt. Wenn wir mit Ihnen über eine Summe verhandeln, werden Sie die Zahlen Ihrem Vorgesetzten übermitteln.«

Na'Toth seufzte. »Das könnte ich. Im Gegenzug verlangen wir, daß Sie Shon'Kar abschwören.«

Mi'Ra schwieg und knirschte mit den Zähnen.

»Darüber können wir reden«, erwiderte ihre Mutter freundlich. »Man kann über alles verhandeln.«

Während des folgenden Gesprächs entfernte sich Garibaldi von Mi'Ra und lockerte seinen Kragen. Es wurde schon wärmer. Während die Frauen miteinander verhandelten, achtete niemand auf Al Vernon. Also gab der Händler Garibaldi ein beiläufiges Zeichen und schlüpfte zur Tür hinaus. Garibaldi wünschte, er hätte ihn begleiten können. Frische Luft hätte jetzt gutgetan. Er versuchte, Mi'Ra nicht anzusehen, denn jedesmal, wenn er das tat, machte sie sich darüber lustig.

G'Kar saß auf der Veranda und schreckte hoch, als Al die Tür zufallen ließ und nach draußen stapfte. Al lächelte ihn an und stieß einen Seufzer der Erleichterung aus. »Ich kann das nicht glauben«, flüsterte der Mensch, »die haben dieser Familie von Verrückten tatsächlich gesagt, daß G'Kar noch lebt! Können Sie sich das vorstellen?«

»Aber es scheint doch zu funktionieren, oder?« fragte G'Kar hoffnungsvoll. »Ich habe zugehört, und es klang, als wären sie bereit, Frieden zu schließen.«

Al grinste. »Alle bis auf das niedliche Töchterchen. Die will sich Würfel aus G'Kars Wirbelknochen schnitzen. Aber es klingt vielversprechend, und das genügt mir schon. Ich hatte befürchtet, daß ich einschreiten muß.«

G'Kar lachte höhnisch. »Sie könnten Shon'Kar beenden?«

»Man weiß nie, wie Shon'Kar endet«, bemerkte Al und rieb sich seinen wohlgenährten Bauch. »Ich habe hier meine Aufgabe erledigt – vielleicht sollte ich nach Hekba zurückkehren.«

»Fahren Sie mit uns zurück«, beharrte G'Kar, »ich bin heute sehr großzügig aufgelegt, und wir schulden Ihnen etwas für die Dienste, die Sie uns erwiesen haben. Bleiben Sie bei uns – möglicherweise läßt sich G'Kars Frau dazu bewegen, Ihnen zusätzlich etwas für Ihre Mühe zu geben.«

Al zupfte an seinem Sportsakko, als hätte er das schon die ganze Zeit tun wollen. »Natürlich wollte ich nicht einfach verschwinden.« Er sah sich um. »Die Straße ist verdammt ruhig, nicht wahr? Ich meine, hier müßten doch ein paar Leute wohnen. Haben Sie nichts Verdächtiges gesehen?«

»Ich habe überhaupt nichts gesehen«, brummte G'Kar. »Allerdings habe ich mich auch nicht umgesehen. Vielleicht sollte ich das tun.«

»Wir sollten es nicht übertreiben«, meinte Al beschwichtigend. »Ich werde mich mal linker Hand umsehen. Übernehmen Sie die rechte Seite. Nur so zum Zeitvertreib.«

»Meinen Sie, das hier könnte sich als Falle entpuppen?« flüsterte G'Kar.

»Ich war früher schon mal tagsüber hier, aber ich kann mich nicht daran erinnern, daß es jemals so still gewesen ist. Wo stecken die Leute nur?«

»Dort zum Beispiel.« G'Kar hatte mit seinen scharfen Augen

jemanden entdeckt. Aber er zeigte nicht in die Richtung. Statt dessen drehte er sich um und lächelte den untersetzten Menschen an. »Er hat sich gerade hinter die Wassertonne geduckt. Ein ziemlich verdächtiges Verhalten, meinen Sie nicht?«

»Allerdings«, stimmte Al zu und warf einen unauffälligen Blick in dieselbe Richtung. »Auf diesem Weg müßten wir zurückgehen, um das Außenband zu erreichen. Haben Sie sich auch nicht geirrt?«

»Bestimmt nicht. Es könnte natürlich auch dieser verdammte Junge gewesen sein.«

»Nein«, meinte Al, »erinnern Sie sich, er war nicht so blöd, in diese Straße mitzukommen.«

Ihre besorgte Unterhaltung wurde vom Quietschen der Tür unterbrochen. Sie öffnete sich und entließ ihre erschöpften Kameraden. Garibaldi vorneweg schnappte nach Luft, als wäre es im Haus stickig gewesen. Ivanova und Na'Toth folgten ihm. Beide schienen mit dem Gang der Ereignisse nicht übermäßig zufrieden zu sein. In ihren Gesichtern zeichnete sich sowohl Müdigkeit als auch Erleichterung ab. Sie hatten ihre Mission erfüllt, dachte G'Kar, und zwar erfolgreich. Sie hatten die gefürchtete Familie von Du'Rog an ihrem Zufluchtsort in die Enge getrieben, ihnen die Wahrheit gesagt und sich mit ihnen geeinigt. Sie alle sollten überglücklich sein, daß es vorbei war. Aber war es wirklich vorbei?

Mi'Ra folgte ihnen auf die Veranda. In ihrem dünnen Gewand sah sie wirklich bezaubernd aus. Sie deutete den Hügel hinauf. »Wenn Sie nach Hekba zurückkehren wollen, zu den Außenbändern geht es in dieser Richtung.«

»Ja«, meinte Garibaldi, »wir sollten langsam aufbrechen. Ich hoffe, Sie sind nicht beleidigt, wenn ich sage, daß ich Sie nie wiedersehen will.«

»Ach, wie schade«, versetzte Mi'Ra, »ich hatte geglaubt, wir könnten Freunde werden.«

»Also, gehen wir«, sagte Ivanova, und es hörte sich an wie ein Befehl.

»Nein!« platzte G'Kar heraus. Dann fiel ihm wieder ein, daß er den Kopf gesenkt halten und sich unterwürfig geben mußte. »Mr. Vernon und ich haben uns unterhalten, und wir finden, daß wir einen anderen Weg nehmen sollten.«

»Genau«, bestätigte Al und wischte sich den Schweiß von der Stirn. »Ich will mir da drüben etwas ansehen.«

Garibaldi verstand den Wink mit dem Zaunpfahl. »Ich gehe, wohin immer ihr wollt. Ihr seid hier zu Hause.«

Mi'Ra wurde wütend. »Lächerlich! Der kürzeste Weg führt nach Süden.« Sie trat von der Veranda herunter und starrte in diese Richtung.

G'Kar ging entschlossen nach Norden davon und hoffte, die anderen würden verstehen. Al war ihm dicht auf den Fersen. G'Kar war immer der Ansicht gewesen, daß Menschen Gefahren sozusagen riechen konnten – auch in ihnen schlummerte ein Reptil. Er hoffte, dieser Sinn würde sich bald regen.

Irgendwo zerbrach ein Tonkrug, und Ivanova wirbelte herum, was wiederum einen der Angreifer aufschreckte, die sich am Hang verborgen hielten. Er sprang auf und schoß wild mit seiner PPG drauflos. Er verfehlte um ein Haar Ivanovas Kopf und erwischte ein Haus auf der gegenüberliegenden Straßenseite. Ivanova duckte sich, stützte ihren Ellenbogen auf ein Knie und zielte sorgfältig. Eine einzige Entladung ihrer Waffe verwandelte den Schützen in ein gegrilltes Steak. Alle anderen ergriffen die Flucht, Mi'Ra eingeschlossen, die im Haus verschwand. G'Kar zog seine eigene Waffe und hoffte, daß die Angelegenheit damit erledigt war, aber Mi'Ra stürzte wieder aus dem Haus. Jetzt war sie mit einer PPG-Panzerfaust ausgerüstet. »Tötet sie!« kreischte sie. Ihre Stimme ging in dem Lärm unter, den ihre eigene Waffe machte.

Hinter G'Kar ging ein ganzes Haus in Flammen auf. Als er seine Augen von diesem schrecklichen Anblick losgerissen hatte, entdeckte er eine ganze Armee von gedungenen Mördern, die aus den Häusern auf dem südlichen Straßenabschnitt gestürmt kamen. Sie rannten mit dem wilden Geheul betrunkener, blutrünstiger Irrer den Hügel hinab.

»Rückzug!« schrie G'Kar.

15

Ivanova ignorierte das wilde Plasmaphasenfeuer, das über ihrem Kopf tobte. Sie vermutete, daß ihr noch ein Schuß blieb, bevor ihre Angreifer lernten, aus dem Stand zu schießen, um auch zu treffen. Also zielte sie auf die Gestalt in dem violetten Kleid.

»Töte sie nicht!« schrie Garibaldi von weit hinten. Aber sie ignorierte auch ihn und drückte ab. Die Panzerfaust auf Mi'Ras Schulter leuchtete auf wie ein Spielzeug-Laserschwert. Sie stieß einen Schrei aus, als sie die glühende Waffe fallen ließ. Ihre Haut war verbrannt, ihr Kleid versengt, und ihre Waffe hatte sich aufgelöst. Ivanova rannte in gebückter Haltung nach Norden, dicht gefolgt von dem wütenden Pöbel. Ihre kleine Gruppe war weit verstreut und rannte vor ihr her um ihr Leben.

»Artillerie!« übertönte G'Kar das Geschrei.

Garibaldi verstand seine Anweisung, blieb stehen und wirbelte herum. Ivanova rannte an ihm vorbei, als er die erste Handgranate von seinem Gürtel löste. »Gut gezielt!« rief er ihr zu.

»Und sie selber ist als nächstes dran«, warnte Ivanova. Aber Garibaldi hatte sie wahrscheinlich nicht verstanden. Er konzentrierte sich auf den Einsatz seiner Handgranate. Sie landete zielgenau in hohem Bogen mitten in dem rasenden Mob. Die Explosion war verheerend. Sie hüllte ein Dutzend der zusammengewürfelten Angreifer in einen lodernden Feuerball. Man konnte ihre markerschütternden Schreie hören, als sie sterbend zusammenbrachen oder wie Fackeln auf zwei Beinen zur Seite torkelten. Die Granate hatte den gewünschten Effekt erzielt. Sie hatte diesen Pöbel aufgehalten und die Übriggebliebenen dazu gezwungen, in Deckung zu gehen. Einige der Angreifer wurden jetzt rasend vor Wut und schossen wild um sich. Veranden zerfielen zu Asche, und in die Straße wurden große Löcher gerissen. Es herrschte Krieg!

»Zieht euch zurück!« befahl Ivanova. Sie rannte mit den anderen um ihr Leben. Am Ende der Straße teilte G'Kar ihre Streitkräfte ein. Vor ihnen lag nur noch ein verwildertes Feld. Sie wurden noch beschossen, aber nicht mehr verfolgt. Ivanova duckte sich hinter eine bröckelige Mauer. Sie starrte G'Kar an. »Wie kommen wir hier raus?«

»Zuerst«, antwortete er, »übergeben Sie mir das Kommando. Wir müssen uns wie eine Soldatentruppe bewegen, und ich weiß, wie man so was macht. Übrigens, Sie haben großartig geschossen da hinten.«

Ivanova schüttelte wütend den Kopf. »In Ordnung, Sie haben das Kommando. Jetzt bringen Sie uns hier raus!«

G'Kar gab Na'Toth ein Zeichen. »Sie und Al postieren sich links von der Mauer, Ivanova und Garibaldi rechts. Es muß so aussehen, als wollten wir hier in Stellung gehen.«

Auch ihre Angreifer verteilten sich neu, obwohl einige weiterhin blind um sich feuerten. Na'Toth schoß zurück.

»Schießen Sie nur, wenn sie in Reichweite sind«, befahl G'Kar, »wir müssen unsere PPGs sparsam einsetzen. Irgendwann sind sie entladen.«

»Wir brauchen einen Plan«, meinte Ivanova. »Kann man noch auf einem anderen Weg zum Außenband zurückgelangen?«

»Nein«, erwiderte G'Kar, »die stehen zwischen uns und dem einzigen Transportmittel, das uns aus dem Grenzgebiet herausbringen kann. Wir haben folgende Möglichkeiten: Wir können nach Osten oder Westen zu den Arbeitersiedlungen laufen. Allerdings sind die wesentlich weiter entfernt als das Außenband. Wir können uns eine Gefechtsstellung einrichten, aber irgendwann würden sie von allen Seiten kommen und uns über den Haufen rennen. Wir können uns einen Weg durch sie durchkämpfen, aber bestimmt nicht ohne Verluste.«

»Das sollten wir lieber lassen«, meinte Al Vernon und schluckte. »Wie wäre es mit Verstecken?«

»Na'Toth und ich könnten uns vielleicht irgendwann unbemerkt unter die Leute mischen«, erklärte G'Kar, »aber ihr drei nicht, fürchte ich. Am sichersten wäre es, sie zu umgehen. Nachts könnte uns das gelingen. Wenn wir einen Ort finden, an dem wir uns bis zum Einbruch der Dunkelheit verstecken können, würde ich für diese Vorgehensweise stimmen.«

»Mann, Sie benehmen sich wie ein richtiger General«, sagte Al voller Bewunderung. »Ich gehe dahin, wo Ha'Mok hingeht.«

G'Kar lächelte. »Das erinnert mich an die alten Zeiten in den Kolonien. Diese ganze Reise hat mich sehr nostalgisch gestimmt.«

In diesem Moment landete ein Kieselstein neben ihnen auf dem Boden und ließ sie hochfahren. Ivanova sah sich um, woher er gekommen war. Da entdeckte sie den kleinen Pa'Ko, der in dem Feld herumtobte und Räder und Purzelbäume schlug. Er ließ seine Arme kreisen und rannte zu einem verwahrlosten Brunnen mitten in dem verlassenen Feld. Ohne das zerfressene Metalldach und den alten Eimer, der daran hing, hätte Ivanova diesen verfallenen Hügel nie als Brunnen erkannt. Pa'Ko winkte ihnen kurz zu und tauchte dann geschickt in den Brunnen ab. Dieses Bild paßte in die surreale Szenerie der letzten Minuten.

»Habt ihr das auch gesehen?« japste Al Vernon. »Dieser kleine Strolch ist gerade in den Brunnen da drüben gehüpft!«

»Meinen Sie, er will, daß wir ihm folgen?« fragte Na'Toth.

»In dem Feld da draußen würden wir wie auf dem Präsentierteller sitzen«, brummte Garibaldi.

»Er muß irgendwo abgeblieben sein«, meinte G'Kar nachdenklich. »Ivanova, Na'Toth, Sie überprüfen das! Na'Toth, geben Sie Ihre Waffe Garibaldi. Wir geben Ihnen Deckung.«

Alle gehorchten G'Kars Befehlen ohne Zögern. Eigentlich hatte Ivanova die Befehlsgewalt, aber sie brauchten einen Militärführer. G'Kar hatte die nötigen Instinkte und Erfahrungen für diese Aufgabe. Außerdem kannte er sich hier aus.

Ivanova und Na'Toth rannten in gebückter Haltung über das Feld. In einer nahegelegenen Straße sprang ein Heckenschütze auf und feuerte einen blauen Strahl über ihre Köpfe. Garibaldi erwiderte das Feuer mit einem zielgenauen Schuß, wodurch der Kopf des Narn ein völlig neues Aussehen erhielt. Dann sackte der Heckenschütze wie ein Haufen Abfall in sich zusammen und blieb auf der staubigen Straße liegen. Ivanova haßte es, jemanden erschießen zu müssen. Aber nur die Angst würde diese Meute in Schach halten, und sie hatte ernsthafte Zweifel, ob das bei Mi'Ra und einigen anderen als Abschreckungsmittel ausreichte.

Na'Toth erreichte den verfallenen Brunnen als erste und pirschte um ihn herum, um aus der Schußlinie zu kommen. Ivanova folgte ihr und hielt dabei nach weiteren Schützen Ausschau. Garibaldis prompte Erwiderung schien sie allerdings für den Moment entmutigt zu haben. Na'Toth klopfte die bröckeligen Lehmziegel um den Brunnen herum auf ihre Haltbarkeit ab.

»Wir können uns nicht an den Rand von diesem Ding setzen und in aller Ruhe einen Blick hineinwerfen«, stellte sie fest. »Ich gehe hinein. Wenn unser Freund da runtergeklettert ist, schaffe ich das auch, denke ich.«

»Sie sind unbewaffnet«, erinnerte sie Ivanova.

»Ich glaube, er will uns helfen«, beharrte die Narn-Frau. »Wenn ich einen festen Stand erreicht habe, rufe ich Sie. Wenn Sie nichts mehr von mir hören, folgen Sie mir nicht.«

Ivanova nickte und wartete dann, bis Na'Toth ihr Nicken erwiderte. Beide sprangen auf. Ivanova beschoß die Wand, hinter der sich der letzte Heckenschütze verborgen hatte, während Na'Toth über den Brunnenrand sprang und mit den Füßen voran in der Tiefe verschwand. Selbst hier oben konnte Ivanova hören, wie die hochgewachsene Narn mit einem dumpfen Aufschlag, gefolgt von einem Stöhnen, unten landete. Sie hielt den Atem an und wartete darauf, Na'Toths Stimme zu hören.

»Alles in Ordnung!« rief sie, »kommen Sie!«

In dem Bewußtsein, daß ihr niemand Deckung geben konnte, kroch sie über die brüchigen Ziegel. Sie schaffte es beinahe, unbemerkt zu bleiben, und fiel bereits in dem dunklen Brunnenschacht nach unten, als ein Plasmaphasenstrahl die Brunnenumrandung traf. Sie wurde mit Splittern überschüttet. Ivanova konnte sich einen Schrei nicht verkneifen, als sie durch die Dunkelheit über Wurzeln und nasse Steine schlitterte. Sie war auf den harten Aufprall vorbereitet und federte ihn mit ihren kräftigen Beinen fast völlig ab. Es gelang Na'Toth, sie aufzufangen und unter dem herabstürzenden Schmutz und Geröll herauszuziehen, bevor sie das Gleichgewicht verlor.

Sobald der Beschuß von oben aufgehört hatte, sah sich Ivanova in dem engen Schacht um. Sie konnte fast nur den dünnen Lichtstrahl erkennen, der sich seinen Weg vom Brunnenrand aus zehn Meter nach unten bahnen mußte. Hinter Na'Toth konnte sie undeutlich die Umrisse eines schmalen Durchgangs sehen, der in die völlige Dunkelheit führte. Ivanova hatte ein ungutes Gefühl dabei. Zu allem Überfluß drangen auch noch muffige, faulige Gerüche aus dem Gang.

»Ich kann nicht viel erkennen«, sagte Ivanova. »Wo sind wir hier? Ist das so eine Art Wartungstunnel?«

Na'Toth lachte trocken. »Ein Wartungstunnel im Grenzgebiet? Wohl kaum. Es sieht eher so aus, als hätte jemand zufällig oder mit Absicht einen Brunnen in der Nähe der antiken Katakomben gegraben. Sie müssen es bemerkt haben, weil sie den Brunnen gerade so hoch wieder aufgefüllt haben, um einen geheimen Eingang zu den Katakomben zu haben.

»Katakomben?« wiederholte Ivanova. Ihr gefiel der Klang dieses Wortes nicht.

Noch bevor Na'Toth Gelegenheit hatte, eine Erklärung abzugeben, hörten sie von oben einen Schrei und einen Plasmaphasenstrahl, der noch mehr von der Brunnenumrandung absprengte. Der Widerhall grauenvoller Schreie erfüllte den Schacht, und plötzlich verdunkelte eine massige Gestalt das Loch über ihnen.

»Ich komme!« stöhnte eine entsetzte Stimme.

Ivanova konnte gerade noch rechtzeitig in den benachbarten Durchgang flüchten, bevor etwas Schweres senkrecht in den Schacht stürzte und vor ihr auf dem Boden aufprallte. Die Brunnenöffnung ließ genug Licht durch, um Al Vernon zu erkennen, der wie ein zerknitterter Buddha zwischen den Dreckklumpen saß. Dann ertönten von oben noch mehr Schreie. Schnell schleiften die Frauen Al in den Durchgang und ließen ihn dort liegen. Sie kehrten gerade zu dem Schacht zurück, als ein weiterer Körper herunterfiel, und kurz darauf noch einer. G'Kar und Garibaldi rollten in einem Knäuel von Armen und Beinen auf sie zu. Ivanova und Na'Toth mußten sich anstrengen, um die beiden voneinander zu trennen. Aber die Atempause währte nicht lange. Wütende Schreie und das Lachen von Betrunkenen kam von oben; jemand hielt eine PPG in die Brunnenöffnung und feuerte ziellos nach unten. Ein weiterer Schmutzregen prasselte auf die Gruppe nieder. Die beiden Frauen zogen die Männer aus dem Schacht in die Katakomben.

Sie stießen sich gegenseitig tiefer in den Tunnel hinein, wo sie Al Vernon mit einer Kerze sahen, die in einem umgedrehten Narn-Schädel steckte.

Ivanova deutete auf das schaurige Stück. »Wo haben Sie das denn aufgetrieben?«

»Pa'Ko kam angerannt und hat es mir in die Hand gedrückt«, berichtete ein verblüffter Al. »Dann hat er sich wieder dünngemacht.«

»Ich kann es ihm nicht verdenken«, murmelte Garibaldi. Er sah sich in dem düsteren Gang um und rümpfte die Nase über den fauligen Geruch. »Wo zum Teufel sind wir hier? Im Abwasserkanal?«

»In den Katakomben«, erklärte G'Kar. »In der Zeit bevor uns die Centauri überfielen, haben wir unsere Toten in diesen weitschweifigen unterirdischen Grabkammern bestattet. In der kühlen, trockenen Luft hier unten blieben die Leichen gut erhalten. Es war üblich, seine verstorbenen Verwandten regelmäßig zu besuchen. Während der Besatzungszeit haben die Freiheitskämpfer die Katakomben als Fluchtwege benutzt. Niemand hat je das gesamte Tunnelsystem erforscht, es ist zu gewaltig. Jedenfalls können sie hier unten nicht von allen Seiten über uns herfallen.«

»Was ist da oben vorgefallen?« wollte Na'Toth wissen.

Garibaldi berichtete. »Ich glaube, Mi'Ra hat mitbekommen, daß Sie beide einen Ausweg gefunden haben. Also hat sie uns mit allen ihren Leuten angegriffen. Wir konnten nur noch hierher flüchten.«

»Pst!« unterbrach ihn Na'Toth. »Hören Sie!«

Von oben rief ihn eine sanfte Stimme. »Garibaldi! Garibaldi!«

»Antworten Sie ihr nicht«, befahl Ivanova.

»Garibaldi, ich biete Ihnen einen Handel an!« Mi'Ras Stimme klang ganz vernünftig. »Ihnen wollen wir nichts tun – wir wollen nur G'Kar. Überlassen Sie uns G'Kar, und ihr anderen bekommt freies Geleit!«

Al kicherte. »G'Kar? Was haben die bloß? Wir haben G'Kar doch gar nicht.«

Alle sahen von dem rundlichen Menschen zu dem muskulösen Narn. Al Vernons Augen weiteten sich. Zitternd hielt er seine Kerze näher an G'Kars Gesicht. »Sagen Sie jetzt bloß nicht, Sie sind . . .«

»Ich habe Sie davor gewarnt mitzukommen.« Der Botschafter riß seine falsche Schädelkappe herunter und warf sie auf den Boden. Kurz darauf landeten dort auch seine Kontaktlinsen.

»Der Herr steh uns bei«, stöhnte Al und rannte in Panik den

schmalen Tunnel entlang. Sekunden später hörten sie einen Schrei und ein Krachen. Die Kerze erlosch, und es wurde stockfinster.

Ivanova lehnte sich gegen die Wand und überließ es den Narn, den dunklen Gang zu untersuchen, während sie die Brunnenöffnung im Auge behielt. Jedesmal, wenn sich die Öffnung verdunkelte, wurde sie unruhig und rechnete mit einem Angriff. Als sie sich umdrehte, sah sie, wie G'Kar mit der niedrigsten Stufe seiner PPG die Kerze erneut anzündete, in deren Licht Al wieder sichtbar wurde. Er lag auf dem Boden, in den Armen einer ausgetrockneten Narn-Leiche. Als auch der Händler seine Situation begriff, kreischte er hysterisch und stieß den Leichnam von sich weg, der zu Staub zerfiel. Jetzt blickte sich Ivanova genauer um und bemerkte, daß hier überall mumifizierte Leichen waren. Sie hingen an den Wänden, lagen in Regalen, saßen auf Bänken und waren wie Holzscheite an den Wänden aufgestapelt. Ein paar Schädel lagen lose herum.

Na'Toth half Al auf die Füße. »Beherrschen Sie sich, Mr. Vernon. Und passen Sie auf, wo Sie hintreten. Sie wollen doch nicht etwa die Ruhe der Toten stören?«

»Ich will nur nicht selber einer werden!«

Ivanova wurde durch ein weiteres Geräusch aufgeschreckt, drehte sich um und sah eine hünenhafte Gestalt, die hinter ihr durch den Brunnenschacht nach unten sprang. Sie schoß mit der PPG in die Dunkelheit und hörte ein Stöhnen. Trotzdem konnte sie nicht sicher sein, daß sie getroffen hatte.

»Los, verschwinden wir!« rief Garibaldi.

G'Kar ging mit der Kerze in der Hand voran, die anderen folgten ihm im Gänsemarsch durch die Katakomben. Dabei waren sie stets bemüht, nicht an die unzähligen Überreste verstorbener Narn zu stoßen. Ivanova bemerkte, daß sie unbewußt angefangen hatte, durch den Mund zu atmen. So bekam sie mehr Luft und roch außerdem den Moder nicht mehr so arg. Sie drängte sich durch die Gruppe, bis sie bei G'Kar und seiner flackernden Kerze angekommen war. »G'Kar, können wir durch diese Katakomben irgendwie zurück nach Hekba gelangen?«

»Ich glaube nicht«, erwiderte der Narn, »aber ich bin kein Experte, was die Katakomben anbelangt. Wenn dieser Junge lange genug stehenbleiben würde, damit wir ihn fragen könnten, würden wir es vielleicht erfahren.«

Kurze Zeit später bemerkten sie, daß sie sich einem flackernden Licht am Ende des Ganges näherten. Sie verlangsamten ihre Schritte und horchten. Ivanova hörte ein schabendes Geräusch, als sie sich einer Kammer näherten. Sie brachte ihre Waffe in Anschlag und folgte G'Kar, der in eine Art Grabgewölbe kroch; es war mit mumifizierten Leichenteilen vollgestopft und wurde von drei klobigen Kerzen erleuchtet. In alle Richtungen stoben kleine Gestalten davon und versteckten sich unter Särgen und Bänken. Ivanova hätte beinahe auf sie geschossen, bis ihr klar wurde, daß es Narn-Kinder waren. Der kleine Pa'Ko saß in eine Ecke gekauert und untersuchte etwas Grünes, Schimmeliges.

»Ihr habt es geschafft!« rief er ihnen grinsend entgegen. »Willkommen in unserem Zuhause! Wir müssen es uns mit den Toten teilen, aber das sind wenigstens ruhige Nachbarn.« Langsam steckten seine kleinen Freunde ihre Köpfe aus ihren Verstecken, und Ivanova stellte entsetzt fest, daß einige von ihnen nicht größer als vier- oder fünfjährige Menschenkinder waren. Al Vernon, Na'Toth und Garibaldi folgten ihnen nacheinander in das Gewölbe und starrten überrascht die Kinder an.

»Ihr könnt hier nicht bleiben«, warnte Ivanova sie, »da sind böse Leute hinter uns her. Wenn die wüßten, daß ihr uns geholfen habt, wären sie sehr wütend auf euch.«

Pa'Ko verbeugte sich tief und runzelte die Stirn. Er wurde ganz ernst und wirkte beinahe erwachsen. »Hier leben viele böse Leute. Vielleicht könnt ihr uns zu euch nach Hause mitnehmen!«

Die anderen Kinder nickten zustimmend, als könnte es nicht mehr schlimmer kommen. Ivanova holte tief Luft. Ihre wohltätige

Ader und ihre Muttergefühle erwachten. Sie hätte gerne alle diese Kinder nach *B5* mitgenommen, aber im Moment war unklar, ob überhaupt jemand von ihnen jemals lebend dorthin zurückkehren würde.

»Habt ihr denn keine Eltern?« fragte sie, obwohl sie die Antwort gar nicht hören wollte.

Pa'Ko zuckte mit den Schultern. »Die haben mich immer verprügelt, also bin ich abgehauen. Inzwischen habe ich gehört, daß sie tot sind.«

Ivanova sah sich in der modrigen Kammer um. Es gab drei Ausgänge, den, durch den sie gekommen waren, mitgerechnet. G'Kar untersuchte sie alle mit seiner Kerze.

»Ich glaube, hier könnten wir unsere Verfolger abschütteln«, meinte er. »Sie können nur raten, aber nicht sicher sein, welchen Weg wir genommen haben. Wir können nicht auf demselben Weg zurückgehen, also nehmen wir einen dieser Durchgänge. Die Kinder können den anderen nehmen.«

»Führt einer dieser Gänge nach Hekba?« fragte Ivanova die Kinder. »Oder zum Außenband?« Noch bevor sie antworten konnten, drang Lärm aus dem Tunnel hinter ihnen. Die Kinder schauten sich wachsam um.

»Wir haben keine Zeit mehr für Plaudereien«, flüsterte Garibaldi. »Wo geht's lang?«

Wie ein kleiner General, der seine Truppen sammelt, zerrte Pa'Ko die Kinder aus ihren Verstecken und winkte sie in den rechten Durchgang. Er gab dem ersten eine Kerze, schnippte mit den Fingern, und schon verschwand die ganze Bande in der Finsternis der Katakomben. Es tat Ivanova in der Seele weh, sie so schutzlos und alleine ziehen zu lassen. Andererseits, redete sie sich ein, hatten sie sich schon länger ohne Hilfe durchgeschlagen. Also würden sie es auch noch überstehen, daß ein Blutschwur auf ihrer Türschwelle ausgefochten werden sollte.

Als das letzte Kind verschwunden war, führte Pa'Ko die Erwachsenen zu dem linken Tunnel. Er ging voran, G'Kar, Na'Toth und Al Vernon folgten auf dem Fuße. Garibaldi und Ivanova schnappten sich die beiden übriggebliebenen Kerzen. So hatten sie Licht, und die Grabkammer lag in tiefer Dunkelheit. Als sie ihren Kameraden in den Gang nachliefen, hätte Ivanova schwören können, direkt hinter ihnen Stimmen zu hören. Vielleicht wurden sie auch nur von den Toten ausgelacht.

Sie war so sehr darauf bedacht, einen möglichst großen Abstand zwischen ihre Gruppe und die hartnäckigen Verfolger zu bekommen, daß sie ganz außer Atem kam. Einige Zeit später wurde ihr klar, daß in den Katakomben – abgesehen von ihren eigenen Schritten auf dem staubigen Boden – Totenstille herrschte. Sie blieb stehen, um ihre Lage besser einschätzen zu können. Um sie herum, in dieser unterirdischen Totenstadt, schien die Zeit stillzustehen. Selbst die Kinder waren irgendwie unwirklich gewesen.

Sie drehte sich um und sah sich einer Reihe von Leichen gegenüber, die sie aus ihren leeren Augenhöhlen anstarrten. Ihre eingefallenen Gesichter schienen höhnisch darüber zu lachen, wie vergeblich alle Mühen waren. Früher oder später würde sie sich zu ihnen gesellen, versicherten sie ihr.

Ivanova kam ein beunruhigender Gedanke. Sie hatten sich einem Straßenjungen anvertraut. Ihr Leben war in seiner Hand. Was, wenn sie ihm nicht trauen konnten? Was wußten sie schon über Pa'Ko? Nichts, mußte sie sich eingestehen. Aber sie wußte genau, was Mi'Ra war – sie war der Todesengel in dieser Totenstadt.

Susan Ivanova schloß zu Garibaldi auf und schirmte die Kerze mit einer Hand ab. Offenbar waren die anderen stehengeblieben. Sie drückte sich zwischen Garibaldi und einer Pyramide von Narn-Schädeln mit halbgeschlossenen Augenlidern hindurch, um herauszufinden, was der Grund dafür war. Der Gang teilte sich an dieser Stelle, und Pa'Ko deutete auf den linken Durchgang. »Hier gibt es auf halber Strecke einen Reliquien-Schrein, und wenn Sie nach oben schauen, finden Sie eine Leiter, die zur Oberfläche führt. Da kommen Sie bei einem größeren Schrein auf der Jasgon-Straße raus. Wenn Sie hier raus wollen, können Sie da hochklettern.«

Al schnippte mit den Fingern, »Jasgon-Straße? Das ist doch die Hauptattraktion hier, nicht wahr?«

»Ja«, antwortete Pa'Ko, »gehen Sie nach Süden die Straße entlang. Dann kommen Sie zum Außenband.«

G'Kar schüttelte den Kopf. »Dieser Ausgang ist allgemein bekannt. Sie könnten uns dort auflauern.«

»Hören Sie«, sagte der Junge, »wenn Sie gezwungen sind, in die Katakomben zurückzugehen, dann können Sie mich in der Kammer finden, in der wir uns vorhin getroffen haben. Ich habe da ein Versteck.«

Aus irgendeinem Grund zerstörte diese Antwort alle Zweifel, die Ivanova in bezug auf Pa'Ko gehegt hatte. Der Junge wollte ihnen nur helfen, obwohl er nicht erwartete, daß sie aus diesem Schlamassel heil herauskommen würden. Deswegen versuchte er auch dauernd, sie wieder loszuwerden. Er wußte, daß ihre Lebenserwartung vermutlich nicht höher war als die der Katakombenbewohner. Und er wollte nicht dabeisein, wenn sie sterben mußten.

»Vielen Dank.« G'Kar nickte dem Jungen anerkennend zu. »Du wirst später eine angemessene Belohnung erhalten.«

»Spitze!« Der Junge strahlte. Er deutete auf den außergewöhnlichen Kerzenhalter. »Kann ich den Schädel wiederhaben? Das ist ein Großonkel von mir, glaube ich.«

»Natürlich«, antwortete G'Kar mit einem Lächeln und übergab dem Jungen den verrußten Schädel. Der drehte sich auf dem Absatz um und verschwand in dem Gang auf der rechten Seite. Sie alle hielten inne und lauschten. Diesmal hörten sie Stimmen, schwach und geisterhaft hallten sie in den engen Tunneln wider, aber keiner von ihnen glaubte, daß es sich tatsächlich um Geister handelte. Ohne weitere Diskussionen gingen sie den linken Gang hinab. Ivanova suchte die eine Wand mit ihrer Kerze ab, Garibaldi die andere. G'Kar und Na'Toth bildeten die Nachhut. Al hastete nervös voraus und entdeckte den Schrein als erster. »Hier drüben!« rief er.

Ivanova erreichte ihn als nächste und beleuchtete den schlichten Altar mit ihrem Licht. Er bestand aus einem nur wenige Zentimeter hohen, bröckelnden Podest, auf dem eine stark stilisierte Frauenfigur aus einer Art Terrakotta stand. Die Statue war nicht gerade respektvoll behandelt worden. Ihre Arme und große Teile ihrer Beine waren abgebrochen – aber sie wirkte noch immer majestätisch. Ihre Flecken und der kahle Schädel kennzeichneten sie als Narn, aber sie hatte einen übernatürlichen Gesichtsausdruck und war üppiger als die meisten Narn-Frauen.

»Das ist D'Bok, unsere Erntegöttin«, erklärte G'Kar, als er hinter Ivanova auftauchte. »Das ist ein altmodischer Glaube. Die Märtyrer haben die alten Götter abgelöst. Aber sie gehört hierher – diese Katakomben stammen aus ihrer Zeit.«

G'Kar schaute auf eine Stelle ungefähr einen Meter links über ihnen, und Ivanova folgte seinem Blick mit dem Kerzenschein. Da war wirklich ein Schacht, wesentlich breiter als der in dem alten Brunnen, und in seiner Mitte hing eine richtige Strickleiter herab. Sonnenlicht schien herein. Ob dort oben nun ihre Mörder auf sie warteten oder nicht, Ivanova war froh, aus den Katakomben mit ihrem modrigen Geruch, ihrer fürchterlichen Dunkelheit und den grausigen Toten herauszukommen. Wenn sie schon sterben mußte, dann lieber vom Sonnenlicht geblendet und mit frischem Sauerstoff in ihren Lungen. Hier unten inmitten der Narn-Leichen aus mehreren Jahrhunderten zu sterben – das ließ den Tod alltäglich, unvermeidbar erscheinen.

Sie schlug sich die düsteren Gedanken aus dem Kopf und sah G'Kar an. »Gehen wir?«

»Sie wollen nicht hier unten sterben?«

»Nein.«

G'Kar zückte seine PPG und sagte fest: »Lassen Sie mich

vorangehen. Wenn sie mich erwischen, lassen sie euch vielleicht in Ruhe, obwohl ich das bezweifle. Es tut mir leid, daß ich Sie in diese unglückliche Lage gebracht habe.«

»Dann bringen Sie uns hier raus«, befahl Ivanova und rang sich ein Lächeln ab.

G'Kar nickte düster. »Das steht ganz oben auf meiner Liste. Und dann werde ich mich um Mi'Ra kümmern.« Er setzte seinen Stiefel auf die unterste Sprosse und zog sich aus der Dunkelheit nach oben.

16

In den antiken Katakomben der Narn-Heimatwelt beobachteten drei Menschen und eine Narn-Diplomatin angespannt, wie ein toter Botschafter durch ein Loch nach oben kletterte. Ihr Blick blieb nach oben gerichtet. Sie rechneten damit, daß jeden Moment eine Armee von Wahnsinnigen durch einen Gang stürmen würde, der mit mumifizierten Leichen verstopft war. Ivanova starrte nervös in die Höhe. Von G'Kar war nichts mehr zu sehen oder zu hören. Also beschloß sie, daß es an der Zeit war, den nächsten loszuschicken. Sie wäre am liebsten selbst gegangen, um endlich aus diesem Höllenloch herauszukommen, aber es war wohl besser, Garibaldi den Vortritt zu lassen.

»Sie gehen«, befahl sie ihm, »und halten Sie die Granate bereit. Wenn ich nach einer Minute nichts von Ihnen gehört habe, schicke ich Na'Toth und Al hinterher. Ich gehe zuletzt, für den Fall, daß sie uns von hier unten einholen. Los!«

Garibaldi nickte wie ein Soldat. Er wußte, daß dies nicht der Moment war, sentimental zu werden. Ivanova kannte die tiefen Gefühle, die ihr Kollege für sie hegte. Zwei Jahre lang hatten sie sich täglich aufeinander verlassen, unzählige Krisen gemeinsam überstanden und den unerwarteten Wechsel ihres Vorgesetzten verkraften müssen. Es gab nichts, was sie hätten sagen müssen. Garibaldi löste die Granate von seinem Gürtel und klemmte sie sich zwischen die Zähne, bevor er rasch die Leiter nach oben kletterte.

Ivanova zählte bis sechzig und bereitete Al darauf vor, als nächster zu gehen. »Da oben scheint alles friedlich zu sein«, sagte sie aufmunternd. »Klettern Sie so schnell wie möglich und schauen Sie nicht nach unten. Befolgen Sie einfach Garibaldis und G'Kars Befehle. Die haben schon mehr brenzlige Situationen überstanden.«

Al nickte und schluckte nervös. Dann griff er nach der Leiter und wartete darauf, daß Ivanova ihren Countdown beendete. Als die Minute ungefähr vorbei war, stupste sie Al an. Eins mußte man ihm lassen, er kletterte, als wäre eine Horde verrückter Narn hinter ihm her. Er erreichte den Ausgang fast genauso schnell wie Garibaldi. Ivanova horchte aufmerksam, konnte aber keine Schreie hören. Also winkte sie Na'Toth an die Strickleiter heran. Als diese ebenfalls verschwunden war, konnte sie sich voll auf den dunklen Gang konzentrieren, der hinter ihr lag.

Da waren noch immer Stimmen, die in den weitschweifigen Gängen widerhallten. Sie konnte nicht sagen, ob sie aus zehn oder hundert Metern Entfernung kamen. Nur eins stand fest, sie mußte hier raus. Sobald Na'Toth es geschafft hatte, blies sie die Kerze aus und schob sie zusammen mit ihrer Waffe in die Jackentasche. Dann packte sie die Strickleiter und beeilte sich, ans Tageslicht zu kommen.

Es war, wie Pa'Ko versprochen hatte. Sie tauchte inmitten eines kleinen Tempels auf. Dort stand in einer Nische eine große Statue der Erntegöttin D'Bok, ihr gegenüber ein paar Reihen altersschwacher Bänke, wo ein in Lumpen gekleideter Narn schlief. Ivanova wartete gebückt, bis sie Garibaldi entdeckte, der durch den Eingang hineinschaute und ihr zuwinkte. Ivanova zückte ihre Waffe und lief auf die sonnenüberflutete Straße hinaus, wo ihre

Kameraden hinter einer eingestürzten Mauer auf sie warteten. Die brennende Sonnenhitze traf sie wie ein Schlag, und sie hätte beinahe vor Freude laut gejauchzt. Die Schweißdrüsen auf ihrem Rücken prickelten und machten sich bereit, ihre Arbeit aufzunehmen. Sie fühlte sich sehr lebendig, als ob sie eine Chance hätten zu entkommen.

Die Jasgon-Straße war wie ausgestorben. Ihr fiel auf, daß die Lehmziegelbauten hier größer und besser instandgehalten waren als auf der V'Tar-Straße, aber jetzt in der Mittagshitze hielt sich niemand hier auf. Wenn das wirklich der Hauptanziehungspunkt dieser Gegend sein sollte, war das beunruhigend. Die Leute, die hier lebten, mußten über einen stark ausgeprägten Selbsterhaltungstrieb verfügen, sagte sie sich. Außerdem würde sich jeder, der seine fünf Sinne beisammen hatte, versteckt halten, bis sich dieser Blutschwur erfüllt hatte, so oder so.

Der Commander duckte sich mit den anderen hinter die Mauer und erwartete G'Kars Anweisungen. Der Narn lugte auf Händen und Knien um die Mauerkante herum. Offenbar hielt er nach Hinweisen auf einen Hinterhalt Ausschau. Ivanova blickte sich um. Über einem Laden fiel ihr ein außergewöhnliches Schild ins Auge. Es war ein Kreis, den ein Pfeil durchbrach, ähnlich wie ein stilisiertes »Q«. Sie tippte Na'Toth auf die Schulter und zeigte auf das Schild. »Was bedeutet das?«

»Medizinische Ambulanz.«

»Hier?« fragte Ivanova erstaunt.

»Dr. Franklin praktiziert doch auch mehrmals pro Woche für ein paar Stunden in der Unterwelt«, erwiderte die Narn. »Bei uns gibt es auch selbstlose Ärzte.«

Sie hörten hinter sich ein Schlurfen. Ivanova wirbelte herum und sah, wie der Stadtstreicher sich davonmachte, aber er hatte ein paar Lumpen auf der Bank zurückgelassen. G'Kar rannte gebückt hinüber, um sie zu holen.

»Was tun Sie da?« fragte Ivanova ihn.

Der Narn lächelte und warf sich die Lumpen über die Schultern. »Ich sehe hier draußen niemanden. Das muß aber nicht bedeuten, daß sie nicht hier sind. Tatsächlich hat es vermutlich etwas zu sagen, daß niemand auf der Straße ist.« Er fuhr fort: »Plan A lautet, wir gehen auf direktem Weg nach Süden zum Außenband, obwohl sie uns dort womöglich erwarten. Plan B, wir kehren um und steigen wieder in die Katakomben hinab.« G'Kar sah die entmutigten Gesichter der Menschen und verzog den Mund. »Sie wollen nicht wieder da hinunter? Ich auch nicht. Aber wir können hier draußen im Freien bei Tageslicht eine größere Gruppe von Angreifern nicht länger aufhalten. Dort unten dagegen schon. Das heißt, wir könnten warten, bis es Nacht wird. Dann sollten wir uns besser fortbewegen können.«

»Gibt es auch noch einen Plan C?« fragte Al Vernon zaghaft, der zitterte, obwohl die große, rote Sonne auf ihn herunterschien.

»Plan C ist, daß ich mich ihnen stelle«, erklärte G'Kar, »obwohl ich nicht wirklich glaube, daß ich damit Ihre Leben retten könnte. Aber jetzt werde ich erst mal da rausgehen und möglicherweise dadurch ihr Feuer auf mich lenken. Wir müssen wissen, ob sie da sind.«

»Überlegen Sie sich das lieber«, bat Ivanova. »Als Sie gegen die Rebellen auf den Kolonien kämpften, was hätten Sie da gemacht?«

»Dasselbe«, antwortete G'Kar lächelnd. »Nur hätte ich einen von euch geschickt.«

»Lassen Sie mich gehen«, bot sich Na'Toth an.

Er gab ihr seine Waffe. »Nein, jeder von Ihnen muß mir Dekkung geben. Mein Leben hängt von Ihren Schießkünsten ab. Ich werde versuchen, wie ein Stadtstreicher auszusehen, der unter Drogen steht, vielleicht fordern sie mich dann auf zu verschwinden. So oder so werde ich merken, wer da draußen ist.«

Ohne weitere Diskussionen stolperte G'Kar auf die Straße hinaus, schwankte hin und her und fing an zu singen. Na'Toth kicherte einen Moment lang und wurde dann wieder ernst.

»Was ist?« fragte Ivanova.

»Oh, das ist ein ziemlich unanständiges Lied«, erklärte sie. Die schlanke Narn-Frau robbte um die Mauer. Dann stützte sie sich auf die Ellbogen, um richtig zielen zu können. Ivanova nahm seufzend auf der anderen Seite eine ähnliche Stellung ein. Garibaldi wartete und vertrieb sich die Zeit damit, mit seinen Zähnen zu mahlen. Er hob seine Granate auf und befreite sie vom Staub. Ivanova bezweifelte, daß sie jemand beachtete, solange ein betrunkener Narn die Straße hinunterwankte und ein schweinisches Lied grölte.

Nun, dachte G'Kar schicksalsergeben, er war ausgezogen, um sein Leben zu retten, und nun endete die Sache damit, daß er es wegwarf. Das hier grenzte an Selbstmord, dessen war er sich bewußt. Diese Bande würde einen Betrunkenen genauso sicher umbringen wie einen Botschafter. Er hoffte nur, daß seine Freunde und Kollegen lebend entkamen.

Er schmetterte eine weitere Strophe des gewagten Liedes und blieb mitten auf der Straße stehen, schwankte unsicher und dachte dabei über die Vergangenheit nach. Er bereute lediglich, daß er Du'Rogs Familie so sträflich vernachlässigt und ihnen noch mehr Leid zugefügt hatte als Du'Rog selbst. Er hätte die Sache bereits vor Jahren in Ordnung bringen können. Statt dessen hatte er die Saat für seinen eigenen Untergang gesät. Dabei hätte er diesen unschuldigen Leuten viele Qualen, Haß und schmerzliche Erfahrungen ersparen können. Es war seine Schuld, daß ihre Seelen aus dem Gleichgewicht geraten waren, wie die Minbari das ausdrükken würden. Seine Seele fühlte sich ähnlich, deshalb hatte er plötzlich Verständnis dafür.

Mi'Ra hätte jetzt eigentlich an der Universität studieren müssen, damit beschäftigt, Verehrer abzuweisen, anstatt ihr junges Leben für ein blutiges Shon'Kar zu opfern. Shon'Kar hätte er vermeiden können. Er erinnerte sich an ein Sprichwort der Menschen, das hierher paßte: Am Ende bedauern wir nicht, was wir getan haben, sondern was wir nicht getan haben.

»Verschwinde hier!« zischte ihm plötzlich eine Stimme zu. G'Kar legte seinen Kopf schief, als könnte er etwas hören, und versuchte herauszufinden, woher die Stimme kam. Er entdeckte einen Heckenschützen, der sich zwischen zwei Häuser duckte und mit den Armen ruderte, um ihn zu verscheuchen. Na ja, dachte G'Kar, vielleicht sollte er dieser Aufforderung einfach Folge leisten.

Er konnte sich nicht so schnell bewegen, wenn er die Rolle des Betrunkenen weiterspielen wollte, stolperte aber ungefähr in Richtung seiner Kameraden zurück. Er hoffte, sie würden seinen Hinweis verstehen, und fing an, ein anderes Lied zu singen, ein kleines Liebeslied, das er auf *B5* häufig zum Besten gab. Für kurze Zeit glaubte der Botschafter, er würde es bis zu der Mauer schaffen, ohne erkannt zu werden. Doch dann durchbrach eine Stimme die unnatürliche Stille.

»Das ist er!« schrie Mi'Ra. »Feuer!«

Ihre Warnung gab ihm die Gelegenheit, sich zu Boden zu werfen, so daß das Plasmafeuer über seinen Kopf hinwegstob und hinter ihm die Straße aufriß. Er robbte so schnell wie möglich vorwärts, während seine Kameraden das Feuer erwiderten. Sie beharkten die ganze Jasgon-Straße mit ihren PPGs. Die Schreie hinter ihm lieferten den Beweis für die Treffsicherheit seiner Freunde. G'Kar riskierte einen Blick über die Schulter und wünschte, er hätte sich das verkniffen. Gerade stürzte nämlich Mi'Ra mit zwanzig anderen aus ihrem Versteck. Sie schrien wie verrückt. G'Kar sprang auf und rannte, so schnell er konnte. Er hechtete über die Mauer und schlug hart gegen ein Podest, das gleich darauf von einem Schuß getroffen wurde und zu Staub und Asche zerfiel, so daß er husten mußte.

»Al!« rief Ivanova, »zur Leiter!« Der pummelige Mensch ließ sich nicht länger bitten und brachte sich in Sicherheit. Na'Toth und Ivanova schossen weiter mit tödlicher Zielsicherheit auf den vorrückenden Mob, aber Mi'Ra und einige ihrer Mitstreiter ließen sich nicht aufhalten. Schlimmer noch, das Feuer der Angreifer zerstörte nach und nach die schützende Mauer. Noch ein paar Sekunden, und ihre Deckung wäre dahin.

»Na'Toth und G'Kar!« befahl Ivanova. »Zur Leiter, los!« Sie warf einen Blick auf Garibaldi, der seine Granate hochhielt. Sie nickte.

Die Frauen rannten zum Schrein, aber G'Kar blieb einen Augenblick zurück. Er wollte sehen, ob Garibaldi versuchen würde, Mi'Ra zu töten. Nur so konnten sie vermutlich dem Tod entkommen. Der Sicherheitschef warf die Handgranate und verfolgte mit den Augen ihre Flugbahn. Mi'Ra war geistesgegenwärtig genug, sich in den Dreck zu rollen, als sie die Granate an sich vorbeisegeln sah, gerade noch rechtzeitig, bevor sie in ihrer entsetzten Horde landete. Sie kreischten, noch ehe sie in Flammen aufgingen.

Ein Feuerstoß zerstörte endlich den letzten Rest der Mauer. G'Kar und Garibaldi rannten nun auch zum Schrein zurück und sprangen über die Bänke. G'Kar ließ sich jedoch etwas zurückfallen, so daß Garibaldi als erster in der Tiefe verschwand. Die Erfahrung, dem Tod ins Auge gesehen zu haben, hatte ihn hart gemacht. Wenn ihn der Tod wollte, sollte er ihn haben! Von jetzt an würde er sein eigenes Leben zuerst und vor allem aufs Spiel setzen und seine Freunde beschützen, so gut er konnte. Vielleicht verlangte das Schicksal von ihm, auf diese Weise seine Taten zu sühnen – durch Selbstlosigkeit. Er gehorchte mit Freuden. Er blickte zu D'Bok, der Erntegöttin, auf. Ein PPG-Strahl löste ein Stück der Nische aus der Wand, aber G'Kar nahm sich die Zeit für eine Verbeugung vor der hochverehrten Göttin. »D'Bok, Herrin der Felder, ich lege mein Leben in deine Hände. Hilf mir, mich mutig und ehrenvoll zu verhalten.«

Ein weiterer Schuß verfehlte seinen Kopf nur knapp, als sich G'Kar in das Loch im Boden fallen ließ und geschickt auf der obersten Sprosse der Strickleiter landete. Er stieg ein Stück hinunter, dann zog er ein Messer aus seinem Stiefel und begann, die Stricke über seinem Kopf durchzutrennen. Er biß die Zähne zusammen und sägte noch kräftiger, als er wütende Schreie und laute Schritte auf sich zupoltern hörte. Das erste Seil riß, und er sackte ein Stück nach unten und prallte gegen die Wand des Schachtes. Er stöhnte auf und machte sich daran, auch noch das andere Seil durchzuschneiden. Die Stimmen waren bereits bedrohlich nah. Er dachte daran, sofort hinunterzuspringen, wollte den Angreifern jedoch den Weg nach unten so schwer wie möglich machen.

G'Kar sägte wildentschlossen mit seiner Klinge an dem Seil herum, als die lautesten Schritte plötzlich verstummten. Eine Hand, die eine PPG hielt, tauchte über dem Loch auf. G'Kar erinnerte sich an diese Taktik. Er stieß mit seinem Messer nach oben, erwischte den Unterarm des Narn und spießte ihn auf wie einen fetten Fisch. Blut spritzte, und die Waffe landete krachend irgendwo im Schacht. Der Verwundete schrie auf und versuchte, sich zu wehren. Als sich daraufhin noch mehr Gauner um das Loch drängten, ließ G'Kar sowohl Messer als auch Strickleiter los. Die Beine knickten unter ihm ein, als er landete, und seine Schulter stieß hart gegen die Wand. Er schüttelte den Kopf, um die aufkommende Benommenheit zu vertreiben. Irgend etwas bohrte sich in seinen Rücken. Er tastete danach und fand die abgestürzte Waffe. Kein schlechter Tausch, dachte er, eine PPG für ein Messer. Er zielte über sich, um seine Arbeit an der Leiter zu vollenden, aber zwei Hände mit Waffen senkten sich gerade in das Loch. Brocken der Schachtwand wurden von dem Plasmaphasenfeuer herausgerissen, und G'Kar rannte davon, bevor der Schutt ihn treffen konnte.

In der Nähe erwartete ihn Ivanova, die ihm mit ihrer Kerze ein Zeichen gab. »Kommen Sie!« drängte sie ihn. »Die anderen sind schon zur Kammer zurückgelaufen.«

Er kam ihr entgegen und winkte mit seiner neuen Waffe. »Sehen

Sie, was ich gefunden habe! Gehen Sie zu den anderen. Ich habe zwar die Leiter halb durchgeschnitten, aber ich will sie ganz davon abhalten, uns hierher zu folgen.

Ivanova schüttelte den Kopf. »Nicht vergessen! Sie sind nicht Superman!«

»Wer?«

»Aufgepaßt!« schrie Ivanova. Sie zerrte G'Kar aus dem Weg und schoß auf einen der Schurken, der gerade aus dem Schacht auftauchte. Er fiel gegen die Reihe von Leichen, und es sah aus, als hätte sich einfach das jüngste Familienmitglied zu ihnen gesellt.

»Vo'Koth!« rief eine Stimme von oben. »Vo'Koth!«

G'Kar legte einen Finger an die Lippen, um Ivanova zu signalisieren, daß sie nichts sagen sollte. Man sollte oben nichts hören. Die sollten begreifen, daß jeder, der die Katakomben über den Schrein betrat, den Tod finden würde.

»Das sind keine ausgebildeten Soldaten, die für ihre Heimat kämpfen«, flüsterte G'Kar, »nur feige Halsabschneider. Ihre Verluste müssen gewaltig sein, und Mi'Ra kann sich nicht darauf verlassen, daß sie weiterhin ihr Leben für sie riskieren. Warten wir, bis es dunkel wird.«

Ivanova nickte zustimmend, aber sie hatten ein Problem. »Wir Menschen werden bald Wasser brauchen, und wir alle werden Hunger kriegen.«

»Wir werden schon etwas finden«, versprach G'Kar, »irgendwie.«

Ivanova und G'Kar blieben noch eine Zeitlang an dem Schrein stehen, aber es folgten keine weiteren Söldner, um nach dem Toten zu sehen. Beide Seiten wollten offensichtlich abwarten. Ivanova fühlte sich noch immer benachteiligt, sie wäre lieber an der Oberfläche gewesen als in dieser unterirdischen Totenstadt. Aber wenigstens waren sie noch alle am Leben, und es schien eine Verschnaufpause zu geben.

Auf dem Weg zurück zu der Grabkammer kam ihnen plötzlich ein Licht entgegen, und sie gingen in Deckung. Kurze Zeit später erkannten sie Garibaldi, der eine kleine Kerze hielt.

»Da sind Sie ja!« stellte er erleichtert fest. »Ich wollte schon einen Suchtrupp nach Ihnen ausschicken.«

G'Kar kicherte. »Wir wollten sie überreden, uns nicht zu verfolgen. Anscheinend hatten wir Erfolg. Sind sie an Ihrem Ende irgendwo aufgetaucht?«

»Nein«, antwortete Garibaldi, »ich bin den ganzen Weg bis zum Brunnen abgegangen. Ich glaube, die wollten uns nur hier wieder rausjagen, sonst wären sie gar nicht runtergekommen.«

»Und jetzt warten sie ab, genau wie wir«, sagte Ivanova.

Dieser Schlußfolgerung gab es nichts mehr hinzuzufügen. Sie folgte G'Kar und Garibaldi zu der gespenstischen Grabkammer, in der sie Pa'Ko und die Kinder getroffen hatten. Pa'Ko war auch jetzt wieder da, wie er gesagt hatte. Al Vernon und Na'Toth bewachten die beiden anderen Eingänge zur Kammer. Als er die Neuankömmlinge entdeckte, sprang Pa'Ko auf und klopfte sich vor G'Kar mit der Faust auf die magere Brust. »Sir, ich habe erfahren, daß Sie eine wichtige Persönlichkeit sind, ein Botschafter! Sie waren verkleidet. Das habe ich gemerkt.«

»Ich hoffe, du kannst das für dich behalten«, meinte G'Kar und zwinkerte ihm zu. »Es sieht so aus, als könntest du ein Geheimnis bewahren. Das ist gut zu wissen.«

»Wenn es nicht so wäre«, erklärte der Junge fröhlich, »dann wären Sie längst tot.«

G'Kar räusperte sich. »Vermutlich. Also hör zu, Soldat, wir werden bis zur Dämmerung hierbleiben. Aber unsere Freunde von der Erde brauchen Wasser, und wir könnten alle etwas zu essen vertragen.« Er sah Al an. »Haben Sie noch ein paar Münzen übrig?«

Al grinste sichtlich verlegen, durchsuchte seine Taschen und förderte eine Handvoll schwarzer Münzen zutage. »Ich hatte in dieser Bar ein bißchen Glück beim Wetten«, erzählte er wehmütig. »Ach, was gäbe ich darum, jetzt dort zu sein!« Er übergab dem erstaunten Pa'Ko alle Münzen. »Könntest du uns hierfür vielleicht etwas zu essen und zu trinken besorgen?«

Der Junge nickte aufgeregt. »Ein Festessen! Ich kenne eine gute Köchin, die auch ein Geheimnis für sich behalten kann.«

»Es muß nicht gleich ein Festessen sein«, sagte Al. »Das Wasser ist am wichtigsten. Und ein paar Bewegungsmelder wären auch nicht schlecht.« Er zwang sich zu einem Lächeln. »Ich mache nur Spaß.«

»Silsop-Kuchen«, schlug G'Kar vor, »etwas, das leicht zu transportieren ist. Und behalte ein paar Münzen für dich.«

Der Junge nickte abermals eifrig, vollführte eine übertriebene Verbeugung und knallte die Hacken zusammen. Dann war er wie der Blitz verschwunden.

»Ich hasse es, mir Loyalität erkaufen zu müssen«, erklärte G'Kar, »aber meistens funktioniert es.«

Al sah ihn vorwurfsvoll an. »Wenn wir je hier rauskommen, schulden Sie mir eine Menge Geld, Herr Botschafter!«

»Wenn!« wiederholte Garibaldi mit Nachdruck.

G'Kar nickte ernst. »Ich weiß, daß ich bei Ihnen allen in der Schuld stehe. Glauben Sie nicht, daß ich das vergessen werde. Ich war ein vollkommener Idiot, aber ich habe Entscheidendes darüber gelernt, wie man Leute behandelt.« Der Botschafter ging zu einem der drei Ausgänge und lehnte sich dort an die Wand. Die PPG baumelte noch immer an seinem muskulösen Arm. »Angst und Nachlässigkeit gehen oft Hand in Hand«, fuhr er fort. »Wir verdrängen einfach die Dinge, die wir fürchten. Und dann müssen wir befürchten, daß diese Dinge eines Tages vielleicht wiederkehren, um uns zu quälen.« Er deutete auf die düstere Grabkammer, die ihn umgab. »Sehen Sie sich diesen Ort an. Hier leben unsere Kinder. Auch wenn es in anderen Gesellschaften ähnliche Orte gibt – um so etwas muß man sich einfach kümmern! Sonst züchtet man solche Kreaturen wie unsere Verfolger heran. Und eines Tages sind die dann nicht mehr damit zufrieden, sich gegenseitig für ein paar Münzen umzubringen.«

Dagegen konnte niemand etwas sagen, besonders nicht unter den gegenwärtigen Umständen. Sie hatten keine Granaten mehr, aber drei PPGs und mehrere Kerzen. Ivanova dachte auch an die unerträgliche Hitze, die bald an der Oberfläche herrschen würde. Sie sollten froh sein, zehn Meter unter der Erde zu sein, hier würde die Luft angenehm kühl bleiben. Daran konnte sie sich gewöhnen, aber niemals an den ekelerregenden Geruch, die grotesk grinsenden Leichen und ihre Platzangst. Sie bezweifelte, daß viele Menschen gerne in diesen Katakomben sein würden. Ob es nun der Sternenhimmel oder eine Station in der Umlaufbahn um einen Planeten war, die Menschen liebten eben Freiräume. Der Commander stellte sich an einem zweiten Höhleneingang auf und überprüfte ihre Waffe.

Commander Ivanova starrte zu lange in das flackernde Kerzenlicht, so daß sie erst durch das Geräusch scharrender Füße im Gang aus ihren Tagträumen hochschreckte. Sie verfluchte sich für ihre Unachtsamkeit und zog ihre Waffe. Wenn die PPG nicht fast leer gewesen wäre, hätte sie sofort gefeuert. Zum Glück wartete sie damit, denn jetzt konnte sie Pa'Kos fröhliches Kichern hören. Er hüpfte auf sie zu und hatte eine große Plastiktüte in der Hand. »Essenszeit!« rief er gutgelaunt.

Zuerst teilte er Plastikflaschen an die drei Menschen aus, die begierig tranken. Das Wasser roch fremdartig, schmeckte aber kühl und erfrischend. Ivanova wußte, daß sie sich dabei Parasiten oder Bakterien einfangen konnte, die sie vielleicht wochenlang nicht mehr los wurde. Aber das war ihr im Moment gleichgültig.

Dann packte der Junge ein paar kleine Kuchen, geräucherten Fisch und Fleisch sowie getrocknete Früchte aus. »Ich hatte doch ein Festessen versprochen!« erklärte er stolz.

»Vielen Dank, Pa'Ko.« G'Kar tätschelte dem Jungen den kahlen Schädel. »Du hast uns gute Dienste geleistet. Wenn du uns nach *B5* begleiten willst – wenn das alles hier vorüber ist –, finden wir vielleicht Adoptiveltern für dich. Würde dir das gefallen?«

»Spitze!« Der Junge strahlte über das ganze Gesicht. »Jetzt müssen Sie aber etwas essen.«

G'Kar nahm einen Kuchen und knabberte daran. »Hast du da draußen jemanden von unseren Freunden gesehen?«

Pa'Ko nickte ernsthaft. »Ich habe die schöne Dame gesehen. Sie hat ein paar von den anderen angeschrien und sie Clowns und Feiglinge genannt.« Der Junge lachte und schlug sich auf die Schenkel. »Die hat die Kerle durchschaut!« Er zuckte mit den Schultern. »Ich glaube, die hätten sie am liebsten umgebracht, aber ein paar von den Mutigeren und Jüngeren haben zu ihr gehalten. Ich habe gesehen, daß sie einigen, die gegangen sind, Geld gegeben hat. Es ist so viel gekämpft worden, daß sie Angst haben, daß die Ranger kommen. Aber ob die kommen oder nicht, weiß man ja nie, oder?«

»Du hast eine Menge beobachtet«, lobte Na'Toth ihn und beugte sich vor, um sich ein Stück Räucherfleisch zu nehmen.

»Wie immer!« grinste Pa'Ko. »Das Essen ist gut, nicht wahr? Ich habe unterwegs etwas davon probiert. Tante Lo'Mal weiß wirklich, wie man Schweinefleisch räuchert. Die anderen tauschen ihre Kuchen gegen das Fleisch. So hat sie immer mehr, als sie braucht.«

Al nahm sich einen Happen und biß ein großes Stück ab. »Delikat!« versicherte er dem Jungen.

»Mit diesen ganzen Vorräten«, meinte G'Kar, »können wir es leicht bis zur Arbeitersiedlung schaffen. Je mehr Leute Mi'Ra verliert, desto weniger Fluchtwege kann sie überwachen lassen. Sie rechnet bestimmt immer noch damit, daß wir zum Außenband wollen. Also sollten wir vielleicht etwas anderes ausprobieren.«

»Ich bin zu allem bereit«, ließ sich Garibaldi vernehmen.

Es war erstaunlich, wie Essen und Trinken die Stimmung heben konnten, selbst wenn man in düsteren Katakomben festsaß, von toten und tödlichen Narn umgeben, dachte Ivanova und kicherte über ihr eigenes Wortspiel.

»Was ist so lustig?« wollte Na'Toth wissen und kicherte gleich mit.

Ivanova wurde ein wenig flau, aber das beunruhigte sie nicht weiter. Erst als sie sah, wie G'Kar sich an die Kehle griff und herumstolperte, als hätte er seinen Gleichgewichtssinn verloren, wurde sie mißtrauisch. Na'Toth lachte lauthals über diesen Anblick, bis auch sie würgte und keine Luft mehr bekam. Ivanova drehte sich um und verlor dabei das Gleichgewicht. Sie versuchte, sich auf die bizarren Gegenstände zu konzentrieren, die um sie herumtanzten. Der größte davon war Al Vernon, der tief und fest auf dem staubigen Boden schlief.

Garibaldi drehte sich um sich selbst und fuchtelte mit seiner Waffe herum. Er schwankte und rieb sich die Augen, fühlte sich also offensichtlich auch nicht besonders gut. »Du hast uns vergiftet, du kleiner Bastard!« schrie er. »Wo zum Teufel steckst du?«

Ein kindliches Kichern schien von den Wänden zurückgeworfen zu werden.

G'Kar brach zuckend zusammen. Na'Toth kniete am Boden und erbrach sich. Garibaldi stolperte herum, anscheinend von Sehstörungen geplagt. Die ganze gespenstisch beleuchtete Grabkammer schwankte wie ein Schiff im Sturm. Trotzdem konnte Ivanova noch den kleinen Narn entdecken, der in Richtung eines Ausgangs lief. Sie wollte mit ihrer Waffe auf ihn zielen, schaffte es aber nicht mehr, sie ruhig zu halten.

Der Junge drehte sich noch einmal zu ihnen um und schüttelte traurig den Kopf, wie ein Erwachsener, der über die Vergänglichkeit des Lebens philosophiert. »Spitze! Ihr wart wirklich spitze, Leute. Genießt das Leben nach dem Tod, mit besten Grüßen von den Thenta Ma'Kur.« Dann verschwand er mit einem Purzelbaum.

17

Ivanova torkelte umher und versuchte, den Blick auf ihre eigenen Hände zu konzentrieren. Das half, denn die Grabkammer, die Kerzen und die Leichen hörten auf, sich um sie zu drehen. Sie wußte nicht, ob es stimmte, aber sie redete sich ein, daß das Gift für sie nicht tödlich war. Bei G'Kar und Na'Toth war sie da nicht so sicher. Die beiden wanden sich vor Schmerzen auf dem staubigen Boden der Kammer.

»Garibaldi! Garibaldi!« rief sie.

»Ja, ja«, brummte dieser. »Der kleine Scheißer hat uns vergiftet.«

»Ich weiß«, antwortete sie und versuchte, nicht ängstlich zu klingen. Da Garibaldi der einzige war, der sich außer ihr noch auf den Beinen hielt, konnte sie ihn leicht erkennen. Sie wankte zu ihm hinüber und klammerte sich an seine Schulter. »Hören Sie, ich glaube nicht, daß wir Menschen davon sterben werden. Das Zeug hat eine verheerende Wirkung auf die Narn, aber bei uns ruft es nur Halluzinationen hervor. Und auf Al wirkt es wie ein Schlafmittel.«

»Wir müssen Hilfe holen«, murmelte Garibaldi. Er fuhr sich durch sein kurzgeschorenes Haar, sein Gesicht war von Erschöpfung verzerrt.

»Ich glaube, ich weiß, wo wir die finden können, aber ich bin mir nicht sicher.« Ivanova unterbrach sich, um sich in der vom Kerzenschein erhellten Höhle zu orientieren. Sie betrachtete die drei Ausgänge und überlegte. »Welcher führt zurück zum Schrein?«

Garibaldi deutete auf den linken. »Susan, wenn Sie sich genauso fühlen wie ich, sind Sie nicht in der Lage, so einen Ausflug zu unternehmen.«

»Irgend jemand muß gehen«, erwiderte sie stur und warf noch einen Blick auf ihre sterbenden Freunde. Sie bückte sich und hob zwei Dinge vom Boden auf: eine Kerze und eine Plastikflasche, in der noch etwas Trinkwasser war. »Wünschen Sie mir Glück«, verabschiedete sie sich. Garibaldi war auf sein Hinterteil gefallen und stierte teilnahmslos vor sich hin.

Ivanova umfaßte ihre Waffe, mehr als Stütze denn zur Verteidigung, und stolperte den Gang entlang. Sie versuchte, die lederartigen Narn-Schädel nicht zu beachten, die sie wissend anlächelten. Das Gift hatte eine angenehme Nebenwirkung: Die mumifizierten Leichen erschienen ihr nicht mehr wirklich, sondern wie Traumgesichte. Ivanova hatte kein besonders gutes Zeitgefühl, aber sie konnte sich gut markante Stellen merken, selbst wenn es sich um Schädelhaufen oder besonders scheußliche Leichen in knallroten Kleidern handelte. Sie fand die Abzweigung und ging, wie zuvor, nach links. Bald war sie wieder an dem Schrein. Das heißt, sie fand zuerst den Mann, den sie vorhin getötet hatte. Sein verächtliches Grinsen war beunruhigend. Sie versuchte, seinen leeren Blick zu ignorieren, als sie zwischen ihn und die Statue von D'Bok trat. Der Blick der Göttin ließ Scham in ihr aufsteigen. Sie hatte dieses Heiligtum durch ihre Tat entweiht.

Die Russin fluchte leise, als ihr Blick auf die Strickleiter fiel, die nur noch an einem Seil baumelte. Aber sie war nicht so schwer wie die Männer, die versucht hatten, dort herunterzuklettern. Sie schob ihre Waffe und die Flasche in den Gürtel und machte sich auf den Weg. Dann bewegte sie sich langsam nach oben und hielt sich zusätzlich an den Wurzeln im Schacht fest. So gelangte sie wieder an die Oberfläche. Zurück im Tageslicht, mit frischer Luft, wurde sie auch langsam wieder klar im Kopf.

Es war gut, daß sie durch das Gift nicht so klar denken konnte. Sonst hätte sie sich vielleicht nicht getraut, den Kopf aus dem Schacht zu stecken. Schließlich konnte sie nicht wissen, was sie dort oben erwartete. So kletterte sie aus dem Schacht, erstarrte und hielt den Atem an. Als niemand auf sie schoß, faßte sie den Entschluß, sich erst einmal keine Gedanken über das Sterben zu machen. Trotzdem fragte sie sich, wo die Heckenschützen geblieben waren. Wenn sie nicht hier warteten, wo dann?

Sie blickte sich um, aber der Schrein sah genauso aus wie vorher. Es war allerdings wesentlich heißer geworden. Da sie sich über den Tod keine Gedanken mehr machte, ließ sie die Waffe im Gürtel stecken, als sie auf die Straße lief und nach dem Schild mit dem »Q« suchte. Ivanova hatte es bald gefunden, gleich hinter der zerschossenen Mauer, die ihnen als Feuerschutz gedient hatte. Sie klopfte nicht, sondern stürmte einfach hinein. Dann blieb sie abrupt stehen, denn in den Betten lagen mehrere Narn mit schwersten Verbrennungen. Auch die Krankenschwester im Hintergrund erstarrte. Sie hatte wohl nicht damit gerechnet, hier im Grenzgebiet einem Menschen zu begegnen. Sie hielt für eines der Brandopfer eine Infusionsflasche hoch und hängte sie jetzt vorsichtig an einen Ständer. »Doktor!« rief sie dann. »Wir brauchen Sie hier draußen.«

Eine ältere Narn in weißer OP-Kleidung kam herein und zog erstaunt ihre Atemmaske vom Gesicht, als sie Ivanova entdeckte.

»Bitte helfen Sie mir, Doktor«, bat diese, »mehrere aus unserer Gruppe sind vergiftet worden. Es scheint die Menschen nicht so schlimm erwischt zu haben, aber ich fürchte, die Narn liegen im Sterben!«

»Wo sind sie?« fragte die Ärztin vorsichtig.

»In den Katakomben. Nicht weit von hier.«

Die Ärztin kratzte sich die Falten unter ihrem Kinn. »Wir bekommen hier nicht viele Menschen zu Gesicht. Hatten Sie etwas mit dem Gemetzel zu tun, das heute hier draußen stattgefunden hat? Haben Sie diese Männer verbrannt?«

»Sie wollten uns umbringen!« schrie Ivanova aufgebracht. »Das hängt alles mit diesem Shon'Kar zusammen. Hören Sie, Doktor, ich erkläre Ihnen die Sache gerne irgendwann. Aber jetzt brauche ich ein Gegengift!«

»Ich weiß nicht.« Die Ärztin starrte sie strafend an. »Dank Ihnen habe ich im Moment sehr viel zu tun.«

Unerschrocken hielt Ivanova ihr die Wasserflasche hin. »Hier ist der Rest von dem vergifteten Wasser. Können Sie es untersuchen?«

Mit einem Stirnrunzeln nahm die Ärztin ihr die Probe ab. »Haben wir nicht schon genug Probleme im Grenzland, auch ohne daß sich Menschen und wohlhabende Narn hier herumtreiben?«

»Ich schätze, schon«, meinte Ivanova. »Aber was wollen Sie von mir? Meine Freunde sterben, und Sie verschwenden meine Zeit! Wenn Sie mir einfach nur das Gegengift geben könnten, verabreichen kann ich es selber.«

Die Ärztin murmelte etwas Unverständliches und ging zurück ins Hinterzimmer. Ivanova trat in den Durchgang und sah zu, wie die Narn etwas von der Flüssigkeit in eine Art Zentrifuge gab. Die drehte sich, dann tauchte die Frau ein paar Drähte in die Probe und las kurze Zeit später die Meßwerte ab.

»Katissium«, verkündete sie, »ein beliebtes, geschmacksneutrales Gift, das man billig herstellen kann. Das Gegengift ist allerdings teuer.«

Ivanova zückte ihren Creditchip und warf ihn vor der Ärztin auf den Tisch. »Das sollte Ihre Kosten decken. Die Zeit läuft uns davon, Doktor.«

Die Frau lächelte. »Interessant, daß Katissium auf Menschen fast keine Wirkung hat. Ich muß das in meinen Aufzeichnungen vermerken.« Sie ging zu einem Schrank und nahm eine Injektionspistole heraus. »Bei den Menschen weiß ich es nicht, aber den Narn müssen Sie das Gegengift in den Hals spritzen. Genau hier.« Sie berührte eine Stelle zwischen einer knorpeligen Ausbuchtung und einer dicken Arterie an ihrem Hals. »Danach müssen sie sich ausruhen.«

»Beeilen Sie sich einfach!« flehte Ivanova.

Commander Ivanova steckte die mit dem Gegengift gefüllte Injektionspistole in ihren Gürtel und lief an der Häuserfront entlang zurück. Die Jasgon-Straße war immer noch wie ausgestorben. Allerdings hatten die Ärztin und ein paar andere taktvollerweise die Leichen entfernt. Da niemand versuchte, sie aufzuhalten, schlüpfte sie einfach wieder in den Schrein. Schließlich rutschte sie an der Strickleiter hinunter, so schnell das bei ihrem schlechten Zustand möglich war. Sie fürchtete, zu spät zu kommen, und bereitete sich innerlich darauf vor, G'Kar und Na'Toth tot vorzufinden. Sie hatte jedenfalls ihr Möglichstes getan, und vielleicht brauchten ja auch Al oder Garibaldi das Gegengift.

Ivanova ließ sich den letzten Meter fallen. Der Boden des Schachts war mit Schutt übersät. Sie stolperte in den Gang und zündete mit ihrer PPG die Kerze aus ihrer Tasche an. Dann rannte sie den Gang entlang, die Injektionspistole fest an die Brust gepreßt. Die Russin wich den vertrockneten Mumien aus, die nach vorne fielen und sich drehten, als sie an ihnen vorbeilief. Sie wirbelte den Staub von Jahrhunderten auf. Gerade als sie dachte, sie hätte es geschafft, hörte sie ein Geräusch. Es klang wie ein Stein, der losgetreten wurde. Sie wirbelte herum und tastete nach ihrer Waffe.

Sekundenlang stand sie in den uralten Katakomben, zitterte und starrte in die Dunkelheit, aber da waren nur die leicht schwankenden Kadaver. Sie zuckte mit den Achseln und rannte weiter.

Ivanova bog um die Kurve, an der sich die Gänge trafen, und lief weiter zur Grabkammer. Vorsichtig, nur nicht stolpern, sagte sie zu sich selbst. Sie erkannte alles wieder, die Pyramide aus Schädeln, die gut angezogenen Toten, und sie lief weiter. Die Strecke kam ihr diesmal länger vor. Außerdem schienen die Kerze, die Waffe und die Injektionspistole schwerer zu werden. Sie verlangsamte ihre Schritte und machte sich klar, daß sie noch immer unter den Nachwirkungen des Gifts litt. Niemandem wäre geholfen, wenn sie ohnmächtig würde. Sobald sie wieder klar im Kopf war, setzte sie ihren Weg fort.

Schließlich sah sie Licht am Ende des Tunnels und wußte, daß das die Grabkammer sein mußte. Sie mußte es einfach sein! Sie torkelte in den schwach beleuchteten Raum und sah Al Vernon, der sich über Na'Toth gebeugt hatte und sie schüttelte.

»Aufwachen!« schluchzte er. »Aufwachen!«

»Aus dem Weg!« rief Ivanova ihm zu und schubste ihn von der auf dem Boden ausgestreckten Narn-Frau weg. Sie riß die Injektionspistole heraus und spritzte Na'Toth schnell das Gegengift in den Hals, ohne zu überprüfen, ob sie überhaupt noch am Leben war.

Dann sprang sie hoch und wankte zu G'Kar hinüber, bei dem Garibaldi Totenwache hielt. Der Botschafter war so gut wie tot. Er röchelte schwach. Ivanova konzentrierte sich auf ihre Aufgabe und injizierte ihm ebenfalls eine Dosis des Gegengiftes in den Hals. Dann erst lehnte sie sich an die Wand und schnappte nach Luft.

Garibaldi brach neben ihr zusammen. »Ich schätze, Sie glauben, daß das Zeug hilft?«

Sie zuckte mit den Schultern. »Sollte es. Es war teuer genug.« Sie starrte ihn und Al an. »Wie fühlen Sie beide sich? Glauben Sie, Sie brauchen das Gegengift? Das Gift war ein Zeug namens Katissium.«

»Oh«, stöhnte Al und fiel auf die Knie, »davon habe ich gehört. Ich wollte es aber nie selbst probieren. Ich denke, es geht mir ganz gut.«

»Und da machen die sich immer darüber lustig, daß wir angeblich so viel schwächer sind als sie!« spottete Garibaldi. »Wir sind dünnhäutig, können die Hitze nicht aushalten oder die Kälte – aber wir sitzen hier, und die hat es erwischt.«

Sie setzten diese Frotzeleien fort, ohne zu wissen, ob ihre Gefährten überleben würden. Auch die bewaffneten Gauner konnten jeden Augenblick wieder über sie herfallen. Es stand nur fest, daß sie vergiftet worden waren. Sie machten sich nicht länger die Mühe, die Eingänge zu bewachen. Sie waren geschlagen, erschöpft vom Weglaufen und des Tötens müde. Der Anblick der verbrannten Narn in der Ambulanz hatte Ivanova davon überzeugt, daß dieses Shon'Kar bereits genug Schaden angerichtet hatte. Sie wollte zu dem Blutbad keinen Beitrag mehr leisten.

G'Kar rollte plötzlich zur Seite und erbrach sich.

»He, schön auf die Möbel aufpassen«, brummte Garibaldi.

Der Narn starrte ihn an. Er sah übler aus als ein halbes Dutzend der Leichen, die an den Wänden hingen. »Bin ich noch am Leben?« krächzte er.

»Ich fürchte, ja«, murmelte Ivanova, »aber Ihren Freunden von den Thenta Ma'Kur haben Sie das nicht zu verdanken.«

»Na'Toth?« erkundigte er sich.

Commander Ivanova schüttelte den Kopf. »Wir hatten Angst, nach ihr zu sehen, aber sie hat genau wie Sie das Gegengift bekommen.«

Er nickte und kroch zu seiner famosen Assistentin hinüber, der Frau, die fast täglich seinen Hals rettete. Er tastete an ihrer Stirn nach dem Puls und schlug sie dann, so hart er es in seiner geschwächten Verfassung vermochte. Na'Toth regte sich und stöhnte wie eine Ertrinkende, die Meerwasser hochwürgt. Sie hatte bereits mehrmals erbrochen, deshalb kam nichts mehr hoch. Garibaldi massierte ihr den Rücken, bis sie sich entspannte.

»Ist das nicht rührend?« kam eine vor Ironie triefende Stimme aus dem Durchgang.

Ivanova riß den Kopf herum und sah, wie Mi'Ra in die Grabkammer trat. Sie war allein, hatte aber eine Waffe auf G'Kars Kopf gerichtet. Ihr Kleid, das am Morgen so beeindruckend an ihr ausgesehen hatte, war jetzt angesengt und in Fetzen gerissen. »Keiner macht eine Bewegung«, warnte sie, »oder ich töte G'Kar und Na'Toth. Wenn ihr mich nicht davon abhaltet, ihn zu töten, laß ich euch vielleicht am Leben.«

»Sie sind mir gefolgt?« murmelte Ivanova.

»Selbstverständlich«, erklärte Mi'Ra. »Pa'Ko hat mir einen seiner kleinen Freunde geschickt, der mir von seiner Tat berichtet hat. Also habe ich gewartet. Ich habe endlich gelernt, mich in Geduld zu üben. Vielen Dank, daß Sie G'Kars Leben gerettet haben – jetzt kann ich ihn umbringen! Los, Na'Toth, kriech weg von ihm! Laß es mich zu Ende bringen.«

»Wo sind Ihre Leute?« fragte Ivanova. Sie versuchte verzweifelt, das Gespräch in Gang zu halten.

»Ich habe sie nach Hause geschickt. Die habe ich nur gebraucht, um so weit zu kommen.« Mi'Ra zielte mit ihrer Waffe auf den gefleckten Schädel des Botschafters. »Weg von ihm, Na'Toth, oder wollen Sie mit ihm sterben?«

G'Kar versetzte seiner Assistentin einen Stoß, um sie aus der Schußlinie zu befördern. Da hörten sie eine Stimme vom anderen Ende des Raumes. »Verschonen Sie ihn, und ich werde den Namen Ihres Vater reinwaschen!«

Diese Behauptung war so unerwartet, daß alle einen Moment brauchten, um zu begreifen, wer da gesprochen hatte: Al Vernon! Der korpulente Mann stand mühsam auf, und Mi'Ra richtete ihre Waffe auf ihn. »Wenn Sie mich nur ablenken wollen«, warnte sie ihn, »werde ich Sie ebenfalls töten.«

Al schüttelte seinen Kopf so entschieden, daß sein ganzer Körper bebte. »Keine Verzögerungstaktik, werte Dame, ich schwöre es Ihnen! Bitte, schießen Sie nicht, ich muß etwas aus meiner Tasche holen.« Er wühlte in seinen Hosentaschen, und Mi'Ra wurde noch aufmerksamer, für den Fall, daß er eine Waffe zog. Aber statt dessen kramte er einen Datenkristall hervor, den er für alle deutlich sichtbar hochhielt. »Auf diesem Datenkristall«, erklärte er atemlos, »befinden sich detaillierte Aufzeichnungen der Treffen und Verhandlungen zwischen General Balashar und einem überführten Waffenhändler der Centauri, inklusive der Gerichtsakten. Anders ausgedrückt, dieser Kristall enthält den Beweis, daß der Centauri Balashar die Waffen verkauft hat und nicht Ihr Vater! Damit ist der Name Du'Rog rehabilitiert.«

»Woher zum Teufel ...?« murmelte Garibaldi.

Al zuckte mit den Schultern. »Ich habe doch gesagt, daß ich nie auf die Heimatwelt der Narn komme, ohne etwas zum Handeln mitzubringen. Obwohl ich auf eine bessere Verhandlungsposition gehofft hatte.«

Mi'Ra machte eine Bewegung mit ihrer Waffe, trat auf ihn zu und entriß ihm den Datenkristall. Al quietschte vor Vergnügen. »Sie können ihn mir gerne wegnehmen, schöne Frau, aber die Informationen sind verschlüsselt. Sie werden ohne Hilfe nicht an die Daten rankommen. Außerdem brauchen Sie mich, um die Echtheit des Datenkristalls zu bestätigen. Ich muß seine Herkunft bezeugen. Ohne mich wird man ihn für eine Fälschung halten. Nein, schöne Frau, Sie müssen uns schon beide nehmen. Lassen Sie einfach nur die anderen gehen und belästigen Sie sie nie wieder. Natürlich muß der Botschafter trotzdem die Summe bezahlen, die Na'Toth mit Ihrer Mutter ausgehandelt hat«, fügte er rasch hinzu.

»Wer hat Ihnen das gegeben?« fragte G'Kar verblüfft.

Al rang sich ein Lächeln ab. »Ein gemeinsamer Freund von uns auf *B5*. Er hat gesagt, wenn es nicht zuviel Mühe machen würde, sollte ich Ihr Leben retten. Ich wußte, daß Sie nicht tot waren, aber ich habe Sie in Ihrer Verkleidung nicht erkannt. Also wußte ich nicht, daß Ihr Leben in Gefahr war, ehe es zu spät war! Ich hatte gehofft, etwas Geld für diese Centauri-Akten herausschlagen zu können, aber ich werde mich mit unseren Leben zufriedengeben.«

»Shon'Kar ...«, flüsterte Mi'Ra und starrte an ihnen vorbei auf eine niedergebrannte Kerze, von der eine dünne Rauchsäule aufstieg, als sie erlosch.

»Das werden Sie aufgeben müssen«, bemerkte Ivanova sanft. »Ich schätze, Sie bekommen, was Sie wirklich wollten – daß der Name Ihres Vaters rehabilitiert wird.«

Na'Toth stützte sich auf einen Ellenbogen und krächzte: »Ich mußte einst mein Shon'Kar aufgeben. Die Menschen hier können dir bestätigen, daß das das Schwierigste war, was ich je tun mußte.

Aber ich habe es in den Griff bekommen. Manchmal stehen wichtigere Dinge auf dem Spiel. Was immer G'Kar in der Vergangenheit getan hat, er leistet auf *Babylon 5* hervorragende Arbeit. Er kann auch für deine Familie Gutes tun, wenn sie es ihm gestattet.«

»Gehen wir zu einer Nachrichtenagentur«, schlug Al vor, »so kommt alles am schnellsten an die Öffentlichkeit, und ich kann denen sagen, wo sie sich die Informationen zur Bestätigung holen können, falls sie Interesse haben. Der Name Ihres Vaters kann reingewaschen werden, wenn Sie uns alle verschonen.«

Die verwirrte Narn zielte nacheinander mit ihrer Waffe auf die Menschen vor ihr. »Wenn das ein Trick ist, kann euch keine Macht des Universums retten!«

G'Kar kniete sich mühsam hin und hielt sich den Bauch. »Es ist kein Trick, Tochter des Du'Rog. Ich schwöre bei den Knochen unserer Vorfahren und dem Schrein der D'Bok, ich werde den Namen deines Vaters reinwaschen.« Der Botschafter hustete rauh und sah aus, als müßte er sich übergeben. »Na'Toth und ich können uns ohnehin noch nicht von hier wegbewegen. Also werden wir bleiben, bis du mit Mr. Vernon alles in die Wege geleitet hast. Ich werde bei der Nachrichtenagentur alle Aussagen von Mr. Vernon bestätigen. Allerdings werde ich mich nicht selbst beschuldigen. Ich will zu meinem Leben zurückkehren und dir und deiner Familie ermöglichen, das gleiche zu tun. Nimm den Vorschlag an, Tochter von Du'Rog, ich flehe dich an. Wenn ich etwas gelernt habe bei meiner Arbeit auf *Babylon 5*, dann, daß Frieden immer möglich ist.« Damit faltete der Narn seine Hände vor der Brust.

Mi'Ra senkte ihre Waffe und schob ihren Unterkiefer vor. »G'Kar, wenn du dein Versprechen hältst – diese tapferen Erdlinge mögen es bezeugen –, schwöre ich Shon'Kar ab. Wenn das ein Trick ist, reiße ich Ihnen allen höchstpersönlich die Eingeweide heraus.«

Al grinste und verbeugte sich wie bei Hofe. »Ich stehe Ihnen zu

Diensten, schöne Mi'Ra, Tochter des Du'Rog. Ich gehe da hin, wo Sie hingehen.«

Mi'Ra deutete mit ihrer Waffe auf einen der Ausgänge. »Da entlang. Die anderen bleiben hier.«

Als sie fort waren, brach G'Kar zusammen. »Wie tief bin ich gesunken«, stöhnte er, »daß mir ein Centauri das Leben retten muß?«

Schließlich trafen die Ranger tatsächlich ein, allerdings als Eskorte eines Shuttles der Nachrichtenagentur *Universe Today.* Sie brachten eine neue Strickleiter am Eingang zu den Katakomben an und benutzten sie, um die kranken Narn und die Menschen aus den muffigen Gängen herauszuholen. Ivanova zwang sich, langsam zu gehen, als sie sich dem Shuttle näherte. Ihr fiel auf, daß die Jasgon-Straße plötzlich voller Schaulustiger war, die den ganzen Tag lang unsichtbar gewesen waren. Einige von ihnen hatten wahrscheinlich versucht, sie zu töten. Jetzt beobachteten sie träge, wie Ivanova ins Shuttle stieg, als wäre sie eine Verbrecherin, die man hier verhaftet hatte.

Sie war froh, das Grenzgebiet zu verlassen, und auch Hekba ließ sie ein paar Stunden später gern zurück. Der Kha'Ri drückte sein Bedauern aus und sagte ihre Verabredung ab, so daß sie als freie Menschen nach Hause fliegen konnten. Die Narn machten sogar ein Schiff von der Erde ausfindig, das am selben Abend nach *Babylon 5* aufbrach. Sie schickten sie und Garibaldi so schnell fort, als ob ihnen die ganze Angelegenheit äußerst peinlich wäre. Sie vermutete, daß dies wirklich der Fall war. Der Blutschwur gehörte zu den Dingen, die man Außerweltlichen nicht so ohne weiteres begreiflich machen konnte. G'Kar wurde von seiner Frau abgeholt, die ihn unter ihre Fittiche nahm. Allerdings schien er ihren Schutz, selbst in seiner schlechten Verfassung, nicht zu benötigen. Als er die unglückliche Verkettung der Umstände erklärte, stand er sogar noch als Held da. Sein vorgetäuschter Tod rückte in

Anbetracht der edlen Wiederherstellung von Du'Rogs Ruf in den Hintergrund. Seine Familie hatte ihre alte Stellung zurück. Und G'Kar stellte die Sache so dar, als hätte es sich um eine geheime Mission zur Aufdeckung des Waffenhandels mit General Balashar gehandelt. Seine einzigartigen Verbindungen zu den Centauri hatten es möglich gemacht, und er hatte nur zu gern alles aufgeklärt. Ivanova mußte es zugeben, G'Kar war ein Meister im Tatsachenverdrehen.

Jetzt war sie zum ersten Mal seit ihrem Bad am Abend vorher allein. Dazwischen schien sie eine Ewigkeit in der Hölle verbracht zu haben. Wie Dante waren sie tiefer und tiefer gesunken, hatten die untersten Schichten der Narn-Gesellschaft gesehen und sogar die Unterwelt. Dort hatten sie auch Pluto getroffen, in der Gestalt eines kleinen Jungen.

Ivanova legte sich in ihrer engen Koje an Bord der *Castlebrae* zurück, einem irdischen Frachter zweiter Klasse, der auch ein paar Passagierkojen hatte. Zugegeben, das Bad im Hekbanar Hotel war der Höhepunkt dieser Reise gewesen. Aber der Tiefpunkt, Leute umbringen zu müssen, war schnell gefolgt. Ein weiterer Grund dafür, sie und Garibaldi rasch verschwinden zu lassen. Sie versuchte sich einzureden, daß wirklich alles vorbei war. Zwei Tage im Hyperraum, und sie war wieder an ihrem Arbeitsplatz, auf vertrautem Territorium, beim Aufstellen ihrer Spesenrechnung.

Sie dachte an all die Narn, die sie auf dieser Reise getroffen hatte: Angehörige der inneren und äußeren Kreise, sogar solche, die nirgendwo ihren Platz hatten. Captain Vin'Tok und seine Besatzung, G'Kars Frau, Priester, Ärzte, Diener, Ranger, gesellschaftliche Paradiesvögel wie Ra'Pak und R'Mon, bis hinunter zu den Schurken, die für einen glänzenden Stein töten würden.

Wo hatte Mi'Ra in diesem vielschichtigen Sozialsystem ihren Platz? Vielleicht waren die Sterne ihr Schicksal, dachte Ivanova. Wenn sie ihre beträchtliche Energie und Hingabe für konstruktivere Zwecke einsetzen würde, könnte sie das Universum erleuchten. Aber wer sollte diese Kräfte kontrollieren? Al Vernon vielleicht? Am Ende würde er womöglich die Tochter von Du'Rog heiraten.

Ivanova kicherte über das Ende der Geschichte. Sie fühlte eine Welle der Erleichterung in sich aufsteigen. Ihr standen zwei Tage an Bord dieses alten Kastens bevor, überlegte sie. Und nichts zu tun! Auf einmal fühlte sich die kleine Koje gar nicht mehr so übel an. Ihre schmerzenden Muskeln waren dankbar dafür, daß sie es sich auf der Matratze bequem machen konnte. Zwei Tage lang hatte sie nichts anderes zu tun als schlafen und essen, außer einem Termin beim Schiffsarzt. Ja, so ließ es sich aushalten.

Susan ging schlafen und träumte, daß sie von ihrer Mutter in der alten Hängematte hinter dem Haus geschaukelt wurde, während die Glühwürmchen über den nächtlichen Himmel tanzten.

G'Kar knirschte mit den Zähnen. Diese Begegnung hatte er am meisten gefürchtet, seit er von den Toten auferstanden war. Er wäre beinahe lieber in seine dunkle Kabine an Bord der *K'sha Na'vas* zurückgekehrt. Er blieb stehen und holte tief Luft, als er vor dem Quartier von Botschafter Londo Mollari ankam. Dann nahm er Haltung an und läutete an der Tür. Von drinnen war Lachen zu hören, und G'Kar war sicher, daß hier auf seine Kosten gelacht wurde. Vermutlich kicherten Mollari und sein Helfershelfer Vir darüber, wie sie ihn vor seiner eigenen Arroganz und Dummheit beschützt hatten. Er wollte sich umdrehen und weglaufen, aber er schuldete dem Centauri diesen Höflichkeitsbesuch. Vermutlich verdiente er es sogar, ausgelacht zu werden. Deine Feinde kennen dich immer am besten, dachte er wehmütig.

Der Narn versuchte, sich an die heiligen Bücher zu erinnern und die Lektionen, die er aus ihnen gelernt hatte. Sie stammten aus einer einfacheren Zeit, in der das Leben der Narn von den Jahreszeiten ihres Planeten bestimmt worden war. In diesen Büchern hieß es, das Leben wäre ein Lernprozeß, nicht etwa ein Eroberungsprozeß. Ihre Vorfahren hatten aus jeder Wolke eine Lehre gezogen, aus jedem Stein, jeder Person und jedem Tier, das ihren Weg kreuzte. Keine Erfahrung war gut oder schlecht, nur die Lehre, die man aus ihr ziehen konnte. Jeder hatte einen anderen Preis für seine Lektionen zu bezahlen. G'Kar kannte seinen Preis.

Die Tür öffnete sich, und der korpulente Londo strahlte ihn mit seinen ungleichmäßig gewachsenen Zähnen an. Er trug seine prächtige Botschafterrobe – schimmernder Brokat, Epauletten, Orden und Knöpfe –, und seine Haare türmten sich auf seinem Kopf wie eine Flutwelle.

»Mein lieber G'Kar«, begrüßte er ihn mit einem hinterhältigen Grinsen, »für einen Zombie sehen Sie aber gut aus. Wissen Sie, was ein Zombie ist? Eine Legende der Menschen, eine Kreatur, die von den Toten zurückkehrt, um dem Meister zu dienen, der ihr das Leben wiedergeschenkt hat. Offensichtlich stützt sich der Glaube an diese Zombies auf wissenschaftliche Erkenntnisse, denn Mr. Garibaldi hat mir gerade erst davon berichtet, und da sind Sie auch schon!«

G'Kar sah an dem verhaßten Centauri vorbei und erblickte Garibaldi, der einen Teller mit Essen hielt. Der Sicherheitschef winkte ihm ungeschickt zu. G'Kar war erleichtert, ihn zu sehen. Er glaubte nicht, daß er Mollari allein gegenübertreten könnte.

»Ich wollte nur sichergehen, daß Sie wohlbehalten hier rauskommen!« erklärte Garibaldi. Er nahm ein weiteres Hors d'Œuvre und stopfte es in seinen Mund.

G'Kar betrat den Raum. »Ja, es geht mir gut für einen Toten. Eines kann ich Ihnen versichern, ich will nie wieder tot sein.« Der Narn drehte sich zu Londo um und verbeugte sich kurz. »Vielen Dank, Botschafter. Ihr Beauftragter hat mir mit den Informationen, die Sie ihm gegeben haben, das Leben gerettet. Sie haben mich tatsächlich von den Toten zurückgeholt, wenn ich auch den Grund nicht verstehen kann.«

Der Centauri kicherte. »Seinen Tod vorzutäuschen ist ein berühmtes Stilmittel im centaurischen Drama, mit Dutzenden von Todesarten. Das ist der Streich schlechthin, der Traum aller Männer mit zu vielen Ehefrauen. Der irdische Schriftsteller Mark Twain wußte die einmalige Ironie dieser Situation auch zu schätzen. Als wir die Familie von Du'Rog mit General Balashar in Verbindung gebracht hatten, ergab Ihr rätselhafter Tod langsam einen Sinn. Sie haben sich ähnlich verhalten wie ein Centauri.«

»Bitte«, murmelte G'Kar, »ich habe mich feige verhalten, zugegeben, aber beleidigen Sie mich nicht. Genügt es nicht, daß ich in Ihrer Schuld stehe?«

»Eigentlich«, meinte Londo, »müssen Sie nur Al Vernon dafür danken, daß er Ihr Leben gerettet hat. Ich hatte ihm gesagt, daß er es nur tun sollte, wenn es keine Umstände machen würde. Ich schuldete Mr. Vernon einen Gefallen und habe ihn mit diesen Informationen bezahlt. Er kannte ihren potentiellen Wert. Übrigens, ich habe bei Ihrer Trauerfeier eine wunderbare Rede gehalten. Sie war das Tagesgespräch auf der Station.«

»Ich bedaure, sie versäumt zu haben«, antwortete G'Kar trokken.

Der Centauri grinste. »Erzählen Sie! Wie ist das, wenn man tot ist?«

»Schrecklich«, erwiderte G'Kar. »Ich habe mich wie ein Gespenst gefühlt, sogar unter denen, die Bescheid wußten. Aber es hat mich dazu gebracht, mein Leben und mein Verhalten neu zu überdenken. Es war gut, daran erinnert zu werden, daß alles, was wir im Leben tun, Auswirkungen hat. Man kann vor seiner Verantwortung nicht davonlaufen.«

Garibaldi räusperte sich. »Das erinnert mich daran, daß ich wieder zum Dienst muß. Eine Frage, bevor ich gehe, wie geht's Al?«

G'Kar rang sich ein Lächeln ab. »Anscheinend will er für ein Reisebüro auf unserem Heimatplaneten arbeiten, um mehr Touristen von anderen Welten anzulocken.«

»Und Mi'Ra?«

Die Stirn des Narn legte sich in Falten, während er nachdachte. »Es ist noch zu wenig Zeit vergangen. Sie kann noch nicht darüber hinweg sein, aber sie reißt sich zusammen, und ihre Familie ist glücklich – aber Sie kennen sie ja, Mr. Garibaldi. Sie ist wie ein Reaktor kurz vor dem Durchbrennen.«

»Wir werden Mi'Ra nie erlauben, auf die Station zu kommen«, versprach der Sicherheitschef, »das wäre zu gefährlich. Bis später, meine Herren.« Er nickte beiden zu und ließ G'Kar mit dem wohlgelaunten Centauri allein.

Londos Lächeln verschwand. »Zu wissen, daß Sie in irgendeinem dummen Familienstreit umgebracht wurden – das bringt mir keine Genugtuung. Sie erniedrigt zu sehen, in Verlegenheit gebracht, Sie in meiner Schuld zu wissen und am Leben, damit es Ihnen bewußt ist – das ist schon viel besser!«

»Ich freue mich auch, Sie wiederzusehen«, erwiderte G'Kar auf dem Weg nach draußen.